《山西抗日根据地红色文化经典文献大系》
编纂委员会 编

山西抗日根据地红色新闻经典文献

晋冀鲁豫根据地卷（二）

张汉静 主编

山西抗日根据地红色新闻经典文献

晋冀鲁豫根据地卷（二）

李浩然　编撰

一九三九

YI JIU SAN JIU

《新华日报》华北版

一九三九

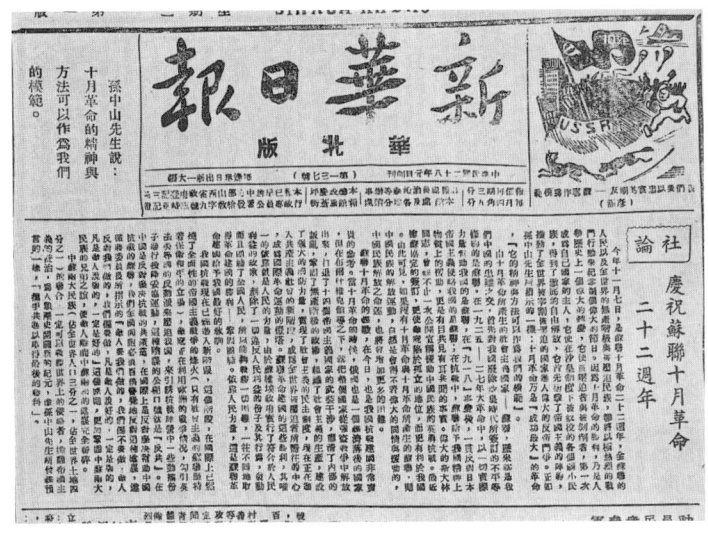

庆祝苏联十月革命二十二周年

今年十一月七日,是苏联十月革命二十二周年,全苏联的人民以及全世界的无产阶级与被压迫民族,都将以极热烈的战斗行动来纪念这个伟大的节日。因为十月革命的胜利,乃是人类历史上一个伟大的转变,它使被压迫者与被剥削者,第一次成为自己国家的主人;它使在沙皇制度下被奴役的各个弱小民族,得到了澈底的自由解放;它首先冲击了帝国主义的阵线,推动了全世界被宰割被压迫的国家进入伟大的反帝斗争。正如孙中山先生所指示的一样,十月革命乃是"成功最大"的革命,"它的精神与方法可以作为我们的模范"。

由十月革命所产生的社会主义国家——苏联,历来就是我们中国的患难之交，首先对我国废除沙皇时代所签订的不平等条约的是苏联；在一九二五—二七年大革命中，以一切实际力量帮助我国的是苏联；在"九一八"事变后，一贯反对日本帝国主义侵略我国的是苏联。在抗战中，苏联给予我国精神上、物质上的援助，更是有目共见有耳共闻的事实。伟大的□□□同志，曾经不止一次公开宣称援助中国民族的英勇抗战。最近德苏协定的签订，更使敌寇陷于孤立的地位，而更有利于我国。由此可见，如果没有十月革命与十月革命所产生的苏联，则中国民族的解放运动，自然是会得不着伟大的同情与援助的，中国民族解放之命运，也将会增加更多的困难。

苏联十月革命的经验，在今日，也是我国抗战建国非常宝贵的参考。当十月革命的时候，俄国也是一个经济落后的国家，但在布尔什维克领导之下，就把整个国家从强盗战争中解放出来，打退了十四个帝国主义国家的武装干涉，肃清了内部的叛乱，巩固了无产阶级的政权，组织了社会主义的生产，建设了强大的国防力量，实现了社会主义的民主制度。现在正在进入共产主义社会的新阶段，成为全世界被压迫者所向往的中心，成为国际革命运动的灯塔。苏联革命建国的这些胜利，其唯一的依靠就是人民的力量，由于苏维埃政府实行了符合于人民利益的政策，铲除了一切违反人民利益的份子及其行为，发动而且团结了全国人民，所以能够战胜一切困难，一往不回地取得革命建国的胜利——巩固团结。依靠人民力量，这是苏联革命建国给予我国最好的教训。

我国抗战现在已经进入新阶段，这个阶段，在国际上已燃烧了全面性的帝国主义战争的烽火（只有社会主义的苏联坚持着保卫和平的立场），敌寇正在利用欧洲的战争情况，勾引英美法等国的反动派来压迫我国，来引诱抗战阵营中一些动摇份子进行投降妥协运动，这种阴谋的公开口号就是"反共"。在中国是反对坚决抗战的共产党，在国际上是反对坚决帮助中国抗战的苏联。我们全国同胞必须百倍警觉地反对这种阴谋，遵循蒋委员长所指示的"敌人要我们做的,我们偏不要做,敌人反对我们做的,我们偏要做;凡是敌人说好的,一定是坏的,凡是敌人说坏的,一定是好的"这个原则,更加巩固中苏两大民族的兄弟之谊,使敌人离间中苏两国的阴谋完全粉碎。

中苏两大民族(占全世界人口三分之一,占全世界土地四分之一)的联合,一定可以战胜世界上的侵略者,推翻帝国主义的统治,为人类历史开辟新的纪元,像孙中山先生所曾经预言的一样,"携手共进以取得最后的胜利"。

(原载一九三九年十一月七日《新华日报》华北版第一版社论)

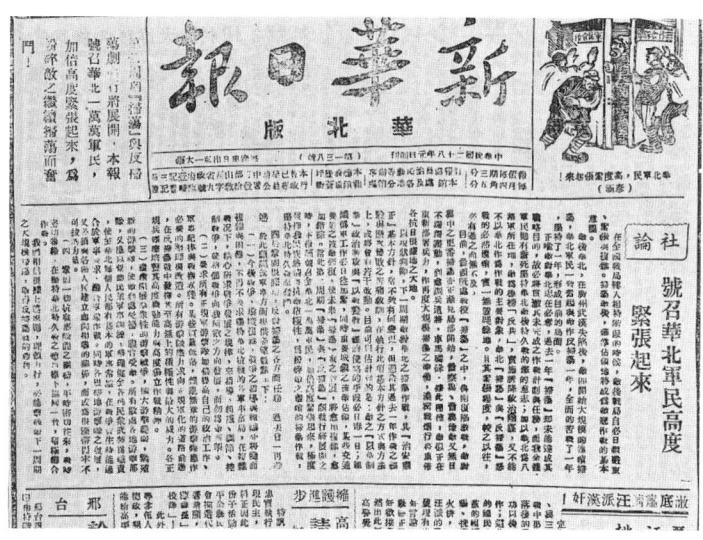

号召华北军民高度紧张起来

在全国战局转入相持阶段的时候，敌后战局自必日趋严重、紧张与复杂。"扫荡"敌后，确掌占领地将成为敌寇作战的基本意图。

敌后华北，在广州、武汉失陷后，敌即开始大规模的连续"扫荡"。华北军民一致奋起与敌作反"扫荡"一年，全面的苦战了一年，坚持了一年，形成目前的局面。

正唯敌对华北志在必夺，过去一年"扫荡"却未能达成其战略目的，故必将贯澈其未完成之作战计划与任务，而我全体军民则有誓死坚持华北敌后持久战的铁的意志。加以华北为八路军所在地，敌为标榜"反共"，实施诱降政治阴谋，又不能不以华北作为作战的主要对象，华北"扫荡"与反"扫荡"恶战的必然继续，实一无置疑余地。且其紧张程度，较之以往，必有过之而无不及。

目前，晋西既处战役"扫荡"之中，鲁南复陷激战，敌对冀中之更番"扫荡"亦正渐见局部开始，晋察冀、晋冀豫敌又无日不跃跃蠢动，到处调兵遣将，车马磷碌。据此种种，敌似正在重新部署兵力，作再度大规模"扫荡"之准备，浓密战烟行将重布各抗日根据地之大地。

以现状判断，下一周期敌对华北之"扫荡"作战，其"治安肃正"基本方针，当不致有何变更，但凭借其过去一年作战之经验与历来惨败之苦痛教训，在执行此项基本方针之方式与方法上，或将会有若干改动。目前可以估计到的是，敌之"以华制华"政治进攻与"以战养战"经济侵略的手段必日毒一日；组织伪军工作必日益加紧，同时重要城镇之被敌占领，某些交通要道之被敌修复，使未来"扫荡"战之发展，将愈加复杂，愈加错综。当此第□周期"扫荡"与反"扫荡"剧战行将展开之时，本报谨号召全华北一万万军民，加倍高度紧张起来，极度发挥我民族热情与抗敌积极性，为粉碎敌之继续的"扫荡"作战，坚持华北持久战而奋斗。

关于巩固根据地，反对"扫荡"之各方面任务，过去曾一再论述，于此愿谨就军事方面提供希望数点如下：

（一）今后战争，环境复杂，战争之指导与组织亦将随而复杂与困难，不得不要求坚持华北抗战的各军事当局，在复杂战况下，精心研求战争发展之规律，来指导、组织、调节、控制战争，使整个战争向我所欲之方向发展，而勿为敌所掣。

（二）要求所有正规军、游击队加倍提高自己的政治工作、军事纪律与战术素养。某些质量低落、杂乱无章的游击队应作必要的整理与改造。所有游击队应力求向正规军化的道路前进，在反"扫荡"战中发挥其至高无上的积极性与最大的威力。各正规兵团应培养其高度机动能力与高度独立作战精神。

（三）继续开展群众性的游击战争，扩大游击范围，繁殖新的游击队，使敌到处受扰，腹背受敌。所有散处各地游击部队，又应以帮助民众军事训练，整理健全各种民众武装为职责，使全华北每个人民都有基本的军事常识，在战争发生时能适合于军事要求，配合军队作战。同时各根据地游击队之发展，又必须与各区人民建立血肉相联的关系，而成为根深蒂固牢不可拔的力量。

（四）巩固一切抗战部队间之团结，平时密切往来，战时密切联络，在坚持华北持久战之总目标下协同一致，积极配合作战。

我们相信根据上述原则，埋头力行，必能击破敌下一周期之大规模"扫荡"，取得反"扫荡"战的胜利。

（原载一九三九年十一月九日《新华日报》华北版第一版社论）

论晋察冀边区灵邱事件

当此中共山西省委宣言号召坚持山西抗战、克服危险倾向之际,当此山西进步爱国人士□□□、薄一波等大声急呼巩固团结、加强进步、抗战到底之际,当此全山西军民函电纷飞反对倒退、反对分裂、反对投降之际,模范抗日根据地晋察冀边区突然发生保安司令白志沂配合涞源灵邱之敌进攻灵邱,包围灵邱县府及群众团体,绑打灵邱县长及政府机关与群众团体工作人员,屠杀八路军营长及团部作战参谋的流血惨案。这不仅在晋察冀边区,即在全山西、全华北也都是空前严重的不幸事件。本报对于被难志士深表哀悼,对于遇险人士深致敬慰,而对白志沂之非法行为表示坚决之抗议!

晋察冀边区灵邱事件证明什么？

第一，证明山西确实存在着投降妥协的严重危险倾向。敌寇在"扫荡"华北，特别是"扫荡"山西山岳地区军事失败之后，更变本加厉的致力于政治阴谋，即分裂山西抗日阵线，引诱山西投降。而山西的一部份动摇份子、顽固份子，竟欢迎日寇此项奸计，暗中秘密煽动，企图把进步的山西拖向倒退，把团结的山西形成分裂，把抗战的山西变为"和平"妥协。灵邱事件便是此项阴谋的具体表现。

第二，证明山西不仅存在有蔡雄飞辈公开的汪精卫，而且还潜匿有不少隐藏的汪精卫。他们外装抗战，内与敌通。平时即散布谬论，进行阴谋；战时或公开倒戈，助敌作战，或滋扰后防，牵掣我军杀敌。如白志沂于敌寇进攻灵邱之际，竟公然袭击县府及群众团体，破坏灵邱政民工作，并抄袭八路军后路，与敌军遥相呼应，即为密谋颠覆晋察冀抗日根据地，颠覆山西之一明证。

第三，证明一切反共，反八路军，反对进步，反对牺盟会、决死队，反对晋察冀、晋东南、晋西北等抗日根据地之活动，是投降妥协的实际准备。动摇份子、顽固份子，企图投降妥协，就必需破坏山西的团结与进步；而欲破坏山西的团结与进步，便必须破坏山西的一切进步力量、进步区域。灵邱事件决不能看作是灵邱地方局部小事。进攻灵邱便是进攻晋察冀边区，为的是"蚕食"边区，分裂边区，破坏边区行政的完整。而他们为什么进攻边区，就因为边区是全国最进步的区域，是抗日民族统一战线模范区，是最坚强的敌后抗战堡垒。敌人在攻陷武汉前，曾力称边区与武汉为中国抗战的两个中心，因之自然也就是他的进攻中心目标。

因此，本报不能不要求军政当局对灵邱事件速作严正妥当之处置。第一，白志沂与敌勾结，摧残抗日政权，屠杀抗日将士，破坏边区，危害民国，事实俱在，罪无可逭，应即明令通缉，归案法办，明正典刑，以惩奸顽；第二，为防止以后不再有同类事件发生，应即澈底肃清一切隐藏于山西抗战营垒的汪派份子、托派份子，澄清抗战壁垒，根绝一切投降妥协的危险倾向；第三，必需立即明令停止一切分割边区之不良企图与非法行为，中止一切破坏团结抗战之或明或暗活动，确保模范抗日根据地与山西抗战阵地。

灵邱事件是山西顽固份子、投降份子实行倒退分裂与准备投降妥协之具体步骤。全山西千万军民及一切进步份子，决不能坐视这种恶劣现象、罪恶行为之继续发展。全山西同胞起来吧，一致反对灵邱事件！

（原载一九三九年十一月十一日《新华日报》华北版第一版社论）

拥护世界和平　反对帝国主义战争

——响应共产国际十月革命节宣言

　　帝国主义第二次世界战争，正在引起人类空前的灾难和浩劫。因此立即停止帝国主义的惨酷战争，实现世界和平，正是人类今天的紧迫要求和急切的愿望！大家熟知苏联是人类新文明的标志，真正是人类的救星，它始终为巩固和平、维护人类利益而奋斗。最近它和德国又签订了新的协定，这完全是为了阻止人类大屠杀，维护世界的和平。在该协定的第一条中写道："为全世界和平利益计，德国与英法之战争应予以结束。苏德政府当通力合作，务望此种目标得以达到。"很明显的，苏德新协定对于人类以及对于世界和平都是有利的。现在唯有那些心怀鬼胎的战争阴谋家，唯有那些想驱使人类陷于大屠杀与新的毁灭的罪人，才会反对苏德新协定的订立，把苏德新协定内容及一切和平建议置之不理。

在德国人民及苏联社会主义伟大力量的压力之下，希特勒不得不改变和抛弃他过去的一贯"反苏""反共"的政策，而认识这样的事实："苏德若果交恶，徒使此等资本主义国家最有利益"。他更不得不在前月六日的国会演说中，明确的提出了在不危及苏德两国基础之上，愿意恢复一个波兰国家，以及愿意召集国际会议和平解决冲突。这一提议不管希特勒主观的愿望如何，但在客观上如果这一建议能够实现，不仅对于德波人民，而且对于英法人民，甚至全世界人民都是有利益的。但是英法帝国主义最反动的代理人张伯伦、达拉第，却断然拒绝了希特勒的和平提议，并置苏德新协定内容于不顾。张伯伦、达拉第曾一再宣称：彼等将继续作战。在目前张伯伦——反苏、反共、反民主、反人民、反弱小民族的第一名魁首，还在企图继续他的老政策：一方面压迫着德国西部，一方面又企图联合美国，收买意大利、日本以及北欧各国，诱骗土耳其上当，阴谋继续挑拨战争，扩大战争，实行人类空前的大屠杀。我们拥护世界和平，就应该揭破战争挑拨者的阴谋，坚决反对违反人类利益的帝国主义战争。

最近英法帝国主义国内被压迫人民及被压迫的弱小民族，已展开了反对帝国主义战争和拥护世界和平的运动。在英国国内，在许多工人组织会议的决议中，均要求立即建立和平。就在工党的内部，除了少数叛变工人阶级的工党领袖外，工党的妇女组织及若干工党组织的决议，他们也一致要求工党制止与政府合作，立即召集和平会议。在英国约克郡利本地方的工党组织，更明确的指出"英政府在目前所进行之战争，对于保卫民主毫无关系"。英国的名人学者也莫不主张和平。在法国国内工人阶级及全体人民，也正展开着反战争、拥护和平的运动。在印度，在埃及也一样的在展开着这样的运动。这些事实，说明全世界人民对帝国主义战争的极端仇恨，以及愿望全世界和平的迫切要求之生长。

不管英法等帝国主义是如何在压迫人民，剥夺人民的民主自由，强迫人民到战争中去；不管第二国际社会民主党领袖怎样背叛工人阶级，分化工人的统一，以便更忠顺的投效资产阶级反战政府，帮助帝国主义战争，但是他们无论如何掩盖不了帝国主义的残酷掠夺的真实面貌，因而他们就迷惑不了，阻碍不了其本国工人与人民要求和平的继续增长，也阻止不了一切被压迫民族之觉悟的发展。

中国是世界和平的重要组成部份。今天中国人民要拥护世界和平，首先就要坚持抗战到底，粉碎敌寇汉奸的一切诱降招□阴谋，反对"东方慕尼黑"。任何妥协投降及"东方慕尼黑"的实现，都就是亡我中国灭我华族的，绝对不是什么和平。在远东真正的和平，是要把日本帝国主义完全驱逐出中国，是要把日本帝国主义完全打倒。为了拥护世界和平，反对帝国主义战争，为了中国民族的独立和解放，中国绝不能同意英法帝国主义战争，绝不能参加帝国主义战争的。任何一方面的中国的一切人力、物力、财力、智力，都绝不容□用到帝国主义战争上去，而应当用到自己的民族解放战争和正义的战争上去。并且尽一切可能，争取一切人民与民族对我们的援助。这就是我们拥护世界和平，反对帝国主义战争的正确态度。

（原载一九三九年十一月十三日《新华日报》华北版第一版社论）

敌对平原"扫荡"再度开始

　　连日战报，胶东敌四处出犯，占据城市；鲁南寇小股□扰，进窥抱犊，围攻泰西；苏鲁边激战方殷，冀中、冀南复□相接触，这显示敌对平原游击根据地之继续"扫荡"，又复再度局部开始。

　　敌□"扫荡"华北，其"扫荡"作战之枢纽虽在山岳地带，然对于平原游击区也决不会丝毫放松。平原为山地羽翼，作为山岳根据地之外围屏障，与山地唇齿相依，息息相关。过去敌寇进攻山岳地区，必先"扫荡"平原，现在一年"扫荡"之余，在平原地既遭痛击，在山岳区复膺重创。为着剪除山地羽翼，隔绝平原与山地之联系，孤立山岳根据地；为着"肃正"平原，"确掌"平原地区，其对平原之"扫荡"，自将出诸以更残酷的手段。

当此平原地再度大战行将揭开之日,估计今后平原"'扫荡'与反'扫荡'"剧战之发展,较之以往将有不同的特点。本报认为关于过去一年交战结果,敌我双方之互有收获与损失。由于敌占城市之增加,交通网之日益稠密,今后战争形态将愈趋复杂,广泛的群众的游击战将更增高其意义。

但两年坚持华北抗战,特别是过去一年反"扫荡"之经验证明,抗日的群众游击战争不仅在山岳地区可以坚持发展,即平原区战亦同样能坚持发展。今日平原游击区,在地域上虽有若干限度的缩小,但因军事政治民运各方面工作之配合适宜,游击运动已日渐深入与普遍。一年苦战经过,全体军民业经奠定坚持平原游击战的坚强信心,学会许多坚持平原游击战的新方法,这将是以后坚持平原游击战胜利持久的基本条件。目前中心问题则为如何继续反对敌寇"扫荡",准备于最艰苦环境下继续支持。

平原地区之地形,较诸山岳地区,虽有不同,但坚持游击战争之唯一可靠支持,不在于地形地势,而在于群众力量,在于一切有生力量之动员和组织。建立"人山",创造"活的堡垒",是争取游击战争光荣胜利的首图。

在此战争环境日益严重紧张的时候,各平原游击区除努力于政治、经济、文化等建设,尤应努力于军事上的建设,这就是创造更多基干的游击部队,建立更广大的民众武装。这些武装都应有最高度政治情绪、最高度的游击战争的艺术,可以有各种不同的组织形式,要有自己的地方军事干部作领导,善于运用各种不同的斗争形式。而最重要的是完全要和当地民众打成一片,在人民中生长,依靠人民的帮助,为人民效忠。只有如此才能生存与发展,游击战争才能深入与坚持。要在大"扫荡"中,确保平原根据地,真必需做到人人是兵,个个都知道使用武器。如此敌寇虽有九牛二虎之力,亦必无济于事。

过去一年,平原游击战已创造不少光辉战绩,如河间捷战、香城固歼敌、鲁西创寇等，留下不朽史实。我们遥祝各平原地区军民更加倍发扬此种英勇奋斗之精神，予敌以更苦痛的教训，建创更多伟大功业。

（原载一九三九年十一月十五日《新华日报》华北版第一版社论）

庆祝涞源大捷

  在灵寿陈庄胜利之后，十一月四日至九日，英勇善战的晋察冀边区抗战部队，又在涞源与阜平间之银坊走马驿一带创造更伟大的胜利战绩。由涞源向阜平进攻之敌独立第二混成旅团第一大队、大队长过村大佐以下七百余名，全部被我聚歼。另又包围消灭增援敌五百，并击溃千五百名。前后总计歼敌千二百人，缴获骡马七百余匹，步枪三百余支，炮十八门。晋察冀边区经此一再大捷，其巩固程度，自将愈益增加。本报特申热烈庆祝之忱，并谨向保卫晋察冀边区，屡建奇功之八路军全体指战员、政工员敬致崇高的革命敬礼！

  为什么晋察冀边区常常打大胜仗？撮其最基本原因列

举有四：

晋察冀边区之所以捷报频传，首在边区军事当局，深刻认识巩固根据地，坚持基本阵地之重要，同时又确切了解广泛开展游击战争，和力求在运动战中不断歼灭敌人，是保卫根据地，粉碎敌人进攻的正确的军事方针。因之，平素既致力于反围攻反"扫荡"战的准备，战时又善于作反围攻反"扫荡"作战的组织，时时注意于战事的发展，这样就使他们可能求得不断消耗敌人和大量歼灭敌人。试观在历次战斗中，敌人一闯入我基本阵地，即遭受全军覆灭的惨祸，就可以知道晋察冀军事指挥当局对于战役组织的精密和保持基本阵地的决断意志。

其次，在于善于正确运用游击战与运动战的相互配合，消耗战与歼灭战的正确关系。边区一贯的作战指导原则是，"基本的游击战，不放松有利条件下的运动战"。他们发动了广泛的游击战，予进攻之敌以百般磨难，逐渐消蚀其力量，增加其困难，创造其弱点。同时能适时的集结突击力量，指向敌人弱点，以迅雷不及掩耳手段，由诸方向向突击点作猛烈的突击。运用这样机动巧妙的作战艺术，往往取得小胜在前，大捷在后，无怪"皇军"要叹"共产军"不易对付。

第三，在于民运与军事行动之统一。晋察冀边区的军事指挥当局，不仅善于掌握其本身部队，灵活运用其本身兵力，而且善于吸引广大群众参加战争，正确的估计了民众的力量，并且加以艺术的领导，使其满足于自己军事上的要求。他们把民众不仅任前后方勤务，并能领导配合作战，直接参加战斗，成为军事力量的一个组成部份，而最后又以作战的胜利来鼓舞民众的热情，提高他们的勇气。

第四，在于民众热烈参军，使军队充实。边区军队大多由当地群众中产生，与群众有血肉不可分之关系。而在坚持抗战过程中，各地民众仍能继续踊跃参军，保证部队兵员的补充，和战斗力的保持。如今春边区的子弟兵运动，大大地增强了边区部队的力量和战斗情绪。

华北"扫荡"与反"扫荡"大战，决非一日一时所能了结。为贯澈坚持华北抗战、争取最后胜利的基本方针，必需在军事上不断严厉打击敌人，求得不断的歼灭敌人。这对坚持整个华北抗战，巩固各抗敌堡垒有其决定意义。各区军事领导者，各兵团指挥员，发扬晋察冀边区部队的作战精神与艺术，学习他们的作战精神和作战取胜本领，是应该而且必须的。

（原载一九三九年十一月十七日《新华日报》华北版第一版社论）

论屯积公粮

粮食是民生的必需品，是军队最主要的给养，关系于整个民生之维系以及抗战部队士气与战斗力之巩固，至大且巨。值此敌寇对敌后华北的"扫荡"日益加紧，而投降妥协危险又严重存在的今日，坚持华北游击战争，巩固各抗日根据地，以击破敌寇确掌占领地企图，实际有效的反对全国投降妥协份子的危险企图，是华北一万万军民的当前基本任务。屯积公粮，遂也愈见其重要。

屯积公粮，反对敌人搜括抢掠粮食，无论对军民双方都有很大的利益。以民众言，积谷防饥，在敌寇种种暴行下，可应民众万一之需。如此次晋察冀、河北之大水，当地百万灾黎，得助于公粮之救济者，实匪浅鲜。以军队言，敌后抗战部队，与大后方联系隔绝，军需之补给，大多不得不仰给于敌后当地。屯积足数公粮，部队的给养得到保证，生活上没有顾虑，可以一心致力于前线作战，更能克尽厥职，杀敌奏功。同时，也可免去军民双方临时借粮筹粮的困难与支差应役的麻烦。这都是显然可以意想得到的。

现在秋收刚才下场，正是大批屯积公粮的最好时机。本报特于此时，提出这一紧急行任务于各抗日根据地全体军政民之前，并愿略陈管见，以供各方之采纳：

关于屯积公粮工作，主要可分两方面，也就是两项具体步骤：一是计划与分配。各县、区、村等各级政府，首先应着手进行调查，不同地区按照秋收不同收获以及民众生活需要的实际状况，规定自己的确实数字，以为筹粮的奋斗目标。然后循此目标努力动员，即不能超过预定数字，也当尽力之所及，达成自己的规定。在此应促使注意的约有三点：各地土地之生产力不同，敌人曾经蹂躏之处与未经之处的破坏与建设不同，计划数字自不能千篇一律，也不应勉强求其齐一。地瘠被害之区，或则尚待邻境接济，或则仅能屯积少量，于理不应苛求；至肥沃丰收之乡，则应倾量屯积，且应成为计划分配与动员之主要对象。此其一。计划分配之时，自应不偏不倚，勿使负担重者过重，轻者过轻。但贫富不一，收支不等，实在无力负担者，强令勒索，只会产生不良结果。或有力负担一部者，自当负其应负之一部，勿任推诿逃避；而富裕之家，则按有粮出粮原则，不妨多请纳谷屯贮，于彼固九牛一毛，而对整个抗战之裨益则大。此其二。敌占区域，动员征□较为困难，但同样亦应计划在内，即或所得有限，然其政治意义不容忽视。此其三。

二是动员征集。屯积公粮，主要应由政治动员入手。政府方面，于计划分配停当之后，即应制缮详细而具体的指示，分发下级遵照执行。同时并应召开干部联席会和士绅座谈会等讨论研究，必使了解屯积公粮之意义，协同一致，努力征集。此外，军民双方，则可按级组织动员公粮突击队，发动热烈竞赛，深入每个乡村进行突击，或作口头演讲，或演剧宣传。而其主要方式则在召开村民大会与士绅座谈会，教育广大民众，开导多粮富户，自动出粮，踊跃纳谷，同时并帮助征集。报章杂志更应时刻反映各地屯积公粮情形，对于慷慨好义之士多加表扬激励，对于工作中所遭遇之困难及时揭发、讨论，以谋补救。

今天多屯积一斗公粮，则民生与军需便多得到一分保证，也就等于根据地多增加一分巩固。全体军政民总动员起来，为完成屯积足数公粮而奋斗。

（原载一九三九年十一月十九日《新华日报》华北版第一版社论）

起来！扑灭汉奸！

  敌寇"扫荡"华北，其"治安肃正"的中心枢纽，在于山岳地区。然平原为山岳的外围屏障，因之敌寇对于山岳根据地的进攻，往往首由"扫荡"平原开始。根据近日华北各方战况，敌寇对河北、山东等平原游击区的周期"扫荡"，已经渐见展开，而对山西山岳根据地的进攻，也正在积极部署与准备之中。这具体的表现于各地敌探汉奸的猛烈蠢动与活跃。

  敌探汉奸是日寇的政治别动队，是敌寇进攻我根据地的先遣队。敌探汉奸的活跃是日寇准备进攻我山岳根据地的象征，实际上也是其进攻的另一种方式。

  近日敌探汉奸在我山西各地，特别是晋察冀和晋东南根据地活动，已经表现出来的有如下数种：

一是利用各种名义，组织各种畸形组织。在此等名义和组织掩盖之下，以伪善面貌，虚伪态度，公然奔走钻营，与山西内部某些投降妥协份子，互通声气，里应外合。经过种种关系，施展种种狡计，破坏各地抗日政权，摧残各地抗日群众团体，打击各地进步抗日力量，排斥各地积极抗日份子。如白志沂在晋察冀边区的种种荒谬行动，摧残抗日政权，枪杀抗日军政人员等等，即为其阴谋活动的具体表现。

二是利用土匪武装，巧立名目，为日寇效劳，在我根据地内培植汉奸武装力量。在平时，到处进行骚扰，奸淫妇女，捕拿壮丁，强拉牲口，借此挑拨民众对抗日军队与抗日政府的恶感，破坏根据地中的各种建设工作。甚至捆打各地行政民运工作人员，袭击各地抗日政权，摧毁抗日群众团体，制造流血惨剧，种种罪恶的反动行为，无所不用其极。其于战时，或抄袭我军后，配合敌军，腹背夹击；或□变暴动，摇身投敌，捣乱我抗战阵地，动摇我抗战军心，破坏我作战计划。蔡雄飞已投敌于先，白志沂又出扰于后，其他隐藏潜伏者为数尚不在少，实值我们万分警惕。

三是收买流氓地痞是某些无耻之尤的民族败类，施以间谍汉奸训练。组织所谓"特务工作队"，专事暗杀戕害军政民领袖及一切积极抗日的进步爱国志士。此种暗杀的"特务工作"，与汪逆在上海、南京所行施的同出一辙，今日已着手开始。八路军独立游击支队政治委员涂锡道同志，于本月六日在第五行政区平顺县境巡视部队工作时，即遭若辈之血手毒害，阴险残暴，闻之令人切齿。

四是散播汪派汉奸主张与各种荒谬言论，公开宣言反对共产党、八路军、牺盟会及各种抗日群众组织，诬蔑种种抗战进步设施，反对三民主义、抗战建国纲领与山西一切进步法令及民族革命十大纲领，阻挠山西进步，离间我党政军民四位一体的团结，企图颠覆山西已经奠立之抗战基业。

此辈汉奸份子的种种活动，均与山西内部暗藏的投降妥协份子互相勾结。积极响应投降妥协的阴谋,若不及时予以扑灭,祸延所及,整个山西恐会被斫丧葬送。我们决不能允许这类汉奸小丑的跳梁活动而危害及抗日根据地的巩固。这类谋害军政民领袖的暗杀凶犯,人人皆得而诛之。全山西同胞快快起来,展开反汉奸的运动,扑灭这些罪大恶极的汉奸!

(原载一九三九年十一月二十一日《新华日报》华北版第一版社论)

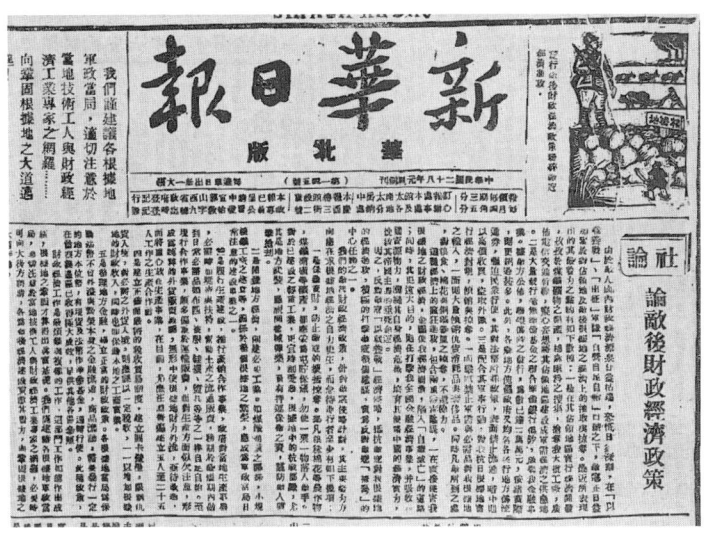

论敌后财政经济政策

由于敌人国内财政经济源泉日益枯竭，恐慌日益深刻，在"以战养战""出征"军队"自营自足自给"口号之下，敌寇正日益加紧于对占领地及敌后根据地之经济上的榨取与掠夺。最近所表现出的其最着力之点约有如下数种：一是在其占领地区实行经济开发，孜孜于煤铁矿物之开产，棉麻原料之搜集，抢夺我大批工厂，广布电信交通干线，痴心妄想将其占领地区建设成军需经济之供应地。二是大量发行毫无准备基金之联合准备银行伪钞，破坏我金融事业。据敌方公布，联银伪钞之发行，为数已达二万万元，按诸实际，则更超过甚多。此外，各县地方傀儡政府又均各各发行地方伪流通券，强迫民众行使。其对法币所采政策，表面禁止流通，暗中则以高价收买，盗取外汇。三是配合其军事行动，对我抗日根据地实行经济封锁，倾销与掠夺。一面严厉禁止军需与必需品对我根据地之输入，一面则大量倾销仇货、消耗品与奢侈品。同时凡敌所到之处，对粮食、棉花与铜铁器皿之掠夺，不遗余力。

这种经济上的疯狂进攻，包含两重险毒阴谋：一在直接侵害我根据地之财政经济，企图使我经济崩溃，陷入"自趋灭亡"的道路。同时，其更远大目的，则在打击我全国金融经济事业，并吸收我国资源物力，弥缝其自身经济危机，培育其侵略中国的经济实力，挽救其帝国主义的垂死命运。

因之，反对敌寇"以战养战"经济侵略，抵抗敌寇对我根据地的经济进攻，积极的打击敌寇整个阴谋，实为反对敌寇"扫荡"的中心任务之一。

我们的敌后财政经济政策，针对敌寇侵略计划，其主要努力方向应在求根据地经济之自力更生，而急待进行者至少有如下几项：

一是保护资财，防止敌寇的搜括掠夺。举凡粮秣棉花等农作物，煤铁硝磺等矿产，都应妥为屯贮保藏，勿使一粟一物落入敌手。对于已建设之轻重工业，更宜时刻爱护。根据地中的抗战部队，尤其是地方武装，应视同枪械弹药，负有押运保卫之责，谨防敌人袭击抢劫。

二是开发地方经济，创建必要工业。如煤铁硝磺之开采，小规模铁工厂之建立等，关系于整个根据地之繁荣，应成为军政当局日常注意的建设事业之一。

三是履行生产建设，推行产销合作事业。政府对当地生产事业必需时加奖掖与扶持，帮助土产之流通贩卖，务期于最短期内做到日常必需品如布匹、被服、鞋袜、盥具等等之一律自足自给。至现行合作事业，颇多偏重于运输贩卖，而对生产方面似欠注意。形成为纯粹的外货贩卖机关，无形中使根据地财力外流，亟待改进，而将重心放在生产事业。在目前，尤应注意普遍建立五人至二十五人工作之生产合作社。

四是建立正确而严密的税收贸易制度，建立关卡壁垒，限制仇货入境。

对必需之外货入境，则应课以一定税收，——以增加根据地的财政收入，同时也即保护本地之工商实业。

五是整理地方金融，确立正当的财政政策。各根据地当局为保护法币不会外溢与繁荣本身之金融流通、商品流动，需要发行一定的地方本位币，有现货及法币作准备基金，周转行使。此种政策，在晋察冀边区已收得极大成效，足供其他各区参照。

财政经济工作是最烦难与复杂的工作，这部门工作如能作出成绩，根据地之巩固才算得出真实基础。我们谨建议各根据地军政当局，适切注意于当地技术工人与财政经济工业专家之网罗，必要时可向大后方聘请，各为战后经济建设贡献其智力，向巩固根据地之大道奔进。

（原载一九三九年十一月二十三日《新华日报》华北版第一版社论）

论目前文化教育工作

在华北敌后方所进行的文化教育工作,已经有了两年经验,这两年来的经验说明:

第一,我们的抗日文化教育工作,是巩固抗日根据地与坚持敌后抗战的重要的一环,只有深入的文化教育工作,才能使我们抗战军队的质素提高,才能使我们广大民众的觉悟增长;只有深入的文化教育工作,才能供给我们以千千万万的干部,才能粉碎敌寇一切造谣欺骗,得以砥砺士气与坚定及发扬民族的自尊心与自信心。在我们各个抗日根据地中,如果没有成千累万的报纸、学校、剧团、出版机关,以及遍布穷乡僻壤的民革室与救亡室,那末,我们今日的华北抗战局面是不可想像的。

第二，我们的文化教育工作，无论在任何困难的情况之下，也能继续进行下去而且获得广大的发展。事实证明，艰难困苦的敌后战争，虽然使我们的文化教育工作受到一些物质上的困难，但在另一方面，也使我们的文化教育工作本身获得极大的改造与发展。我们今日的文化教育工作，已经和民族的当前需要结合起来，而不是过去经院式的文化教育，使学者有"学无所用"之叹。我们今日的文化教育充满了战斗的、进步的、现实的、民主主义的内容，一扫过去文弱萎靡之风，使几千年来"读书致仕"的封建观点遭受致命打击。文化教育工作本身的这些改造与进步，使之能够适应战争的环境与需要，以新的方式与形式，在敌寇进攻的情况之下继续活动。

第三，在异常困难的客观情况下，要继续我们的文化教育工作。首先必须使文化教育工作和每个时期当前的抗战任务联系起来。如果文化教育工作只在于固守成规或吟风弄月，与现实的抗战需要脱离，则在我们的抗日战线上就决不会在任何地位。我们文化教育工作的能够获得巨大发展，就正因为这一工作"为抗战所必须"。其次，文化教育工作必须获得广大群众的支持。报纸以读者的多寡决定它存在的价值，剧团以观众的褒贬测验其工作的成绩。一切文化教育活动，如果在广大群众拥护之下，就可以克服各种客观的困难，获得进步与发展。

从这些经验中来规定我们目前的文化教育工作，显然可以看出，在今天，我们的文化教育工作，应该而且一定要适应抗战新阶段的新形势与新任务。一切报纸、学校、剧团、出版机关、民革室与救亡室，其最中心的工作，就在于向民众进行深入的宣传教育动员，指出新阶段中敌我力量的变化，指出新阶段中投降妥协是主要的危险，指出我全民族的任务是求得不断的进步，迅速准备反攻力量，指出敌后抗战更艰苦的时期已经到来，指出巩固抗日根据地与坚持敌后抗战的方针，指出我国争取胜利的道路。并且把这些宣传教育工作与组织民众的工作联系起来，动员民众真正起来参加当前的战斗。这样的文化教育工作才能存在、发展，在抗战中留下不朽的功绩。

处在华北敌后的文化教育工作同仁，曾经经历过许多艰难困苦的奋斗，积蓄了异常丰富的经验。这些经验应该在今日尽量发挥，使我们的文化教育工作，在抗战新阶段中更加尽其先导的作用，把民众指引到坚持抗战、坚持进步、坚持团结的胜利道路前进。

（原载一九三九年十一月二十五日《新华日报》华北版第一版社论）

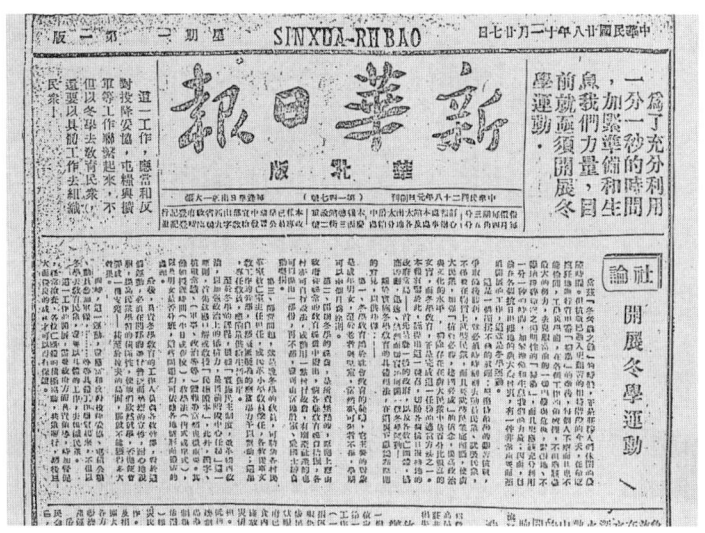

开展冬学运动

　　当兹"冬者岁之余"的时候，正是庄稼人们休闲的农隙时间。但抗战已进入更艰苦的相持阶段的今天，在敌寇疯狂地进行着更番"扫荡"的敌后，每个人不应而且也不能偷闲。工农兵学商，在各个工作的领域里，不但应该尽最大的努力，去克服当前的一切困难与危机，紧张地、不断地粉碎敌寇之周期性的"扫荡"，而且更应该充分利用一分一秒的时间，加紧准备和生息我们的力量。因而，目前在各个抗日根据地的广大农村里，有一件非常重要而亟须开展的工作，这就是冬学运动。

　　这是一个不破的真理。要坚持敌后的艰苦抗战，争取最后胜利，就必须时时刻刻去动员民众、武装民众，不仅要在物质上武装民众，而且要武装民众底头脑，使广大民众，加强"抗战必胜，建国必成"的信念，提高政治与文化的水平，扫除存在在广大民众中占百分比很高的文盲，而冬学教育，正是完成这一任务的适当方法之一。本报有鉴于此，谨提出这一号召，切盼各个抗日根据地的政府当局——首先是县一级的政府，以及各救亡团体，协商计划，迅速、热烈而切实地展开一个冬学运动。

关于实施冬学教育的具体办法，在这里献几点原则的意见，以供采择：

第一，冬学教育关于社会教育的范畴，它主要的对象是成年男女，至于老者与儿童，当然亦可来者不拒，学期可以两个月为原则。

第二，开办冬学的经费，是所费无□的，原则上应由政府从经常的教育经验中拨出。倘各县教育经费拮据，各村亦可自行设法，或动用一点村行政费；有产社产的也可以提出一部份；再不然，还可由当地股室、爱国士绅自动乐捐。

第三，师资问题，就是说冬学的教员，可聘请各村民革室、救亡室主任担任，或民革小学教员兼任，各救从事文教工作的干部，自然毫无的应当竭力予以帮助；这里，专任教员，应酌量供给生活费用。

至于冬学的课程，根据"实施民主制度，改革国内政治，以加强政治上的抵抗力，是目前阶段中心任务"这一原则，首先就应□解或教授"民权读本"，此外，识字、抗战常识（军事、政治等等）、读报等当然也很重要。其余如授课时间（半日或夜校）、教学法（复式或单式），以及男女是否分班，这些问题均可依据各地情形而具体的处理。

最后，负责冬学教育的工作人员与各救干部，对于这个运动，必须在间邻间进行普泛而热烈的宣传，耐心地说服，提高民众学习的积极性，使他们欣然就学，否则便会弄成一种支差，甚至于拉夫的局面，那就不能获得多大效果。

同时，这一运动，还应当和反对投降妥协、屯积公粮、动员参加军队等等具体工作联系起来,不但以冬学去教育民众,还要以具体的工作,去组织民众。

这一工作的开展,需要政府方面负责领导,时加督促,经常检查,各救亡团体的积极协助,共同进行,然后巨大而优良的成就才可以得有保证。

(原载一九三九年十一月二十七日《新华日报》华北版第一版社论)

重申共产国际宣言的伟大意义

共产国际在十月革命节发表了一个反对帝国主义战争的重大宣言。在这宣言里，指出目下之欧洲战争，完全是非正义的、反动的帝国主义战争。指出"英法等统治阶级，正为争夺世界霸权而从事战争"，并大声疾呼，号召各交战国工人联合起来反对各该国政府；号召一切"被迫参加帝国主义战争的前线士兵们，一律速离战场"。对于中日战争，共产国际明确地说："日本帝国主义毒害中国已达两年之久，中国正为独立而战，共产国际深愿帮助为解放而战的弱小民族。"

共产国际这一宣言，一方面受到全世界无产阶级及一切爱好和平的先进人类的热烈拥护，另方面却又引起资阶级反动派及各国社会民主党领袖的反对。这都是不足为奇的，因为它完全只适合于全世界人类的根本利益和历史要求，而有害于帝国主义。它正是各国共产党工人劳动者和人民进行反战运动及解放运动的总方针。

共产国际这一宣言，还证明了中共中央及其领导人毛泽东同志、王明同志、洛甫同志等所发表的一切有价值文献的完全正确，证明了英美法各国共产党反对其本国政府的英勇斗争的完全正确。这就说明了各国共产党是世界上最统一、最团结一致的、唯一国际主义的革命政党。

据曼努意斯基在联共第十八次大会上的报告，共产国际在资本主义国家里已经发展到一百二十万个共产党员，这些共产党员都与千百万革命群众密切联系着。我们深信有如此强大力量而又是世界上最统一、最团结一致的共产党，遵照第三国际的正确方针，是无论如何能够有效地领导目前的反战运动，最终葬送资本主义制度的。

不管英法等帝国主义是如何的革命的屠杀者，不管英法等国的政府是如何的反动化，拼命逮捕共产党员和压迫人民，然而，遵循着正确的方针，全世界反战运动依然是汹涌澎湃地向前发展着！英国工人阶级一致要求和平；在印度，反战的高潮，已经和反英的民族解放运动联系起来，已走上武装斗争了；在法国，在共产党领导之下，反战运动不顾一切反动势力的进攻而正在开展着，各城市发现大批反战传单，提出了"立刻讲和"的口号；在美国，拥有四百万会员的职工会全国代表大会，最近一致通过了反战的决议。

目前，卷入战争的人数已有五万七千万人了，而英法帝国主义正千方百计使战争延长，吸收一切中立国卷入漩涡。它们拒绝了苏德的和平宣言与荷比的和平呼吁；美国则成了英法源源不绝的军火库，坐收渔利；日本还是继续它灭亡中国的行动；意大利诚如共产国际所揭穿的，它是待机加入胜利者之一方，企图分赃的两面派。在另一方面，世界上除了社会主义体系苏联坚决的反对战争，除了各资产阶级国家人民解放运动和殖民地、半殖民地民族解放运动的蓬勃发展外，还有许多中立弱小国家，它们也是一致反对战争的。还有各资本主义交战国内的一部份资产阶级（如目前路易乔治所代表的），及公正的和平人士（如萧伯纳等），都是反对自己政府进行战争的。这样，唯一的正确方针，就在于汇合这些反战的力量去反对帝国主义战争，这也是目前摆在全世界人类之前的历史任务。

（原载一九三九年十一月二十九日《新华日报》华北版第一版社论）

加倍深入群众工作

洛甫同志在其最近所发表的具有严重意义的论文中指出：只有革命力量的发展与扩大，特别是工农群众力量的发展与扩大，我们才能粉碎敌人的政治进攻，使相持阶段发展到反攻的新阶段。并且说，这是我们为着坚持抗战团结进步而奋斗的基本目的。革命力量的发展与扩大底中心一环，便是发展与深入群众工作。

敌后华北，在两年多坚持抗战过程中，由于全体党政军民的努力，群众运动已经有了相当的规模，使党政军各种抗日革命力量有相当的发展，创造出许多抗日游击根据地。但在此相持阶段严重而困难环境中，敌后特殊复杂而紧张局面中，虚心检查各地群众工作，却还存在着种种不容忽视的弱点。主要的是各地群众工作一般的多还不够宽广、不够深入与不够巩固；若干地区甚至还表现出若干程度的迟滞的停顿。客观环境对群众工作课予新的要求，这要求华北各抗日根据地加倍深入群众工作。

怎样深入群众工作以适应新的要求？

第一，必须实行澈底的有利于广大群众的经济政策，以提高群众的经济地位。即本报曾经一再提出的减租减息，废除苛杂，经济建设，改善人民生活。但这在今天已经不是口头上喧嚷的问题，而是实际深入的实行的问题。没有实行的地方应该立即实行，已经实行的地方应该严格检查实行的程度。重要的是使广大群众得到经济改革的切实利益，而且在经济改革的运动中动员起来，组织起来，使他们的力量广大的生长发展起来。显然，这一点在过去是没有十分做到的。

第二，必须实行澈底的有利于广大群众的政治改革，以提高群众的政治地位。要做到这一点首先应该实行区村下层行政机构的民选制度。在普遍的竞选过程中，逐渐祛除政权机构中一切贪污腐化、阻碍群众运动、冒称抗日的坏蛋份子，让广大的工人、农民、抗日的知识份子和一切进步人士参加到政权中去，实际掌握政权、领导政权，使政权真正改造成为民众化的政权。各级政府的人员成份及其政治经济等一切设施都应合于应广大群众的愿望与要求，而开展群众的政治生活及其在政治上的权力。

第三是深入教育群众，提高群众的政治文化水准及其政治觉悟。发动群众为自己利益而斗争的群众运动，在这样的运动中激发群众的热情，提高群众的信心，坚强群众的意志，巩固群众的组织，使他们明了自身所处的地位，自身不可战胜的力量和自身应走的道路。

今天我们提出深入群众工作问题，不是在一般意义上提出的，深望各地党政军民都能把它作为最基本工作之一，切实认真的深入群众运动，使群众运动推向更高阶段发展，这在克服投降妥协与"防共""反共"危险上，是具有决定意义的。

（原载一九三九年十二月一日《新华日报》华北版第一版社论）

立即克服屯积公粮工作中的不良现象

关于屯积公粮,保证军实的问题,本报前次社论已略有论述。各抗战部队,各级政府机关、民众团体鉴于屯积公粮对于坚持抗战、巩固根据地关系的重要,亦均已积极着手进行征粮突击工作,这是很好的。但以各方仅仅片面看到征粮屯积的需要与急切,而忽略于正确方针的运用与执行,据连日各方反映,已发生各种极端严重的不良现象,本报愿就其主要者略论之。

一是未能如本报所说,进行真正的政治动员工作。一般民众多不懂得征粮屯积的意义及与其切身利害关系,因此不仅不能做到使民众自动踊跃输将,慷慨纳谷,甚且逃避义务,借故推卸责任。尤其是对于士绅富户,缺乏耐心的说服解释，若干地方虽然召开了士绅座谈会等，也都是只做了表面的初步工作，并没真正把他们说服，以致在着手征集时，遭受到许多困难与阻碍。

二是事前没有精密周详的调查，也没有具体适当的分配，客观情形既未深刻明了，主观方向不免要求过高，不分贫富，不择有无。对于真正积谷富裕之家不知善加开导，广为劝励，而对缺乏粮食的小户人家却过分苛求。贫寒抗属，无助孤寡，亦未能予以周到之顾虑与爱护，影响所及，人民愤慨不安。

三是一部份征粮突击者的态度恶劣。他们因为急于要完成自己的工作任务，往往不择方式，出诸以强硬手段，威逼恫吓，气势凌人。民众见而生畏，即使本意甘愿屯粮，也多临时退缩，抗拒不纳。而敌探汉奸则更乘机煽动，破坏民众与政府间的固有良好关系。如晋东某县某村，民众因受汉奸蛊惑，拒绝军队帮助收割粮食，畏怕军队知其收获多少，而强迫其出粮。

四是若干部队对于征粮屯积，不知配合动员，经政府机关统筹统支，而竟提锄带斗，擅自闯入民家强行搜索。更有某些不肖部队，借屯积公粮的名义，向民众横征暴敛，一手征得，一手出售，周转贩卖，从中取利，人民叫苦连天，怨声载道。

上述这些情形，造成民众中的极大的不安，激成许多地方的反感，如不立予克服纠正，不但征粮突击工作难能收到预期的成效，而且还会产生种种不良恶果。因之本报特再向各级地方政府与筹粮委员会建议，要求重新精密调查，确实根据各县本年粮食收成情形与客观上实际可能动员的数字，作适当的计划与分配；并通令所属进行充分的政治动员工作，明确按照"大户多出，小户少出，贫户不出"的原则，执行征募公粮工作。同时为使民众获得一定的抵偿的代价，在向民众征集粮食的时候，政府可给以代价——"粮券"，以抵本年下忙田赋。如此民众当较为宽心，而动员工作也较易进行。

种种不良现象，绝对不能容许其继续存在。为纠正过去缺点，军政民各方均应立即动员得力工作人员深入乡村，严格检查此次征粮工作情形，接受民众的控诉，倾听民众的意见。对于已征得的不应出粮的贫户粮食应立即退回，对于民众中的不满应妥加安慰、解释，及时予以消弭，使征粮工作向正确的道路进行。

（原载一九三九年十二月三日《新华日报》华北版第一版社论）

为扩大抗日部队而奋斗

抗战以来，在华北广大人民反日斗争的怒潮中，壮大和产生无数英勇的抗日队伍。这些队伍，正是我中华民族最优秀、最勇敢的男儿行列。正由于这些行列无比的英勇战斗，才保卫了我们的家乡，保障了我们的祖宗坟墓、父母妻子、生命财产不受日寇的蹂躏、摧残侮辱、屠杀和掠夺。

然而，当兹新阶段中，敌后战争将愈更频繁，"扫荡"将愈趋紧张。试观敌寇在"扫荡"我晋东南山岳地区，遭受了创伤之后，近又开展了对河北平原的进攻。但山地与平原实唇齿相依，敌寇"扫荡"平原的动作，正是企图孤立山地，再次"扫荡"山地的必要步骤。日来晋东南敌军增多，调动频繁，正说明一个更紧张猛烈的□斗摆在我们眼前。为着迎接新的"扫荡",胜利地保卫家乡、保卫敌抗日根据地,并在不断的战斗中扩大我们的新力量,准备反攻,我们目前最最中心的任务,便是猛烈的扩大武装,扩大抗日军队。

显然的,这是一个伟大神圣,然而是艰巨的任务。同时,又因为战斗的极度紧张而剧烈,更需要我们争取宝贵的时间,以突击的方式,展开一个□军的巨大热潮。

这里,我们仅提供以下的意见——

第一,要召集动员武装会议(请抗日军队参加),成立武装动员的组织机构,吸收各个游击队、自卫队的优秀份子,以及勇敢的群众。组织武装动员突击队,施以短期训练,训练的内容,应该是目前敌后战争的紧张形势和扩大兵员的方式方法。这些武装动员突击队的主要任务,在于大量组织与扩大县区村的抗日游击队。加紧训练地方武装,领导地方武装打游击,并努力动员自卫队及积极的群众集体参军。

第二,武装动员组织及各个突击队中,应该有专门负责宣传的人员,与各救国团体及各种宣传机关取得密切联络,共同合作。利用一切机会,一切方式,进行广泛而深入的政治动员、耐心教育、艰苦宣传,使广大人民深刻了解,今天只有抗日军人是中华男儿最光辉的模范。号召发动广大青年壮丁参加部队,武装走上前线。这就是说,要严格以反对拉夫强迫的方式。

第三,武装动员组织和各个突击队,也应该有专门负责检查与推动实施优抗的人员。严格检查优待抗属的情形,发动广大的优待抗属的群众运动,保证澈底实现优抗的法令。

第四,各县的救亡团体,更应该把动员参军的工作,当作最中心的工作。工农青救,应该号召自己的最勇敢的会员去参加军队。妇救同志,应该像晋察冀英□妇女一样,向自己的全体会员提出"反对老婆拖尾巴""送郎上前线"的口号,动员自己的兄弟、自己的丈夫上前线去。

最后我们还不要忘记这一运动要和反投□妥协以及发揭民主、改善民生的运动联系起来。要严密防范投降妥协份子、顽固份子等破坏这一运动，同时应该知道，只有切实实施民主，实际改善民生，才能更高度的提高群众参战的热情。

燕赵自古多慷慨悲歌之士，华北山西人民，二年来和日本血的战斗中，已提高了他们爱祖国家乡的抗日热诚。我们相信华北山西的青年壮丁，一定会"人人做勇士，个个当英雄"。

□各县和各救展开一个热烈的扩大抗日军队的竞赛吧，看谁个做了辉煌的模范。

（原载一九三九年十二月七日《新华日报》华北版第一版社论）

论南宁失陷

报载敌寇以两师团之众由北海登陆，于上月二十四日午后三路会陷南宁，续向八塘宾州推进，占领湘桂路据点，并由钦县分路犯占灵山、合浦。从此华南战事复趋扩大，我唯一国际海口通路又被断绝。

我们早经指出，敌人在相持阶□中，虽由于其自身困难之增加，不得不以政治进攻为主，但同时也决不会放弃其军事进攻，正面战场战役上大规模的攻守战不仅可能发生，而且必不可免。毛泽东同志九月十一日在对中央社及各大报记者谈话中即说："相持阶段是有条件的到来了。……敌人还可能有比较大的战役进攻，例如□攻北海、长沙，以至西安，都是有可能的。"可见敌人进攻南宁，早在我们意料之中。

敌寇进攻广西，是一种政治阴谋下的军事进攻，是软中取硬的办法，包含着两重意义：一方面固在扩大占领地区，插其魔足于华南一省，攫取我沿海富饶资源，弥补其国内岌岌危殆的经济危机，并直接策应粤南战事，威胁我粤南守军之侧背，以助粤汉敌军北上的进展。而另一方面，其根本战略目的，则在借此较大规模的积极的军事行动，威迫国际反动派与我国内投降妥协份子、动摇份子等，诱使他们向日寇迅速屈膝，达其整个灭亡中国的目的。盖北海既为我国际唯一海路，而南宁陷落又可使我华南陆路国际交通线——滇越大动脉，感受严重威胁，外援方面自然会受到一些影响。这对于那些心目中唯以外援决定抗战成败的民族失败主义份子，在心理上是一个很大的打击。主张投降妥协的份子，于此将又会引为理论根据，而叨叨不休。

同时，敌人此次战役进攻，主要出发点是封锁中国，使中国抗战失败，即日寇所谓"解决中国事件"。而占领北海要口，与海南岛隔湾相望，贯通海军联络，控制南洋各岛，以为大踏步南进之准备，不能不说是另一种□意所在。国际帝国主义反动派一贯向日寇屈服退让。企图□□中国，□全自己，真正是搬了石头打自己的脚。

我们认为南宁失守，的确使中国抗战增加若干困难，但并不足以影响整个抗战大局。敌人主要企图是想以此压迫中国上其诱降的钓饵，只要我们一心一意坚持抗战到底的国策，加强内部团结，力求进步，增强抗战力量，最后胜利的光芒决不会因之而减弱。刻八桂健儿已纷纷发动，民间武装逐渐活跃。以桂军之精锐，桂民之强悍，与桂省内部之素有准备，如能军政民团结一致，作适当的部署，不仅有充分力量足以阻敌于南宁附近而不使深入，且很有机会创造比湘北更大的胜利。

（原载一九三九年十二月九日《新华日报》华北版第一版社论）

保卫晋察冀边区，粉碎敌人的新围攻

在敌酋独立第二混成旅团长兼察□"剿匪"总指挥□部□秀中将被打死后不久，在正当所谓保安司令白志沂叛变投敌事件轰动全边区、全华北的时候，敌华北方面军又发动了新的对晋察冀边区的大举围攻。在边区周围窥睨了一年有余而且不时进扰的敌人，这一次由新的□点出发，分十二路向边区中心的阜平进击。阜平已被陷落，晋察冀边区陷入最危急的状态中。全边区军民在聂荣臻司令、宋劭文主席领导下，在贺□师长指挥所部的协助下，正在冰天雪地中，冒着刺骨的寒风，与敌人的巨炮毒弹相搏斗。凶残的敌人，向四处调动了飞机数十架向边区滥施狂炸，配合地上步骑炮兵的进攻，□便更残□的"扫荡"我边区。

但是他们能够焚毁和残害的，只是边区人民的房屋财产和肢体，而绝对震胁不了边区军民钢铁般坚强的抗战意志。久经百战的边区军民，正在以他们的血肉来保卫自己的家乡和祖国的领土。残□的大战正在阜平附近山地猛烈展开中。

敌人再次围攻边区原是意料中事。边区是全□模范的抗日极据地，是华北敌后抗战的支柱，是全国抗战最有力的组成部份之一。在相持阶级中，敌人的军事进攻重心侧重于华北敌后。而华北敌后的"扫荡"重心，又□然侧重于晋察冀。敌人是没有一刻不在准备围攻边区的，独立□二混成旅团这之进攻银坊、走马驿，便是大举围攻的最后一次的试探。而这一试探的悲惨失败与过村部队的全军覆灭，却加速了围攻的爆发。同时全边区军民，亦无时无刻不在准备迎击敌人的大举围攻，因为边区军民深深知道边区在全国抗战中的重要地位，充分估量到边区给予敌人的打击，即是全国抗战中给予敌人的打击。敌人对边区不断的大举围攻，正是边区的无上光荣。这次敌人调动更多兵力来进攻边区，正是大量消灭敌人的良好机会。

边区的环境无疑地是万分严重，这不仅在于敌人的大举围攻（敌人的围攻，自然增加了边区无数困难），而且更由于投降妥协份子响应敌人，从边区内部进行破坏，与敌人勾通，向边区施行内外夹击。他们在破坏边区，消灭边区的总的阴谋目标之下，正在企图分割边区，破坏边区的行政系统，削弱边区的行政效能，打击边区的县区村政权；正在企图捣乱边区的金融事业，破坏信用卓著，及大有成效的边区币制和一切财政经济建设；正在企图破坏边区的文化教育事业，阻碍边区军民政治文化的发展；正在压迫边区民众的抗日救国运动，捣毁边区的民众团体，禁止边区民众热烈参加保卫边区的战争；正在散放谣言，企图挑拨军政民三位一体的团结，动摇和消灭边区军民保卫边区的信心和决心；甚至正在集结力量，牵制我军，抄袭我军的后防，与敌人共同向我英勇抗战的边区部队进攻。像白志沂者便是其中之一。敌人之所以选择这一时机加紧向边区进攻，投降妥协份子之所以□□一时机叛□□乱，那决非偶然的，它们是相关的。

这些奸细份子，他们虽然存心要出卖边区一千二百万人民和消灭边区抗日政府，他们企图像蔡逆雄飞一样，从出卖中国自己兄弟和领土中来窃取一官半职。但边区是中华民族□土的一部份，边区政府是国民政府的一部份。全边区人民是不能容许任何内奸的叛变出卖行为的。一切叛变出卖份子，全边区人民都有诛灭他的义务。

保卫边区不仅是全边区军民的责任，而且是全华北、全中国人民的责任。全中国都应该声援边区的抗战，支助边区的抗战。我们号召全华北军民一致起来援助边区的反"扫荡"，并严厉铲除□□□的奸细份子，一致为保卫边区而斗争。

（原载一九三九年十二月十一日《新华日报》华北版第一版社论）

哀悼伟大的国际主义者——白求恩同志

我们以无限的沉痛，哀悼伟大的国际主义者，光辉的加拿大共产党员，加美名医白求恩同志的死，并向其不朽的英灵致无上崇高的吊唁。

中华民族伟大而神圣的抗日战争，本来不仅是中国人民的事业，而是先进人类的共同事业。因而当抗战之初，就有不少同情的国际友人来中国参战，白求恩博士即是不远万里来中国参战的第一人。他深入艰苦万状的敌后，在战斗极度紧张的晋察冀边区，奔波火线，治疗八路军无数负伤将士，手到痛除，建立了伟大的功绩。今夏河间战斗，贺师长中毒，即赖白博士亲手治愈。有一次在晋察冀为重伤兵员行施疗治，因伤员流血过多，情形危殆，白医师即从自己身上抽出二百 cc 的鲜血，灌注到负伤者身上。这种无可比拟的，为人类光明而自我牺牲的伟大的国际主义精神，造成了英国民族光荣的模范，使八路军全体将士，无一对之不亲切敬佩。大家一致尊称他为"白大夫"。

然而白大夫竟不幸于五台为我伤员施行手术时，划破手指因而中毒；竟不幸在我敌后抗战正进入更艰苦阶段的时候，与我们长逝了。

白大夫的死是不可挽救的损失！千万战士、无数人民，欲哭无泪。白大夫不仅在生前以自己的血来滋荣中国抗战的力量，就是他的死，也正是一个伟大的启示与感召，将使每一个有良心的人，都会深深地感动于□个国际主义者、共产党员的惊天地泣鬼神的伟大行径而景仰无已。

白大夫虽死，然而白大夫对中国抗战的功绩是不朽的。白大夫的鲜血已在晋冀察开放着胜利的花朵，鼓励着晋冀察边区军民不断地粉碎敌寇的"扫荡"；鼓励着全华北、全中国军民，更英勇地与敌寇□斗，一直打到鸭绿江边，争取到最后胜利，建立起光辉的三民主义新中国。

白大夫虽死，然而白大夫的国际主义者的伟大精神是不死的。中国无数人民都将学习白大夫的精神，在努力学习英勇战斗中，锻炼出无数的白大夫，竟白大夫未竟之志。

事实上也只有这样，才可无愧于白大夫为中华民族与全人类而英勇奋斗的不死精神。

（原载一九三九年十二月十三日《新华日报》华北版第一版社论）

组织国民宪政促进会

——迅速实施宪政

中国共产党优秀领导者,国民参政会参政员毛泽东、陈绍禹、秦邦宪、林祖涵、吴玉章、董必武、邓颖超等同志,最近发起组织国民宪政促进会。这一有利于民族解放事业的举动,首先就得到延安各界名流及知名之士的热烈响应,纷纷召开会议,闻不久即将举行宪政促进会的成立大会。

当发起之初,曾基本上决定了该会一般的工作方针。规定凡是赞成该会宗旨者,不分党派、信仰、职业和性别,均可入会。各种具体工作大致为:(一)召集各种群众会议,广泛宣传解释实施宪政意义,发动并组织民众参加宪政运动。(二)研究有关宪政各项问题。(三)征求民众意见,并将该会研究所得建议政府,以供采择等等。

这一宪政促进会,按照其宗旨和工作方针,显然为中国今天的必需。它对于促进中国政治上的进步,有着重大的意义。它就是真正准备帮助政府,在全国实施民主政治的具体方法和必要步骤。

固然,国民参政会的一切良好决议,已经由蒋议长郑重宣布,送政府切实施行。同时,最近国民党六中全会,也正式决议于明年十一月十二日召开国民大会。这些对于宪政的实施,无疑的是有力的保证。但是,我们还不应忘记另一方面,国内还有一部份人,在表面上虽然承认各抗日党派团体的存在,但在事实上却不肯给予这些党派和团体以合法的地位与权利。还有妥协投降份子及一部份反动的地主资本家及其代理人,正在千方百计的反对民主,实行倒退,借口"军事期间,政治不应民主"等,来破坏宪政的实施。因之,为了帮助政府克服这一股逆流,克服投降妥协及其他一切困难与障碍,迅速按照人民的根本利益和真正愿望实施宪政,全国同胞都应该一致起来,为赞助政府实施宪政,推动宪政的迅速完成而努力奋斗。不然,纵使有良好的决议,也不过只是白纸黑字的画景,宪政的实施,是无法得到真正成功的。

列宁在□革命时代中曾经说过:"如果没有民众的伟大精神和革命高潮,中国民主派就不能推翻中国的旧制度,就不能争得共和国。"孙中山先生在遗嘱上也说:"余致力国民革命凡四十年,其目的在求中国之自由平等,积四十年之经验,深知欲达到此目的,必须唤起民众。"毛泽东同志在《论新阶段》中也说道:"只有依靠民众,则一切困难能够克服,任何强敌能够战胜;离开民众,则将一事无成。"这些伟大人物的名言,是我全国上下,在推进宪政运动展开的今日,应该切实注意的。

我敌后华北,在两年多坚持抗战,与敌寇军事政治各方面的剧烈战斗中,痛切感到实施民主政治的万分重要,而实际上在推进民主政治方面,也已经起了先锋和模范的作用。我华北军民，在□年多坚持敌后抗战中，曾表现出最团结、最民主的光辉先例。我们相信华北一万万人民，必将拥护组织宪政促进会，真正帮助政府克服逆流与困难，迅速实施宪政。我们号召华北人民，继续提高自己的自信心和自尊心，绝对相信民众自己的力量一定能促□宪政的真正实现，一定能做到孙中山先生在遗嘱上所说的："最近主张召开国民会议，尤须于最短期间促其实现。"我们号召华北人民迅速起来组织宪政促进会，努力推动上述各种实现宪政之具体工作。

（原载一九三九年十二月十五日《新华日报》华北版第一版社论）

铲除暗杀团

山西各地，近日暗害之风盛炽，暗杀、破坏案件到处发生。据本报武乡蟠龙分销处报告，上月二十六日该分销处曾遭四武装汉奸之袭扰。不久，武乡大活庄又发生武装的"敌区工作团"团员枪杀民众事件。事后据被捕之"敌区工作视察团"团长薛勋臣供出敌工视察团、敌工团、政治突击队以及一切类此之团体和组织，与一切类此之团体和组织的所谓工作人员。其任务专任打击共产党、八路军、牺盟会、决死队；伪造情报，散播谣言，挑拨各抗日根据地军、政、民关系，破坏经济生产与文化建设。而其最主要任务之一，则在暗杀一切进步的抗日官员及民众领袖。又同类事件亦络续出现于晋南五区，不少敌工团份子，纷纷向政府自首，或自认确系汉奸，或对其汉奸行动表示悔过。在广大群众反奸怒潮之下，此辈民族叛逆，渐益显现其佝偻的狗相。

关于山西汉奸利用山西各种名义、各种组织，公开的进行阴谋活动，破坏、捣乱、暗杀等等，本报上月社论已有指述，并号召全体军民共起扑灭。而月来事实的发展，证明本报当初所言，确非危言耸听。今日从各处所逮捕到的汉奸份子，或自首的汉奸份子，大多是企图千方百计混入政府机关、民众团体。他们假借政府及群众团体之名，而暗中则进行汉奸活动，顶起抗日招牌，想尽一切方法来替其主子——日寇破坏抗战。但这批民族败类，虽早为山西民众所深恶痛绝，但今天之所以能在山西抛头露面，手持武器，公开进行破坏抗战，到处暗杀抗日进步份子，却绝非偶然，这是整个山西投降妥协份子暗中所策动的逆流之表面化。山西的投降妥协份子，为了达到他们破坏山西抗战及向日寇屈膝的目的，故不惜引用这些不伦不类或与汉奸有关份子，散发各地，兴风作浪，在投降妥协份子掩护之下，肆无忌惮的倒行逆施，无恶不作。投降妥协份子与汉奸凶犯互相勾结，内外合击来破坏山西抗战，这就是今天山西投降妥协危险愈益增加其严重性的原因。

我们知道，在山西整个投降妥协危险没有克服以前，山西的汉奸活动决不会立时灭迹。虽有若干汉奸份子被逮或自首，但那些还未被检举的汉奸份子，他们一定会用更隐蔽的方式，更残毒的手段，来破坏各抗日根据地。但是，不管这些汉奸、暗杀犯怎样托庇于山西的投降妥协份子，不管他们怎样利用各种名义、各种组织出现，在他们的真相已经暴露之后，民众即再不能容忍其在抗日根据地内横行。对于此类暗杀团体、暗杀凶犯，我们要坚决的加以驱逐和铲除。

我们认为《新华日报》是千百万读者的《新华日报》，是华北民众的文化食粮。山西一切进步的抗日官员和民众领袖，是民众真正的父母和领导者。山西各抗日根据地是千万军民辛勤缔造起来的抗战阵地，每一个热心爱国的同胞都有维护他们的权利和责任，决不能坐视汉奸败类来加害与摧残。他们今天能捣毁一个《新华日报》分销处，暗杀一个抗日领袖，明天便可能有更进一步的大规模的动作。本报特郑重敬请各地政军民，千万注意防范这些汉奸暗杀团的活动，不使这些汉奸暗杀团有丝毫活动的机会，同时并号召全体民众一致起来，严厉制裁这些汉奸暗杀团，要求山西当局严重取缔这些汉奸暗杀团，并严惩这些助敌作伥的汉奸份子。

（原载一九三九年十二月十七日《新华日报》华北版第一版社论）

反对国联荒谬"决议"

伟大的社会主义国家苏联,在解放了波兰西乌克兰、西白俄罗斯人民以后,最近又积极地帮助了波兰劳动人民的解放运动。

芬兰地主资产阶级,借社会民主党的无耻叛变,以刽子手的血腥屠杀,杀灭了芬兰的"十月",组成了反动的政府。二十年来,对内既压迫奴役其劳动人民,对外则以反苏的急先锋自居,充当英法等帝国主义的警犬。虽有一九三二年苏芬互不侵犯协定的签订,犹无日停止其对苏联的嗥嗥狂吠。世界大战全面爆发以后,和平堡垒的苏联,曾再三与芬兰进行谈判,力求东欧和平的建立与苏芬关系的和好,而芬兰的反动政府不但不接受苏联合理的提议,在英法等帝国主义嗾使下，公然陈兵苏联边境，威胁苏联名城列宁格勒，甚至向苏联边防军不断射击，恶意挑衅。芬兰反动政府的这种反动行动，显然是飞蛾扑火，甘作波兰第二。幸好曾经有过一度苏维埃运动经验的芬兰四百万人民，及时揭竿而起，推翻了地主资产阶级的奴役统治，在库西宁领导下自己建立了人民政权，与伟大的苏联订立互助亲善条约，携手合作。在这种情形下，苏联红军为援助芬兰革命而开入了芬兰，和芬兰工、农、劳动知识份子所组织的人民集团军联合，击败了阶级敌人，使芬兰人民重见自由平等旗帜之飘扬，开始其幸福愉快的新生活。

毫无疑义的，芬兰人民所发动的革命战争，是正义的、进步的战争，而苏联红军之援助芬兰人民解放，更为至高无尚的友爱义举。苏联红军不仅是保卫社会主义祖国的和平力量，而且是世界革命的伟大动力，是全世界一切反帝反战人民的忠实友侣。芬兰人民革命的初步胜利与苏芬的亲善互助，给予英法美帝国主义扩大战争的罪恶阴谋以严重打击，更进一步的保障了东欧和平，而使世界革命运动得到新的进展。

然而，英法美意等帝国主义，为了维持他们世界资本主义的反动统治，他们正在极力支助实际上已被芬兰人民所否定了的芬兰白色政府。英法意供给芬兰反动军阀以飞机大炮，美国贷给了一千万金圆的屠杀费，而且通过瑞典等北欧诸小国，向芬兰输送了武器犀利的兵匪，企图以此来绞杀芬兰的革命运动，进而向苏联进攻。在英法帝国主义的把持操纵下的国联，竟不经过苏联与芬兰人民的同意，公然召开大会来讨论莫须有的"苏芬纠纷"问题。自国联成立以来，不知道发生过多少侵略暴行，国联从未一申正义，对于日寇侵略中国，从未接受过苏联与中国的公正意见，主持过公道正义，给日寇以应有的制裁。而这次倒像煞有介事的组织了什么"苏芬纠纷委员会"，横蛮无理的向苏联提出了莫名其妙的最后通牒，并进而无端开除苏联会籍，阴谋狡计，昭然若揭。

国联理事会是由十五个会员国组成的，而投票赞成开除苏联会籍的只有七人，其他八国代表均未同流合污，或者弃权，或者表示怀疑。这七国总共不过一万二千七百万人，竟然作出"决议"，开除拥有一万八千三百万人民的苏联，公理早已荡然扫地，而况这个"决议"，也绝对不能代表七国人民的意志。在表决前夜，英法所进行的勾当，是极尽了阴险无耻之能事的。

这种荒谬绝伦的举动，充分地暴露出今天国联已不再是维护和平的机构，而仅是英法进行帝国主义战争的工具了。英法等帝国主义正在经由国联这一工具，组织反苏的反动力量，准备策动反苏战争。帝国主义疯狂的战争兽欲，已愈发暴露得淋漓尽致，他们想借口"苏芬纠纷"而发动大规模的人类屠杀。

对于我们，事情是最明显不过的，苏联是中国唯一忠实可靠的朋友，他给予中国抗战以最大的精神物质的援助，芬兰人民的解放与苏芬的亲善，对于中国抗战只会有利，不会有害。为了正义，为了世界和平，在这次国联大会上，我代表顾维钧大使毅然决然的不参加所谓"苏芬纠纷委员会"，反对开除苏联的国联会籍，这种态度是十分正大的。这说明我外交立场的坚定，外交路线的正确，中国的外交方针就应该循着这样正确的道路前进。我们拥护政府亲苏的外交方针，而反对英法帝国主义挑动反苏战争的阴谋。

（原载一九三九年十二月二十一日《新华日报》华北版第一版社论）

论小学教员的工作

小学教员,是我国知识界中最接近于下层民众的部份,是我国知识界中数量最多的部份。他们与广大民众密切联系着而且取得广大民众的尊敬。在过去的革命运动中,小学教员曾经起过积极的先导作用,表现过巨大的力量。抗战以来,小学教员也建树了不少功绩。即在敌后抗战的艰苦环境中,小学教员过着极端贫困的物质生活,仍然能够坚持自己的阵地,为我国抗战建国事业做百年树人的工作。两年以来,教育方面上许多进步的改革,如战时教育的实施,教育工作与组织民众、动员民众工作的配合,消灭文盲运动与冬学运动的普及,对敌伪奴化教育的英勇斗争等等,各地小学教员都尽了最大的努力。

小学教员在抗战中获得这些功绩，完全是各地小学教员自觉奋斗的结果。特别是一部份积极、前进、优秀的小学教员，在一切抗战工作中做了光辉的模范。他们真正"为人师表"，以身作则地团结了一切小学教员和民众来参加抗战，因而造成小学教员在抗战中的光荣地位与在群众中的信仰。小学教员这种团结与先导作用可以证明，在伟大民族抗战中，任何一个人，任何一件工作，只要向着团结抗战与进步的道路前进，就能取得群众的拥护与爱戴，就有光明远大的前途，倘若与这条正路背道而驰，必然众叛亲离，堕落到不可挽救的陷阱。这是值得我们全体小学教员、全体知识界贤达，以及全体爱国同胞应该深深铭记的。

在华北敌后方，小学教员的工作，也曾经引起过社会各界的注意，许多地方的政府机关、抗战部队与民众团体，对小学教员的生活与工作，也都颇为关心与重视。但是不能否认，这些关心与重视还是异常不够的，在小学教员当中还有许多未组织起来，还有许多小学教员实际生活的困难未得到解决，这些困难的不得解决，都是阻碍小学教员发挥他们抗战中的作用的。帮助小学教员克服生活上的一切困难，特别是加紧团结小学教员本身的力量来克服他们自己困难，这是各地党政军民领袖以及社会先进人士一个迫切应该注意的问题。

解决各地小学教员生活困难的主要办法，首先是依靠群众，把小学教员的生活与群众的生活更进一步的联系起来。在小学教员方面，要使他们懂得帮助与教育民众的重要，能够经常给予群众以精神上的荣养。在群众方面，要群众能自动爱护他们的教导者，使小学教员能获得群众在物质上的供给。同时另一方面，更应该在群众中造成尊重师资的风气，使小学教员在这种"社会的鼓励"推动之下更加进步，更能教育与帮助民众。其次，各地教育界救国会，大都是由小学教员组织起来的，但过去工作并未获得应有的成绩，许多教救会的组织，都是空架子。为着使小学教员工作能够有组织地开展，就应该充实与健全各地教救会，建立它的日常工作，除了教育小学生外，应使之经常负有宣传教育民众与督促自己的会员的责任，应该使经常教育与抗战的教育宣传联系起来。再次，为着巩固小学教员的团结与提高小学教员的信誉，各地小学教员必须把少数不良份子清洗出自己的队伍，必须把隐藏在抗日小学教员中的投降妥协份子、民族危害份子、反动倒退份子驱逐出自己的队伍，必须袪除这类教育界的败类，使小学教员的光荣的抗战历史不为此辈所沾污。只有使自己的队伍纯洁而且巩固起来，小学教员才能完成自己的伟大历史任务。

（原载一九三九年十二月二十三日《新华日报》华北版第一版社论）

抗议英帝国主义的帮凶行为

英法帝国主义反动政府，一方面操纵国联，开除苏联国联会籍，把国联变成战争的工具，准备策动大规模的反苏战争。同时，在东方，则步步的向日寇妥协、勾结，企图牺牲中国一切利益，满足日寇的欲求，以卖得日寇的谅解、亲善，成为其反苏战争在东方的盟友。据日日新闻消息：英日谈判结果，英日两国已签订协定，将中国在天津的存银全部移交日寇。英帝国主义这种无耻的措施，连同他最近在国际舞台上的种种丑恶表现，完全颠覆了其帝国主义的凶狠面相，说明他自己与德意日法西斯间是一丘之貉。

天津存银是中国的财富，只有中国政府才能动用，英国绝对没有权利来处理他人的财产，更没有理由可以把中国财产来送给正在侵略中国的敌人。在英日谈判进行的过程中，八月中旬，英外部且曾正式照会日寇，声明英国无□讨伐论天津存银问题。曾几何时，言犹在耳，英政府不知从谁手里得到了这种权利，竟胆敢恭恭敬敬的把中国人民的财产，双手奉献给日寇。我们抗议这种损害中国利益的非法行为，危害中国抗战的无耻勾当。

两年来我国军民英勇抗战，已使泥足的日寇陷入我神圣民族自卫战争的洪流而日趋于敌后覆灭的绝境，财政经济的穷竭是目前日寇的最大困难，也是其侵略战争必然失败的原由之一。但就在日寇财政经济束手无策的今日，英帝国主义竟无耻的拿天津的中国存银去接济日寇，这就等于积极支持日寇的侵略，帮助日寇屠杀中国人民。

英国绅士，百余年来口口声声高唱着人道正义，曾经再三向中国保证决不忽视对于中国及九国公约应负的义务，即在大战爆发后，始终犹自欺欺人的以"保卫和平""保卫民主"等口号作政治资本。我们试问：难道这样做是适乎人道正义的吗？难道这样做是在履行对中国及九国公约的义务吗？难道这样做是为"保卫民主""保卫和平"吗？要是说，在抗战之初，英国为了自身利益，还确曾在某种限度内帮助过中国，那末，今天却是在损害中国抗战，支持日寇侵略。

另一方面，我们可以看见，敌人正在用"开放长江下游航行"的□饵，来引诱英法等国。日寇企图以此来换取英法等国的□多帮助，达成其对我国诱降的目的，实现"东方慕尼黑"的阴谋。英帝国主义者恰于此时，把天津我国存银奉献给日寇，也正说明这种阴谋在今天的严重性。同胞们，提高我们的警觉啊！

同时，英国的这一帮凶行为，再一次指明我们在外交上应走的道路。帝国主义国家是完全靠不住的，他们从来也没有真正为中国着想过。为了他自己帝国主义的私利，他什么事都干得出。我们必须本着"凡助我者友之，助敌者敌之"（毛泽东）的原则，本着自力更生的信念，实行孙中山先生的遗嘱，踏着稳健的脚步前进。

（原载一九三九年十二月二十五日《新华日报》华北版第一版社论）

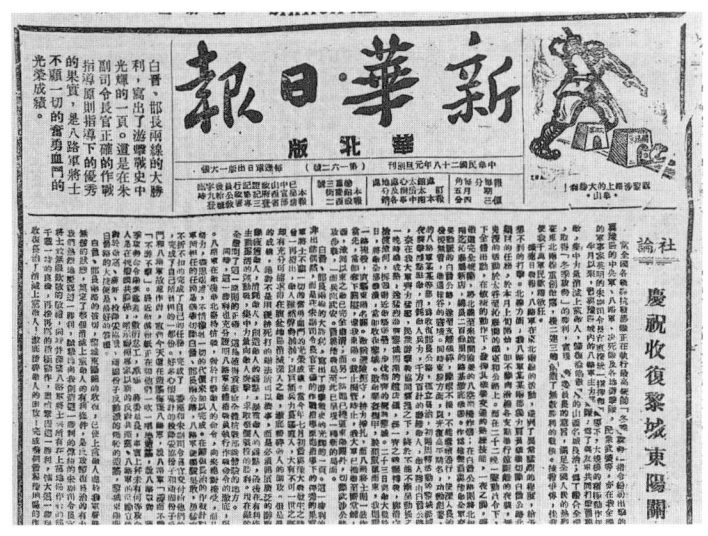

庆祝收复黎城东阳关

当全国各战线抗战部队正在执行最高统帅"冬季攻势"指令纷纷出击的时候，晋冀豫区的中央军、八路军、决死队及各地游击队、民众武装等，亦在我全国最有威望的军事家，英明的朱副司令长官直接统一指挥和领导下，大规模的积极动作起来了。

半月以来，晋冀豫区域内的八路军主力部队，为了与友军共同打击晋冀豫各线驻敌，集中力量消灭上党敌人，归复沦陷数月的山西名城长治；为了配合全国各线作战，取得"冬季攻势"的胜利，实现蒋委员长的意旨，满足全国人民的热烈希望，已在东北两线重创敌寇，接二连三的创造了无数胜利的战绩。捷报争传，佳音频送，直使我千万军民欢跃欲狂。

据连日战报，八路军在东北两线的活动，达到了异常猛烈的程度，给予敌人以意想不到的打击。北线方面，我八路军某某两部独力肩负破坏切断白晋公路北段光荣而艰巨的任务，于本月上旬开始，即不断向沿线各支点进行远距离的夜袭，无日不神出鬼没的活动于太谷至沁县间的铁道和公路上。而在二十二晚一声动员令下，我三军上下全体出动，在敏捷的动作下，发挥其破坏交通的熟练技能，一夜之间，将南关以北铁道完全挑断，将北关至来远间险要的八空铁桥炸毁。在白晋公路，则将北起分水岭，南迄沁县属新店，绵长二百余里的路基澈底破毁。作为维系晋冀豫敌全军交通联络主要动脉的白晋公路，遂至支离破碎，断续不接，不能继续通行，使深入长治之敌陷于后援无着，进退维谷的窘境。同时东线方面，以光复高平驰名，功勋彪著，英勇善战的八路军某某等部，为收复邯长公路，孤立长治，初则周转活动于黎城、潞城之间，夜夜袭击据点驻敌，消耗敌人兵力，千方百计的磨难敌人。敌人虽由白晋公路不断增援，奈在我大军齐力猛压，民众游击战协同袭扰之下，终于不能不渐呈动摇之势。二十一晚时机成熟，遂猛烈进袭黎城西南的赵店镇，经一宵之转辗搏战，廓清守敌，乘机抢渡漳河，拆毁附近敌筑堡垒，步伐整齐的挺进黎城。二十三日与敌大战于黎城者一日，将敌全部击溃，当即收复黎城。败敌弃盔抛甲，狼狈鼠窜而东，我则乘胜追击，一路掩杀，直驱东阳名关。敌犹凭险扼守，拼力挣扎，而八路将士则一鼓作气，奋勇当先，当即夺下关隘，还我东阳。裁止握管时止，我大军已推进至响堂铺。响堂铺以西，漳河以东之敌已完全肃清。而另一路则已经绕道东阳关外，切断武涉公路，一面围攻涉县，一面兵临武安。晋冀豫战局至此已呈现一种新的局面。

白晋、邯长两线的大胜利，写出了游击战史的光辉的一页。这一胜利的得来，决非出诸偶然，而是在朱副司令长官正确的作战指导原则指导下的优秀的果实，是八路军将士不顾一切的奋勇血斗的光荣成绩。当今年七月初晋冀豫大战发生之时，本报即曾一再指出，敌人虽然声势汹汹，以巨额兵力长驱直入，大有不可一世之概，但我们却有充分可能求得在腹盆地区消灭深入之敌，澈底粉碎敌人的围攻。但是要作出这样的成绩，绝对不是用硬拼死打的办法所可以济事，而是必须开展广泛的游击战争，不断疲惫敌人，消耗敌人，创造敌人的弱点，暴露敌人的弱点，最后在有利条件下运用主动灵活的运动战，集中力量向敌人突击，求取整个战役的胜利。现在铁的事实便完全证明了这一原则的正确，这是值得贡献给全体抗战部队体验的地方。

同时，这一胜利也充分证明八路军全体指战员执行作战命令的澈底、坚决与顽强。八路军在敌后华北坚持抗战，对于打击敌人的命令，向来绝对接受，而且必以最大努力，尽思竭虑，不惜牺牲一切的代价来加以完成。在归复长治的作战计划中，八路军所担任的任务是破坏切断白晋、邯长两公路，八路军便坚毅果敢，勇猛直前。首先不折不扣的完成了自己的任务，完成了委座和朱副司令员官交付给他们的战斗使命，完成了自己所负担的一部份。好多心怀鬼计的投降妥协份子和顽固份子反动派，专门和八路军故意作对，直到今天还在造谣侮蔑八路军，说八路军"游而不击"或者是"不游不击"。最近敌伪报纸正在和他们一吹一唱地造谣，说八路军对蒋委员长冬季攻势命令阳奉阴违，敷衍怠工，欺骗蒋委员长，事实上并未有何等攻势等等。敌人是在挑拨国共关系，暗示磨擦专家以新的反对共产党、八路军的武断宣传的资料。对于敌寇、汉奸、投降妥协派、顽固份子反动派的无耻的造谣，黎城东阳关的收复和白晋路的大捷便是最好的答覆。

白晋、邯长两路的被切，黎城东阳关的收复，已使上党敌人处于我军层层包围、孤立无援的状态，奠定了整个消灭上党敌人的有利条件，是反攻归复长治的有力的先声。我们热烈地庆祝这一胜利，诚挚地向我创造这一胜利的伟绩的朱副司令长官和八路军将士致无限钦敬的敬礼。同时并深望八路军将士与所有在上党地区作战的部队，乘此千载一时的良机，再接再厉的积极动作,继续巩固这一胜利,扩大这一胜利的战果,收复长治,消灭上党敌人,澈底粉碎敌人的围攻,完成整个晋冀豫地区的作战计划。

（原载一九三九年十二月二十七日《新华日报》华北版第一版社论）

送一九三九年

　　一九三九年在激剧的战争中过去了。这一年，是我国抗战历史上重要的一年，是我国抗战从敌进我退的阶段进入敌我相持阶段的一年，是侵略与反侵略、投降与反投降、"扫荡"与反"扫荡"剧烈斗争的一年。一年来的战争，给了我国各阶级、各党派以极严重的锻炼，也给了我国各阶级、各党派以极严重的试验。一方面，由于抗战形势的发展，我国的军事、政治、经济、文化以及民众运动都有了不少的进步与革新；另一方面，由于敌寇的诱降政策，由于投降妥协份子、民族危害份子、顽固份子等加紧活动，投降妥协分裂倒退的运动也更加露骨，更加猖狂，更加引起了广大爱国民众的愤慨。一年来的战争，完全证明了我们力量日益增强，敌寇的财力兵力更益不足，困难日益增加；证明了投降妥协危机的严重存在与我们民族正在生长着克服这一危机的力量，只要坚持团结，坚持抗战，坚持进步，最后战胜日寇，显然是有保证的。

在华北，一年来的敌后抗战也有了不少的收获，首先是连续不断的粉碎了敌寇对各抗日根据地的"扫荡"。这一年中，我们在冀中、冀南几次粉碎了敌寇"扫荡"平原。在冀察晋无数次击溃了敌人十几路的围攻，击毙了敌酋阿部中将，创建了在抗日战争中未有的战绩。在山东□次摧毁强敌，在晋西、晋西北、平西、冀东、大青山等地，抗日游击战争也以一往无前的姿态获得伟大的发展，给了敌人以巨大的打击与消耗。在本区，我八路军更以白晋公路的大捷，与克复黎城，收复东阳关，猛追敌寇，乘胜夺回涉县的胜利来迎接新年。第二，在敌人后方开展了反对投降妥协的斗争，斗争的范围之广，影响之巨，远在大后方各地之上。在这个斗争中吸引了广大民众来参加敌后抗战，在这个斗争中严厉地打击了敌人的诱降政策。第三，华北各个抗日根据地已经在反"扫荡"的艰苦奋斗中逐渐巩固起来，这些区域里面，坚持了抗日政权，团结了千百万爱国人民，逐步实现了民主，相当改善了民生，真正实行着三民主义，使抗日根据地成为坚持敌后抗战的坚强堡垒。

这些收获是华北军民一年来坚苦奋斗的结果。特别是华北许多共产党员、八路军与其他英勇军队，以及许多先进党派、爱国团体与同胞断头流血英勇牺牲的结果。一年以来，他们站在敌后抗战最前线的岗位上，用他们的全部力量支持了伟大的民族战争，他们的史迹将是万古不朽的。在一九三九年终，我们谨以无限的热□，同各地坚苦奋斗的同胞们，向各个战线上英勇牺牲的烈士们，表示最崇高的敬意。同时，我华北全体军民，将以新的努力，继续一九三九年敌后抗战的成果，用新的工作去开展新的斗争。我们还要加紧华北各个地区的反"扫荡"，加紧反对投降妥协运动，加紧巩固抗日根据地的工作。我们相信，这些工作一定能够得到更大的成绩。

因为一九三九年的战争为我们积蓄了斗争力量，一九三九年的战争为我们开辟了胜利道路，我们一定要动员更多的力量去争取每一个战斗的胜利，一直到最后战胜日本帝国主义。

（原载一九三九年十二月二十九日《新华日报》华北版第一版社论）

一九四〇

YI JIU SI LING

《新华日报》华北版

一九四〇

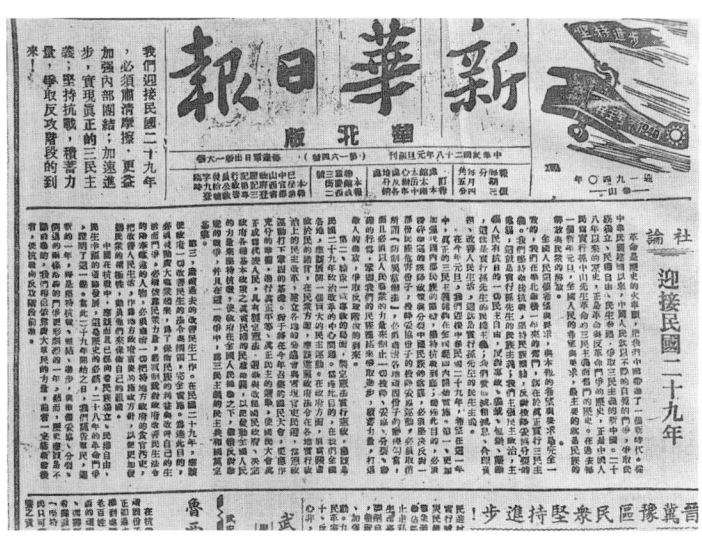

迎接民国二十九年

革命是历史的火车头,把我们中国带进了一个新时代。从中华民国建国以来,中国人民就以不断的自觉的斗争,争取民族独立、民权自由、民生幸福,争取三民主义的新中国。二十八年以来的历史,正是革命与反革命斗争的历史,正是中国人民为实行孙中山先生革命的三民主义而奋斗的历史。在过去每一个新年元旦,全国人民的希望与要求,最主要的就是民族的解放与民众的解放。

全国人民这个希望与要求,与本报的希望与要求是完全一致的,我们在华北敌后一年来的奋斗,就在于真正实行三民主义。我们坚持敌后抗战,坚持民族团结,反对投降妥协分裂的阴谋,这就是实行孙先生的民族主义;我们主张民主政治，主张人民有抗日的一切民主自由，反对专政、独裁、包办、垄断，这就是实行孙先生的民权主义；我们赞同减租减息，合理负担，改善人民生活，这就是实行孙先生的民生主义。

在今年元旦，我们迎接中华民国二十九年，希望在这一年中，真正的三民主义能够在全国范围内开始实施。第一，更加加强我国内部民族的团结，坚持抗战到底。为达此目的，必须粉碎敌寇的诱降政策与分裂中国民族的阴谋；必须坚决反对一部份民族危害份子、投降妥协份子的投降妥协运动；必须取消所谓"防制异党办法"；必须肃清各地顽固份子的磨擦勾当；而且必须以人民群众的力量来制止一切投降、妥协、分裂、磨擦的行为，巩固我们的民族团结来争取进步，积蓄力量，打退敌人的进攻，争取反攻阶段的到来。

第二，结束一党专政的局面，制定宪法，实行宪政，应该是民国二十九年政治改革的中心问题。为达此目的，在我们全国各地，应该展开一个巨大的民主运动。在政府方面，须实践还政于民的诺言，在民众方面，应该遵照政府法令在各地实行政治上的民主改革，建立各地的参议会与实现官吏民选，为宪政运动打下巩固的基础。对于将在今年召集的国民大会，更应作充分的准备，进行真正平等、真正民主的选举，使国民大会真正成为代表人民，具有制定宪法、选举与改组国民政府、决定政府各种基本政策之真实民权的民意机关，以便发动全国人民的力量来坚持抗战，使政府在全国人民拥护之下，继续反对敌寇的战争，并且在这一战争中，为三民主义的民主共和而奠定基础。

第三，继续过去的改善民生工作。在民国二十九年，应该使政府一切改善民生的法令与纲领完全实施。为达此目的，必须发动广大群众起来，为了保卫民族的利益与改善自己的生活而斗争；必须依靠民众力量，严厉制裁对政府改善民生法令的阳奉阴违的人物；必须肃清一切把持地方政府的贪官污吏。把改善人民生活作为地方政府重要的施政方针，以便更加发扬民众的积极性，动员他们来保卫自己的祖国。

中国在抗战中，应该而且已经向着民族独立、民权自由、民生幸福的道路发展，这是历史的必然，二十八年的改革斗争，证明了这一点。当此二十九年开始之日，我们谨告军民，这新的一年，将是坚持抗战、团结、进步，与准备妥协、分裂、倒退的两条路线的斗争更形剧烈的一年。然而，历史应该是不断前进的，我们相信依靠广大军民的力量，前者一定能战胜后者，使抗战向反攻阶段前进。

（原载一九四〇年一月一日《新华日报》华北版第一版社论）

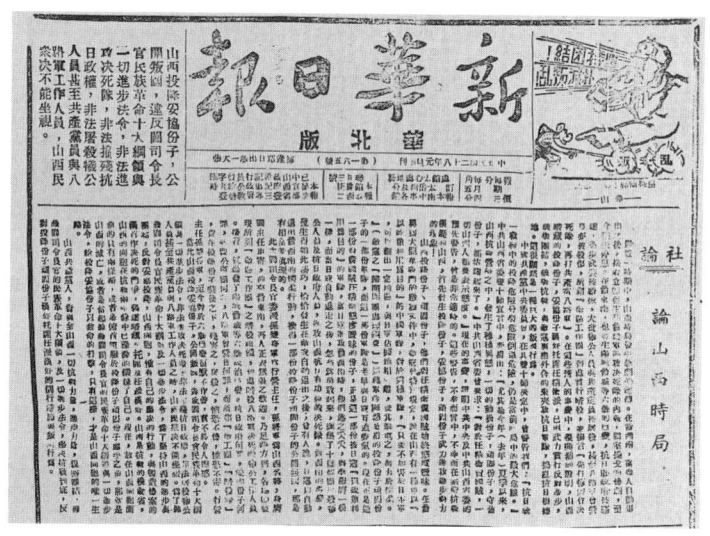

论山西时局

最近一时期中，山西时局发生急剧的逆转。在晋西南，当敌人自动退出之后，接着立即发生□晋绥军进攻决死队的内战，同室操戈的惨剧，至今犹未停息。在晋东南，也发生阳城、晋城等六县的巨变，抗日□政府被驱逐，进步武装被缴械，大批牺公人员与共产党员被屠杀，甚至八路军会营员亦被杀伤，所谓"地区工作团"到处实行暗杀，并扬言"先打牺盟会决死队，再打共产党八路军"。在这些惊人的事变中，很显然的证明，山西暗藏的投降份子、妥协份子、汉奸、托匪、汪精卫派，已用武力实行反对进步，破坏团结，破坏抗战，与敌寇里应外合的来夹攻抗日军队，捣乱抗日根据地。这很显然是一种巨大的叛国行为。

中国共产党中央委员会，在其双十节决定中，曾警告我们："抗日统一战线中的投降危险、分裂倒退危险，仍是当前□局中的最大危险。"中共山西省委双十节宣言中亦指出："尤其是今年（去年）夏季以来，山西抗战营□之中，发生了种种异态，一切的动摇份子、顽固份子、守旧份子，都活跃起来了。"中共山西省委会要求："对于汪精卫卖国贼，一切山西人都要表示态度。"现在的事变，证明中共中央及中共山西省委的预先警告，曾是非常适时的。这些警告，不幸而言中，不幸而在素□抗战模范的山西，首先发生投降份子、妥协份子、顽固份子武力进攻进步势力的现象。

山西投降份子、顽固份子，他们对汪精卫卖国贼始终态度暧昧。在晋冀察大龙华战斗的缴获文件中，敌寇曾特别规定，说在山西有一种可以"以政策利用为目的"的中国军队，对于这种军队，"只要不加害于日本军，可以划出一定地区，与日军占据地相□离，使其驻屯之，努力于怀柔。"（敌寇之《归顺匪团处理纲要》）这种军队显然是指的投降份子、顽固份子的一部份军队，而这一部份军队是老早与日寇互通声气的。现在正是这一部份□卖国贼汪精卫态度暧昧的份子，正是这一部份被日寇"以政策利用为目的"的军队，当日寇进攻晋西南时，他们逃之夭夭，与李服膺一模一样。而当日寇自动退走之后，忽然就勇敢起来，调集了十几个团□杀牺公人员及抗日政府人员，进攻山西抗日有功绩的决死队。晋西南的事变，发生得如此凑巧，恰恰发生在敌寇自动退出之后。曾有人说，日寇以自动退出晋西南的怀柔行动，换得一部份投降份子、顽固份子的公开叛国，那是有相当的真理的。

此次阎司令长官委派孙楚将军为行营主任。孙将军为山西名将，身膺阎主任专寄，前来晋东南，吾人正表无限之欢迎。乃足迹方到，各地即发现所谓"敌区工作团"之暗杀组织，到处暗杀八路军、决死队、牺公工作人员。接着，就要爆发了阳城、晋城等六县政治巨变。抗日政府何罪，爱国份子何罪，牺盟公道团何□，八路军会营长何罪；而所谓"敌工团""暗杀队",竟在投降份子嗾使之下,残害之,屠杀之,惟恐不惨,惟恐不毒。行营主任孙楚将军,至今对于六县巨变复默不作声,实不胜令人惶惑。

当此山西投降妥协份子,公开叛国,违反□□□□□民族革命十大纲领与一切进步法令,非法进攻决死队,非法□残抗日政权,非法屠杀牺公人员,甚至共产党员与八路军工作人员之时,山西民众决不能坐视。为了拥护□□□□□民族革命十大纲领及一切进步法令,为了坚持山西的进步与团结,反对妥协投降,山西同胞惟有自己的坚决的行动,与制造惨案的祸首作决死的斗争,驱逐暗藏的托匪及汪派汉奸。山西是抗战的模范省,山西的同胞在抗战两年余中已深深的锻炼了自己。现在,放在山西同胞面前的只有两条路,或者是俯首屈服于投降份子、顽固份子血手之前,那就是山西的灭亡,或者是奋起拥护□□□□□的民族革命十大纲领与一切进步法令,给投降妥协份子以致命的打击,只有这样,才是山西同胞的唯一生路。

山西共产党人,誓与全山西一切抗战力量、进步力量亲密团结,拥护□□□□□的民族革命十大纲领及一切进步法令,坚决抗战到底,反对投降份子、顽固份子、汉奸、托匪、汪派汉奸的倒行逆施与叛国行为。

（原载一九四〇年一月三日《新华日报》华北版第一版社论）

邯长大道收复后的晋冀豫战局

在蒋委员长"冬季攻势"的指令下,在朱副司令长官统一的正确指挥下,在附近游击队、游击小组、自卫队等民众武装的协同配合下,我英勇善战的八路军以某某等部所组之三个基干攻袭集团,南北夹击邯长大道,于二十二日实施总攻开始,至二十八日止,七昼夜之战斗,连克黎城、响堂铺、潞城、涉县、井店等敌重要据点,夺下晋东第一名关——东庙关,东围武安,西逼长治,肃清沿线守敌,控制邯长大道,辟出晋冀豫战局的新局面。捷报连传,凯歌遍诵,大为新年生色,在万众兴高彩烈的迎新声中,更频添不少欢乐的新鲜气象。

这一光辉的胜利,根本改变了晋冀豫的敌我形势。在敌人方面，自侵入上党以来，赖以维系其生命之安全者，厥为邯长、白晋两大□□。现在邯长大道这一□□□□我奋力砍除，与平汉动脉断绝了血液的流通，白晋路又枪空弹洞，创痕斑剥，患□□难治之症，深入之敌，遂致偏处一隅，岌岌乎危殆，大有朝不暮保之势。回溯敌寇以六师团之众围攻晋冀豫，其当初战略作战计划，在于打通白晋、盐屯、邯长等公路，在晋冀豫广大地面划上十字架，把本区切成四块，然后分区"扫荡"山岳地区，驱逐我军出境，确掌本区占领地。半年以来，循此方针，按步进行，四出袭扰，永无宁日。但在我军政民团结一致抗击之下，此类诡谋，一再遭受打击，不但计划未能完成，益且招致自身的莫大困难。顾往知新，以往敌人控制了数条交通干线，其作为尚且如此有限，今日邯长大道既被收复，困难无疑的当更增多，而其所为作战计划，亦将如空中楼阁，成为不能实现之梦想。

至以我方来说，邯长路的归复，不仅使太北、太南呵成一气，且向西折往太岳，晋冀豫全境交通已能相互衔接，基本上打破了数月来地区被割裂的支离局面。不仅本区作战部队□□□□□大大扩张，更易于周转调动，集结打击力量向敌突击，即敌后与大后方的联系，也赖以贯通。目前我方之中心任务，在于归复长治，而邯长路的归复，却已为这一任务之完成，创奠了战略及战役上的十足优势。以现状而论，上党之敌实已陷入我太行太岳两□包围之中，收复长治，消灭上党残敌，□具极大的可能性。

但同时我们应充分估计，即敌以半年时间，消耗大量兵力，取得白晋一线与长治名城，今日一□欲其将曾付重大代价所换得的些微收获全部放弃，于情自决不甘心。因之困难虽日益增加，局面虽如此不利，但敌人仍必将倾竭所力，作困兽之苦斗。为挽救目前颓势，敌可能向白晋沿线及上党地区大量增兵，巩固白晋公路，坚守以长治为中心之上党各据点，待机开展局面，对本区继续作更大的危害。同时也可能采攻势防御办法，执行所谓"新战术"，以白晋沿线据点为凭托，向我山岳地区作大胆积极的骚扰，一以掩护其自身之安全，一以破坏我作战计划。而另一方面，在政治上，尤其将更加加紧诱降分化毒谋，施行各种挑拨离间手段，从事拆散我内部团结，破坏我各抗战队之协作，降低我作战效能，减轻我对敌之压力，最后并于一定的有利时机卷土重来，这是值得万分警惕的。

在全国抗战已处于相持阶段的时候，敌后抗战的主要任务，在与巩固根据地，粉碎敌人军事上的"扫荡"，打击政治上的"以华制华"，破坏敌人经济上的"以战养战"，求与全国□□，□□困难，□□相持阶段，实行反攻。邯长路之大捷，对全国抗战有相当重大意义，但此亦关系敌后"扫荡"与反"扫荡"作战较大胜利之一，是整个晋冀豫大战中战役上的部份胜利。我们决不能由此以为战后即可开展大规模的战略反攻，亦决不能认为本区从此即没有任何困难，一切即会顺利发展下去。事实上，敌后"扫荡"与反"扫荡"作战仍在急遽发展之中，拉锯式战斗仍将与其他各区同样的继续下去。"闻胜勿骄，闻败勿馁"，我们应该兢兢业业的来保护这一胜利的果实，继续扩大这一胜利。只有以连续不断的大小胜利打击敌人，才能确保根据地的巩固，争取敌后整个反"扫荡"战的胜利，并与全国抗战联合，争取整个抗战的最后胜利。

刻下，长治已在我中央军、八路军、决死队包围之中，深盼全区军民在坚持敌后抗战的意志之下，集中力量，统一行动，抓紧此空前的优势条件，发扬邯长公路归复的作战经验，执行正确的战略战术，以最大的胜利信心，最高度的积极性，尽一切可能多方增加敌人困难，予敌以迎头痛击，求得归复长治，消灭上党敌人，完成整个"冬季攻势"的作战任务。

（原载一九四〇年一月五日《新华日报》华北版第一版社论）

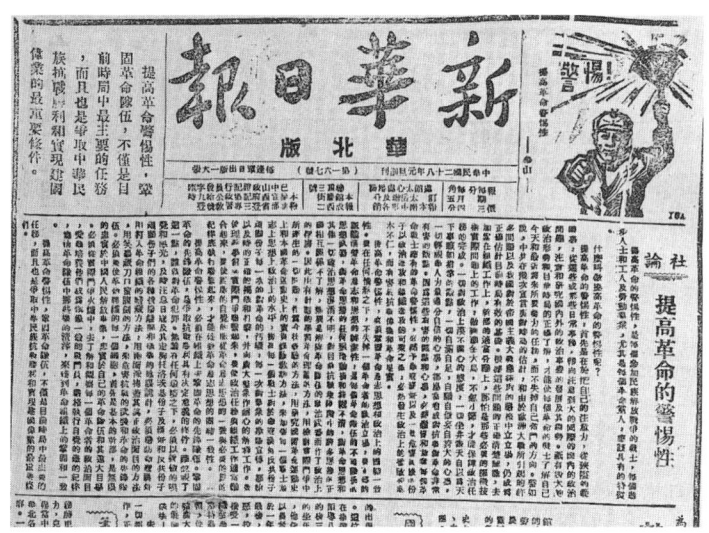

提高革命的警惕性

提高革命的警惕性，是每个参加民族解放战争的战士，每个进步人士和工人及劳动群众，尤其是每个革命党人，应该具有的特质。

什么叫做提高革命的警惕性呢？

提高革命的警惕性，首先是在于把自己的注意力，从狭隘的范围里，从这些或那些日常事务，转向注意到大的国际的、国内的政治问题，注意和研究国内外的政治事变的发展及其趋势。只有对大的政治形势和目前时局的正确了解，才能使每个革命的战士了解自己今天和最近将来所要努力的任务，而不失掉自己奋斗的方向。譬如说，中共在几次宣言里对时局的估计，和由于欧洲大战所引起的许多问题以及我国对于帝国主义大战应采取的严格中立立场，仍成为正确估计目前时局有效的基础。根据这些问题的正确清楚认识，去加紧在组织工作上，干部的适当分配上，那怕是那些必要的细微技术实际问题上的工作，做到顾全大局，不忽小节，才能保障政治任务的完成。一切对政治上漠不关心的态度，一切坐井观天自以为天下事了如指掌的观点，一切自满自足、自骄自傲、妄自夸大的心里，一切轻视敌人力量过分自信的心里，都应当看成对抗战对革命非常有害的观点。因为这些有害的观点和心里，必然松懈和放松每个革命战士应有的革命警惕性，必然予敌寇汉奸以及一些危害抗战的份子以政治进攻和组织进攻的可乘之机，必然发生政治上的□□和麻木不仁，而有害于抗战伟业和革命果实。

提高革命警惕性，必须巩固革命意志思想和政治上的团结一致性。要在任何情形之下，不失掉一个革命者的政治立场，要正确的认识清楚革命意志和思想的纯洁性，是每个革命队伍的不可动摇的思想武器。对革命思想的任何犹豫动摇和□□不清，对革命思想和其他一切政治思想混淆不明，对目前抗战□阶段中的许多思想的正□相互关系不了解，无异是解除革命队伍的政治武器而作了政治上的俘虏。因此，用有计划的学习革命理论的方法，用检讨实际斗争中所产生的一切问题，作为今后经验的方法，用研究国际革命运动史上和本国革命运动史上的宝贵经验教训方法，来加强每一个战士意志上、思想上、政治上的水平，提高每一个战士对于敌寇汉奸、反共份子、顽固份子每一次的对革命的污蔑。每一次对群众的欺骗宣传，都给以及时的正确的揭破和打击，并向广大群众作耐心的解释工作。要使理论学习与实际斗争联系起来；要使政治任务与组织工作适当配合起来；要使说服的、自觉的服从革命意志思想的一致与必要的铁的纪律底执行联系起来，才能达到革命意志思想的团结一致性。

提高革命警惕性，必须在组织上来巩固革命的先锋队伍。巩固革命的先锋队伍，是争取抗战胜利具有决定意义的条件。谁忽视了这一点，谁就对革命犯罪。无论在任何环境之下，必须以锐敏的嗅觉和眼光，及时注意日寇及其走狗托洛茨基份子及汉奸和反共份子、顽固份子们的各种挑拨离间和破坏的阴谋诡计；必须严防敌寇汉奸用打入革命组织的暗藏方法，用两面派掩盖其真正政治面目的方法，用笑里藏刀、口蜜腹剑的方法，来危害抗战的武装和革命的先锋队伍；必须要使革命组织的每一个细胞，首先是基本的干部，是无限的忠实于中国人民解放事业，忠实于自己的革命队伍和其远大目标；必须从实际斗争火炉中，去了解和观察每一个革命者的政治面目，爱护培养他们成为钢铁一般的战斗员，严格执行自觉的铁的纪律，肃清革命队伍中那些坏的渣滓，来达到革命组织上的巩固和一致。

　　提高革命警惕性，巩固革命队伍，不仅是目前时局中最主要的任务，而且也是争取中华民族抗战胜利和实现建国伟业的最重要条件。

（原载一九四〇年一月七日《新华日报》华北版第一版社论）

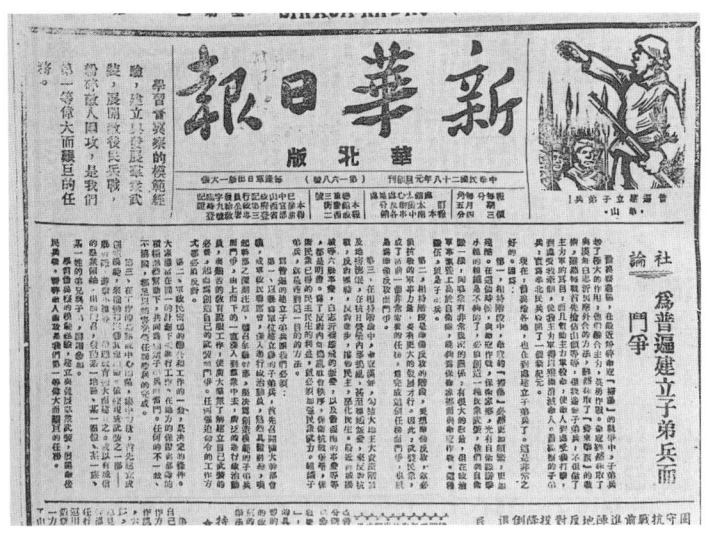

为普遍建立子弟兵而斗争

晋冀察边区，在最近粉碎敌寇"扫荡"的战争中，子弟兵起了极大的作用，他们配合主力，英勇作战。敌寇虽然采取了与汉奸白志沂里应外合的方法，虽然采取了"声东击西"的战术，虽然每战首先抢占山头等等，但我边区子弟兵，不但做了主力军的耳目，而且帮助主力军杀敌，使敌人到处受我打击，到处受我牵制，使我主力军得以乘机消灭敌人。晋冀察的子弟兵，实为华北民兵战展开了一个新纪元。

现在，晋冀豫各地，也在到处建立子弟兵了。这是非常之好的，因为：

第一，相持阶段中，敌寇的"扫荡"必然更加频繁，更加残酷。在这个时候,与敌寇作战,保卫家乡,光有自卫队游击小组的组织是不够的了,必须创造一种民众武装。他们与自卫队一样,同群众有非常亲密的关系,有很大的数量,但在政治军事素养上高于自卫队,能够为保卫家乡而与敌寇作战。这种队伍,就是子弟兵。

第二,相持阶段是准备反攻的阶段,要想准备反攻,就必须抗战的军事力量,要有更大的发展才行。因此,武装民众成了当前一个非常紧要的任务,为完成这个任务而斗争,也就是为准备反攻而斗争。

第三,在相持阶段中,敌寇汉奸,勾结大地主、大资产阶级及地痞流氓,在抗日营垒内部捣乱,甚至组织叛变,来反对抗战,反对团结,反对进步,摧毁民主,恶化民生。最近晋城、阳城等六县事变,白志沂、蔡雄飞的叛变,以及晋西南的事变等等,都是明证。为了反对内奸捣乱社会秩序,保卫抗战堡垒,保卫民众已得的民主民生的利益,就必须加强民众武力。组织子弟兵,就是达到这一目的的方法。

为普遍的建立子弟兵团,我们必须:

第一,以县为单位建立县的子弟兵。首先召开扩大干部会议,或军政民联席会,深入进行政治动员,热烈具体讨论,唤起干部之深刻注意。号召全县干部,坚决为创造模范的子弟兵而斗争,由上而下的一直深入到群众中去,广泛的进行政治动员与艰苦的教育说服工作,使广大群众了解建立自己武装的必要,起而为创造自己的武装而斗争。任何强迫命令的工作方式都必须反对。

第二,军政民密切的配合和工作的一致,是决定的条件。大家应当在同一的计划下去进行工作。在地方的保证与部队的积极热烈帮助下,共同为创造子弟兵而奋斗。任何的不一致、不协同,都足以妨害光荣任务胜利的完成。

第三,在工作的基点或中心地区,集中力量。首先,建立或创造模范,来推动和影响其他地区。依据现成武装之一部——县□队,游击小组□——

整理教育扩大而建立之。或以有威信的群众领袖出面号召,发动某一地区、某一团体、某一族、某一姓的弟兄与子弟,踊跃参加。

学习晋冀察的模范经验,建立与发展群众武装,展开敌后民兵战,粉碎敌人围攻是我们第一等伟大而艰巨的任务。

(原载一九四○年一月九日《新华日报》华北版第一版社论)

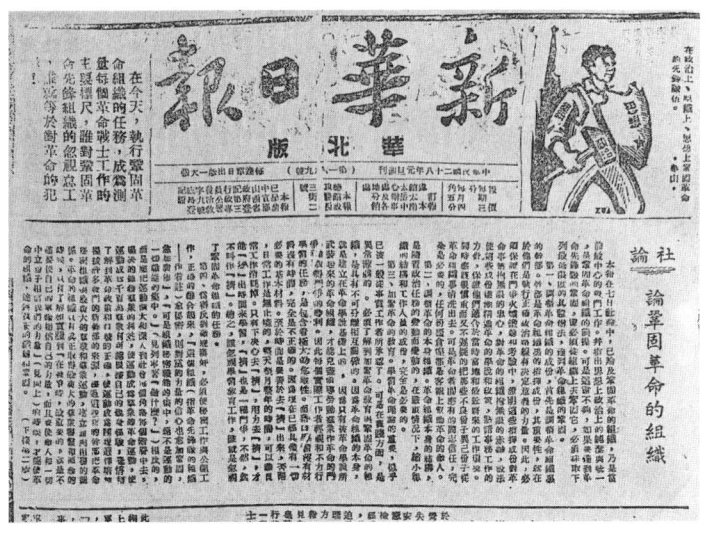

论巩固革命的组织

本报在七日社论中，已论及巩固革命的组织，乃是当前最中心的战斗工作。并指出思想上、政治上的纯洁与统一，是巩固革命组织的前提。可是这还不够，如果要达到革命先锋队的巩固，还必须从组织上去巩固它，必须采取下列最低限度的具体办法，达到革命组织的巩固。

第一，调整革命组织的成份。首先是调整革命组织里的干部。干部是革命组织里的指挥成份，其重要性就在于他们是执行正确政治路线，有决定意义的力量。因此，必须保证在斗争火炉锻炼和考验中，证明这些指挥成份对革命事业抱无限的忠心，对革命的组织抱无限的赤诚，设法使这些成份逐渐精通革命的学说和政策，熟谙事务工作的方针，保证他们适合于当时当地和最近将来的工作环境。同时应该很慎重而又不迟疑的把那些不良份子、异己份子从革命组织里清洗出去。可是革命者间应有的同志信任，完全是必要的，任何纷扰仓惶都是客观上帮助革命的敌人。

第二，调整革命的本身组织。革命组织本身的结构，是随着政治任务的变动而变动的，在严重情况下，缩小组织的结构和工作人员的成份，完全是必要的。

第三，加紧革命的教育。学习革命理论的重要，似乎已被一般从事实工作者所承认了。可是在实践方面，是异常薄弱的。必须了解到加紧革命教育与巩固革命的组织，是具有不可分离相互关系的。因为革命组织的本身，就是建立在革命学说基础上的，因为只有被革命学说所武装起来的革命组织，才能克尽领导劳动群众作革命的斗争和取得斗争的胜利。因此每个实际工作者轻视和不力行学习的任务，是包含着极大的危险性。而借口学习没有材料、没有时间，完全是不正确的，因为现在已经具备有一切必要的基本材料。至于时间，是要善于去"挤"出来，否则，日常工作是无止境的，整天整月整年的时间，可以让日常工作消耗掉。只有下决心去"挤"，用力去"挤"，才能"挤"出时间来学习。"挤"也是一种斗争，不然，就不叫作"挤"。总之，谁忽视学习教育工作，谁就是忽视了巩固革命组织的任务。

第四，为得反对敌寇汉奸，必须使秘密工作与公开工作正确的配合起来，"这个组织（指革命先锋队的组织——作者注）愈秘密，则对党的力量的信心也愈加巩固，愈加广布""可是组织秘密职能的集中，绝不是运动的一切职能的集中。"（见列宁著《做什么？》）相反的，而是应把运动扩大和深入到社会每个角落、每个阶层中去，坚决的拥护群众的利益，使运动成为群众的革命运动，使运动成为千百万群众有可能根据自己的亲身经验，觉悟和了解到革命政策和口号的正确，使运动成为踊现选择、培养、提拔许多战斗的新干部的来源，经过这些新的干部，把革命秘密组织与最广大的群众和群众运动建立血肉相联的关系。革命的组织只有真正取得最广大的群众联系和拥护的时候，只有了解和实践到"在战争时，最重要的，就是不仅要使自己的军队相信自己的力量，而且要使敌人和一切中立份子相信我们的力量"（见同上）的时候，才能使革命的组织，达到真正的锻炼和巩固。

第五，提高革命的警惕性，进行无情的反对奸细的斗争。敌寇汉奸不仅公开反对革命者和革命的组织，而且用训练好了的奸细混入到革命的组织里。奸细活动的方法是多方面的：他们用政治上两副面孔的方法，用似是而非的策略口号和正确的策略口号对立的方法，用挑拨同志间感情，进行无原则斗争，分裂革命组织的方法，用假借革命者和革命组织名义罗致陷害革命份子的方法，用专门打听侦探机要事件的方法，用制造谣言、伪造文件打击革命组织威信的方法，用暴力威胁、金钱美女引诱革命者的方法，用被捕"逃出"献苦肉计的方法，来追逐革命者，破坏革命运动，破坏革命组织。总之，奸细是诡计多端，稍一不慎，即上其当。但是奸细总是伪装革命言行不符的，只要提高革命的警惕性，注意他们一切大事小节，迟早是会被革命组织所看出他们的破绽出来的。同时，要用加强政治教育，严密组织，执行秘密工作和纪律，把□奸细的运动，变成为群众的运动，才能严重打击奸细的罪恶活动。

从思想上、政治上、组织上巩固革命的先锋组织，正是抗战现阶段中最迫切的战斗任务。完成巩固革命组织的任务，是比完成发展革命组织的任务更困苦更艰难。可是，历史任务要求我们这样做，我们就必须这样做。因为只有革命先锋组织的巩固，才能确保在革命斗争中所获得的成果，才能扩大和巩固国内精诚团结的局面，才能团结所有一切抗日力量支持抗战到底的国策，才能应付一切违害抗战与革命意外事变的爆发，才能造成有利于革命向前发展的条件。在今天，执行巩固革命组织的任务，成为测量

每个革命战士工作的主要标尺,谁对巩固革命先锋组织的忽视怠工,谁就等于对革命的犯罪!(完)

(原载一九四〇年一月十一日《新华日报》华北版第一版社论)

民族败类的罪行

晋绥军陈长捷部,与敌寇配合,乘决死二纵队杀敌归来,喘息未定之际,突然进袭,并残害大宁、永和、汾西三县抗日政府,逆迹昭彰,人神共愤。我们号召全华北爱祖国军民,一致拥护决死二纵队之讨逆义举,并愿誓作后盾。

然而,陈长捷之罪恶暴行,犹未只此,据本报晋西急讯:晋绥军陈长捷部,又于近日袭击隰县上庄八路军一一五师伤兵休养院,在院疗伤之八路军一一五师独立支队负伤将士百余,全部惨遭屠杀。查八路军一一五师独立支队,向在晋西地区活动,为晋西抗日根据地创造者之一。两年以来,曾不断出击同蒲县附近据点,奔驰打击敌人,扩大根据地之范围;曾动员组织民众,帮助地方政府推行政令,巩固根据地的基础；每当敌人进攻，必奋勇当先，为保卫晋西抗战基地，而贡献其最大努力。民众爱之如父兄，敬之若天神。陈长捷身居军长显职，负国家民族之重托，于情于理，对如此忠贞为国，功勋彪炳之抗战部队，应如何尊敬与支助，而对若辈忠义流血光荣负伤之民族英雄，更应如何爱护与抚慰。乃陈长捷竟不出此，而一反人情之常，逞其凶残，大肆杀害病伤兵员，摧残民族元气。八路军何罪？负伤将士何罪？乃百余勇士不死于敌人炮火之中，而竟在养伤期间丧命于陈长捷部毒手之下，实令人万分悲痛。

这样的残暴举动，只有失掉人性的日本帝国主义者才作得出。只有日本强盗，对于中国人民，特别是中国军队，才如此仇视，如此痛恨，才能想得出这样恶毒的计谋，才会出这样残忍的手段。不久以前，晋绥军中曾发生过蔡雄飞公开附逆的叛国行为，当其已与日寇勾结，而尚未揭穿其汉奸面目时，不是也顶着国军招牌，挂着师长的徽章，恣意妄为，惨杀抗日志士，摧毁抗日政权，反对决死队，反对牺盟，反对八路军吗？而今陈长捷又公然步蔡逆之后尘了。

陈长捷部的叛国与残暴行为，证明什么？证明山西的逆转倾向，不但未见丝毫转变，而且日益加甚。我们早经指出，山西的投降妥协份子、反动份子、汪派份子，与日寇互通声气，与日寇结不解缘。他们与日寇信使往返，他们发动叛乱，进攻决死队，残害地方抗日政权，解散牺盟及一切救亡群众团体，而现在他们中的一部份已经慢慢地自动揭下其假面具，显露其更益疯狂残暴的狰狞面目，走向谋害一切抗日份子。他们高唱"先打牺盟会决死队，后打共产党八路军"的反动口号，而现在已经一步步见诸于实现。近日八路军工作人员、交通人员之被逮捕、暗杀、活埋者为数已不少，乃进而至于即负伤战士也不能获免于若辈屠杀。倒行逆施，一至斯极，诚大可注意。

我们坚决拥护阎司令长官的民族革命十大纲领，拥护山西一切进步的设施，深愿山西能继续保持成为全国光荣的模范。然而，要保持山西这种光荣，必须坚决反对这种投降倒退叛国的行为，严厉制裁这些屠杀抗日军民的民族败类。

（原载一九四〇年一月十三日《新华日报》华北版第一版社论）

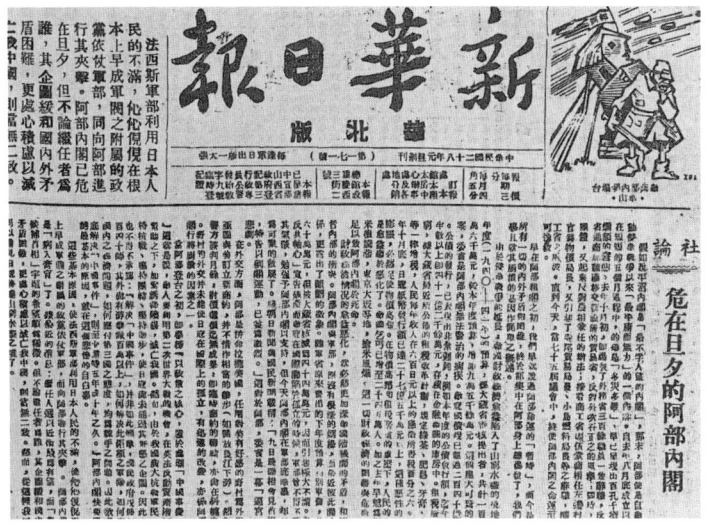

危在旦夕的阿部内阁

假如说平沼内阁是"最不孚人望的内阁",那末,阿部便是自敌寇发动侵华战争以来"最平庸而无力"的一个内阁。自去年八月底成立以来,在短短的五个月过程中,的确是"多灾多难",早已呈现出百孔千疮、焦头烂额的窘态。去年十月初,即爆发了外务省三百余职员一致辞职,反对该省通商□职权移交新设备的贸易省,反对外次谷正之的风潮,同时,农村团体又起来反对农相兼任的办法。接着,商工省因伍堂商相任左迁村濑次官为物价局长,又引起了寺尾贸易局长、小岛燃料局长等之辞职,酿成商工省之风波。直到今天,当七十五届议会中,终使阿部内阁之命运至于不可挽救。

早在阿部组阁之初,我们早就说过阿部命运的"暂时",而今是敌国所有一切的内外矛盾和困难,终于都集中在阿部身上总爆发了。我们在这里且就其崩溃的基因作简单之概述。

由于侵华战争的延长,敌国财政经济愈益陷入了山穷水尽的境地。下年度(一九四〇——一九四一年)的预算,经大藏省审核提出者,共计一百零三万六千万元,较本年度预算,增加九万五千余万元。这个庞大可惊的预算案,委实是阿部内阁无法医治的痼疾。敌寇国债现已超过二百四十亿以上。公债的发行,已表现出非常迟钝,例如本年度的公债发行额,迄今尚有半数以上即四十一亿二千余万元,存积在金融机关的库房中。租税层出不穷,据大藏省最近所公布的租税改革计划,规定绿茶、肥皂、牙膏、家畜等一律增税,人民每年收入在六百日元以上的应征所得税百分之六。至去年十月底,日寇纸币发行额已达二十七亿五千万元以上,这种恶性的通货膨胀,必然促使物价高涨。在物价高昂和租税繁重的重压下,人民的生活是愈益趋于恶化了。敌国乞丐已增至二十四五万人。加之去年旱魃为灾,米价腾涨,东京大坂等地,抢米风炽。这一切财政经济的困难与危机,就足以致阿部内阁于死命。

财政经济情况的愈益恶化,就必然更加深敌国阶级间的矛盾和统治者内部的冲突。阿部内阁与军部,原没有很深的姻缘,而最近彼此间的关系,更露出了龃龉的征象。陆军省原来提出的下年度预算特别军费,共达六十万万元。但被大藏省核减为四十四万万元,因而引起极大不满。当"反共轴心"宣告破产而敌寇在国际间陷于孤立的时候,军部曾不得不稍敛其气焰,勉强予阿部内阁以支持,但今天阿部内阁在军部底眼里,却被视为可弃的敝屣了。据朝日新闻与国民新闻载称:"九日晨陆相会见首相时,特告以倒阁运动,已益为激烈。"这对于阿部,委实是一幕"逼宫"的悲剧。

在外交方面,阿部是拼命拉拢美国,任用对美有好感的野村为外相,亟图与美订立新商约,并不惜作相当的让步(如开放长江下游)。然而,双方谈判月余，讨价还价迄无成果，即临时商约的缔结，亦尚在纠缠之中。野村的外交并未能使日寇在国际上的孤立有迅速的改变，亦系阿部内阁行将崩溃的因素之一。

当阿部登台之初，即标榜"以政策之核心，置于处理'中国事变'"。这就是说，敌人要利用第二次世界大战的机会，在英法反动资产阶级的帮助之下，加紧诱降阴谋，灭亡我国。然而，由于我国广大抗战军民坚持抗战、坚持团结、坚持进步，使日寇尚未能逞其奸恶之企图，因此，他也不得不承认"解决'中国事件'，并非如此简单，国民政府现拥有二百四十师，其外尚有游击队百万以上，如何解决此巨额之军队，如何应付国内之经济问题，如何应付第三国之态度，均为棘手之问题。因此欲求彻底解决'中国事件'，则至少需时五年或十年之久"。阿部内阁快要塌台的最基本的原因，就在这个悲剧的自白里。

这些基本原因，使法西斯军部利用日本人民的不满，使心心倪倪根本上早成军□之附属的政党依仗军部，而向阿部进行其夹击。阿部内阁，是"病入膏肓"了。据最近的消息：继任人选以近卫最为有望，而"万年候补首相"宇垣的希望颇为稀微。但不论继任者为谁，其企图缓和国内外矛盾困难，更处心积虑以灭亡我中国，则当无二致。然而，从这里我们更可以看见，日寇将达山穷水尽之境了。

（原载一九四〇年一月十五日《新华日报》华北版第一版社论）

号召华北各地组织宪政促进会

　　自从国民参政会第四次大会通过提请政府明令定期召集国民大会、制定宪法、实行宪政的决议以后，全国各地便掀起了促进政府实行宪政的热烈浪潮。在很多参政员同人及社会先进人士积极推动之下，重庆、成都等地有各界宪政座谈会，妇女宪政问题座谈会，新闻记者学会宪政问题座谈会等纷纷讨论实行宪政之各项问题，而由国民参□会宪政期成会所召集的宪政座谈会，经四次座谈，已首先决定成立宪政促进会筹备会，更进一步的来推进宪政促进运动。延安方面，则有党政军学各界名流及知名之士，发起组织国民宪政促进会，并已于上月十二日召开发起人大会，不久即可正式宣告成立。这种风起云涌的宪政运动，充分表现我广大人民对民主政治之爱好，及对实行宪政之热切期望。

在敌后华北，由于两年来坚持抗战艰苦奋斗的结果，政治上处于较之全国各地更进步的地位，人民所获得的民主权利较多，所过的民主政治生活也更为丰富。对于这样足以改变全国政治生活的宪政运动，自不能漠不关心，面对促进宪政之努力，更不能居于人后。响应中共参政员毛泽东、陈绍禹等同志的号召，推行宪政促进运动，一则足以促进全国宪政的更迅速与更确实有效的实现，同时亦可使敌后民主政治更进一步的发展，这在全国投降妥协危机严重、敌后斗争倍□尖锐的今天，是有很重大的实际意义的。

因之我们具体号召华北各地立即组织宪政促进会。

宪政促进会怎样组织呢？

我们认为首先得要求各地先进志士和民众团体的领袖来创导和发起，至如冀南等地已成立有地方参议□者，则参议员诸□理当振臂先呼，为民先导，成为这一运动的发起者。在先不妨个别交换意见，或邀集党政军民各界举行座谈，共同讨论一般问题。在这样意见的交换和讨论中，提起社会人士对宪政问题的注意和兴趣，待参加的人多了，事情进行得相当有头绪的时候，便可推定负责人士组织筹备会，然后正式成立宪政促进会。这在民主政治有相当基础、民众有相当组织的华北敌后，是一件较易达成的工作。

至于宪政促进会成立后的具体工作，则本报于上月十五日社论专论中已有大体的说明，参照延安办法及其他各地在宪政座谈中讨论所得之结论，举其大要，不外是：（一）召集各种群众会议，或出版各种刊物，广泛宣传解释实施宪政之意义与实施宪政中各种问题，发动并组织民众参加宪政运动。华北民众虽有两年初步民主政治生活的锻炼，但因数千年来都处在封建统治之下，对民主政治缺乏教育，要其深刻理解宪政问题，特别是实施宪政的具体手续问题，于理自属难能。因之，宣传解释实施宪政的意义和各种具体问题，是非常重要的工作。倘使这一步工作没有做好，民众虽获得参政之权,然不知如何运用这一民主权利,宪政亦难期真正有效的推行。而最重要的是要经过宣传解释去发动组织民众参加运动,使广大民众团聚在宪政大旗的周围,以群众力量督促政府迅速实行。因为国民参政会通过召集国民大会,还只是中国走向实行宪政道路的开端,要求十足见□实行,尚有待于广大人民的有组织的推动与努力。

（二）讨论研究有关宪政的各项问题。如上所述,宪政问题并不是一个单纯的问题,它还包含着许多具体待解决的问题,诸如全国人民民主自由的保障,国民大会的代表选举问题,职权和任期问题,宪法的内容和参加制宪的人选问题,最后是怎样保障宪法的实行问题等等,在在都需要详细的研究和讨论。

（三）征求民众意见,并将自己讨论所得,公诸全国,以作交换,并建议政府,以便采择。

实施宪政是刻不容缓的急务,推动宪政的实施是全中国人民的责任。大家起来立即组织宪政促进会!

（原载一九四〇年一月十七日《新华日报》华北版第一版社论）

论平定物价

晋东南各地连日物价急遽高涨，日用品价格普遍飞涨至一二倍，粮食等民生必需品之涨风尤为骇人，小米每斗四元有奇，白面每斤三角以上，较平日超过三倍。而晋南叛乱区域，则根本已陷入市价无定之状态，三涨四升，物价竟有超过平日七倍至八倍者。民众生活大受影响，人心恐慌异常，如不急谋补救，将使抗日根据地蒙受极大不利。

一般物价的腾涨，自与敌人"以战养战"之经济进攻有关。在敌人封锁之下，日用品来源之缺乏，运输流转之困难，在在均足以使商品增价。尤以敌人到处焚烟掠夺粮食，使本区粮食有不足之虞，不能不影响到物价有若干的腾贵，但仅此情形决不致有若是之严重。以太北地区而论，涨价风潮之发生，还是最近十数日来的事，其间一日数市，以一种跳跃式的步调扶摇直升，这便使我们在敌人经济进攻一端之外，不能不寻求其他因素。

默察晋东南物价飞涨风潮之发生，实为山西政治形势之急剧逆转与整个山西大局之动荡不安有以致之。山西政局逆转，一部份投降妥协份子、反动份子，如孙楚、陈长捷、王靖国之流公开叛国，出卖山西，在敌人指使之下，进攻山西的抗日军队，解决山西的抗日政府，摧残山西的抗日民众团体，逮捕杀害抗日份子，疾风暴雨般的倒行逆施，使山西人民人人惴惴不安，市场不能不大受波动。何况山西投降妥协份子、反动份子存心颠覆各抗日根据地——特别是晋东南抗日根据地。因之故意捣乱金融，破坏市场，危害人民经济生活。如晋南地区之叛军，一方面将大批山西省银行钞票向市场倾挤，一方面故意在某些地区禁止使用山西省钞，以致在部份地区省钞充斥，物价飞涨。这些反动份子，故意用大量山西省钞，以超过一般市价以上的高价，大事收买各种商品，甚至用一元省钞买香烟一包。由此可见，此等反动份子不仅在军事上、政治上，而且在经济上，正在进行巨大阴谋，与日寇里应外合，摧毁抗日根据地。而一般唯利是图，贪得无厌之奸商，更乘机操纵市场，或屯积居奇，视商品为禁脔，或高抬物价，随口乱呼，大营其投机卖买。以致市场混乱，物价飞腾。再加以汉奸敌探散布谣言，蛊惑人心，并将粮食等物偷运出境，致市场风潮大有不可收拾之势。这是近来物价问题之所以发生的由来。

由上所述，物品涨价风潮之起，实由人为造成，针对这种情形，各地军政当局对扑灭物价涨价风潮，实应有严厉的紧急措置。我们建议军政当局，迅速布告周知全区军民，严禁一切故意倾挤巨额票面之私钞，捣乱金融，抬高市价，□□市场，危害民生的罪恶行为；严禁奸商屯货居奇投机操纵市场。同时，并应由地方政府邀请当地驻军、民众团体代表暨地方公正绅商，组织评定物价委员会，于最短期内，将各种主要商品——特别是粮食等民生必需品之价格，作一公正的评价。通令市场准照评定价格发售商品，不得擅自抬高物价，投机渔利。另一方面，再由军政民联合组织检查队或纠察队，逢节逢集，轮流分赴各镇市检查，监督市场卖买，防范一切违禁行为，物品涨价风潮当不难平息。

（原载一九四〇年一月十九日《新华日报》华北版第一版社论）

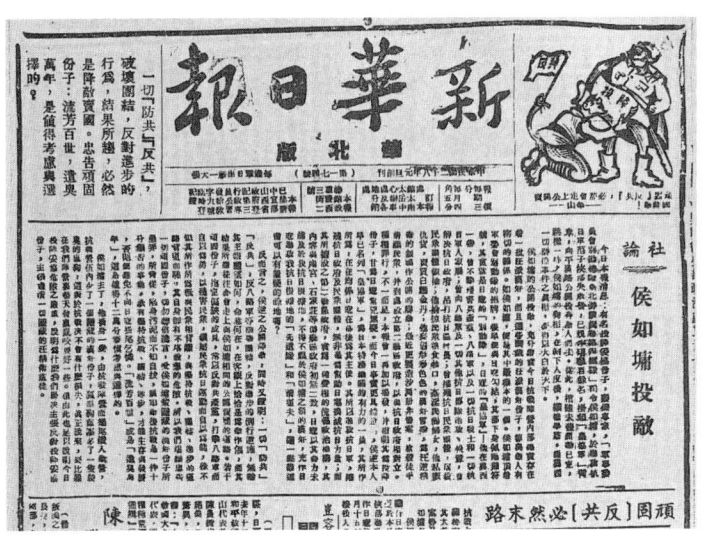

侯如墉投敌

今日本报消息：有名投降妥协份子，磨擦专家，"军事委员会别动总队华北游击挺进第四纵队"司令侯如墉，于进攻抗日军范子侠部失败后，已亲率□□百余名，挂起"皇协军"臂章，向平汉路公开投奔敌人而去。从此，棺虽未盖而论已定，跳梁一时之侯如墉的狗相，在剥下人皮后，□□□露。而冀西一切磨擦事件之真相，亦得以大白于天下。

侯如墉的公开投降，充分证实今日抗战阵营内部确实存在着一批汪派汉奸，而且这些□□的汪派汉奸份子，都与敌人有密切的关系。如侯如墉，便是其中最标本的一个。侯如墉顶着军委会别动队的招牌，很早便与日寇勾结，其部下身佩两种符号，其实就是日寇的"别动队"，日寇的"皇协军"。他在冀西一带，曾不断残害共产党、八路军以及一切抗日战士和一切抗日军人家属；曾向八路军及一切其他抗日部队进攻、挑衅；曾解决抗日政府，吊打抗日区村长；曾摧残抗日民众团体，屠杀民众团体领袖。他抢掠民众粮食牲口，奸淫民间妇女；他私贩仇货，卖买白面金丹；他妄倡形形色色的汉奸言论，为汪逆精卫的叛国作公开地辩护；最近更制造沙河册井惨案，枪杀徒手请愿民众，并到处设立第二县区政府，以与抗日政府相对立。种种罪行，不一而足，本报曾一再加以揭发，并指明其为投降份子，甘为日寇帮凶无疑。而今日事实更具体证明，侯逆本人早已名列"皇协军"，为日本特务机关的有力的一员，其所作所为，在在均系日寇在幕后为其主使。其所以进攻抗日军，摧残抗日政府及民众团体，无非是为帮助日寇扑灭抗日力量；而其所□设之第二县区政府，实为一种变相的傀儡政治机构，其内容与南宫、石家庄等伪县区政府初无二致。日寇以其势力未能及于我抗日根据地，不得不假于侯如墉之类的汉奸，充作日寇进攻我抗日根据地的"先遣队"和"清道夫"，这一点难道还可以有质疑的余地吗？

反而言之，侯逆之公开降敌，同时又证明：一切"防共""反共"、反八路军等破坏团结，反对进步的倒行逆施，无论其主观愿望如何，命意何在，在客观上恰恰是为敌作伥，而其结果所趋往往亦会走上与侯如墉相同的公开卖国的道路。若干顽固份子，抱定偏狭的成见，常以反对共产党，打击八路军而自以为勇，以残害民众，镇压民众抗日运动而自以为能，殊不知其所作所为既与民众相背离，与坚持抗战、团结、进步的道路背道而驰，其自身即有不堪设想的危险。所以我们竭诚忠告一切顽固份子，切勿听信谗言，受侯如墉辈隐藏的汉奸份子所愚弄，所胁从，陷身污泥而不知自拔。须知敌后抗战是一件十分艰苦的事业，只有坚持抗战、团结、进步，才能生存与发展，否则便难免不向日寇摇尾乞怜。"流芳百世"或是"遗臭万年"，这是值得十二万分审慎考虑与选择的。

侯如墉去了，他摇身一变，由抗战阵营而摆尾钻入敌营。抗战营伍内少了一个隐藏的汉奸份子，狐群狗党里多了一只发臭的疯狗，这对于抗战决不会有什么损失，真正说来，要比躲在我们阵营里整天发疯乱咬要好一些。但由此也足以说明今日投降妥协危险之严重，说明为什么我们坚决主张反对投降妥协份子，主张肃清一切隐藏的汪精卫党徒。

（原载一九四〇年一月二十一日《新华日报》华北版第一版社论）

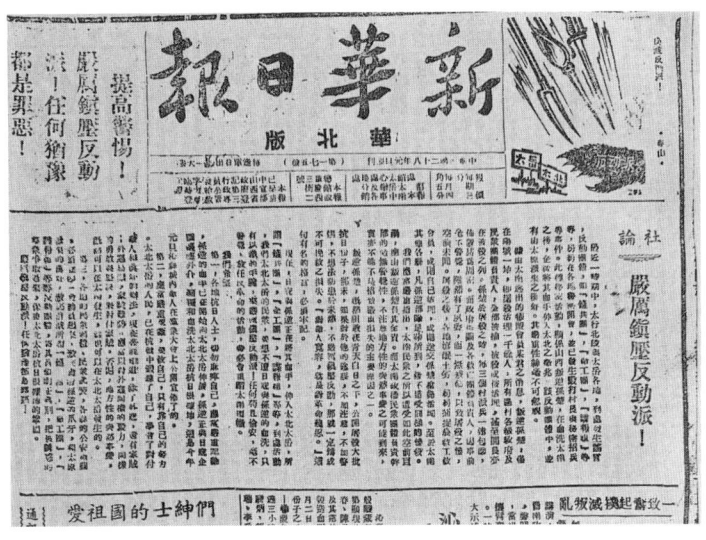

严厉镇压反动派！

最近一时期中，太行北段与太岳各地，到处发生谣言，反动团体，如"铲共团""敌工团""谍报组"等等，纷纷在各地秘密开会，并已发生殴打村长与秘密招兵等事件。此种秘密活动，显系山西叛逆孙楚，在血洗太南之后，企图将其血手伸入太北之征兆。该反动团体中，并有由太原派来之汉奸，其严重性丝毫不可忽视。

据由太南逃出的牺盟会员某君之消息，叛逆孙楚，仅在阳城一地，即屠杀活埋一千余人，所有区村各级政府及民众团体负责人，全部被捕、被杀或被活埋，甚至闾长亦在被杀之列。孙楚于屠杀之时，每三个村派兵一连包围，布置甚为周密。而政府机关及各救亡团体负责人，因事前毫不警觉，虽然有了风声，而一无戒备，以致屠杀之惨，空前未闻。屠杀之后，各地流氓土劣，纷纷捕捉农救工救会员，或则自己活埋，或则送交孙楚枪毙活埋。至于太南各地各县，凡孙逆部队足迹所到，无不遭受同样的惨杀。

我们应当严重指出，太南民众之所以遭受如此空前巨祸，应由叛逆孙楚负其全责。而太南政权民众团体负责干部的毫无警觉性，不注意地方性的突然事变之可能到来，实亦不能不是招致严重损失的主要原因之一。

叛逆孙楚，既然胆敢在青天白日之下，公开屠杀大批抗日份子，那末，如果对于他的阴谋不加注意，不加警惕，不想法防患于未然，不严厉镇压反动，那就一定铸成不可挽救之损失。"对敌人宽容，就是对革命残忍。"这句有名的格言，必须牢记。

现在，日寇与孙逆正在将其血手伸入太北太岳，所谓"铲共团""敌工团""谍报组"等等，到处活动。我们太北太岳的民众，要想不遭日寇与孙逆的血洗，只有以铁的手腕，来严厉镇压反动派。任何苟且偷安，毫不警觉，放任反革命的活动，势必会重蹈太南覆辙。

我们希望：

第一，各地抗日人士，切勿麻痹自己，应当严重认识，孙逆的血手已在开始向太北太岳伸展，孙逆正与日寇企图里应外合，颠覆和血洗太北太岳抗日根据地，这是今年元旦沁县城内敌人在群众大会上公开宣布了的。

第二，应当严重认识，要救自己，只有靠自己的努力。太北太岳的人民，已在抗战中锻炼了自己，学会了对付敌人和汉奸的办法。现在必须知道，除了外寇，还有家贼；外寇易御，家贼难防。应当以对外寇同样的毅力，同样的勇敢与坚决，来对付家贼。否则，地方性的突然事变，既然可以在太南发生，就也可以在太北太岳发生的。

第三，各地的民众团体、民众武装，各县的公安机关，必须立即一致动员起来，澈底肃清孙逆的爪牙，和太原□来的汉奸，澈底消灭所谓"铲共团""敌工团""谍报组"等等反动团体,将其首领明正典刑,把被诱惑的群众争取过来,保证太北太岳抗日根据地的巩固。

  严厉镇压反动派!任何犹豫都是罪恶!

（原载一九四〇年一月二十三日《新华日报》华北版第一版社论）

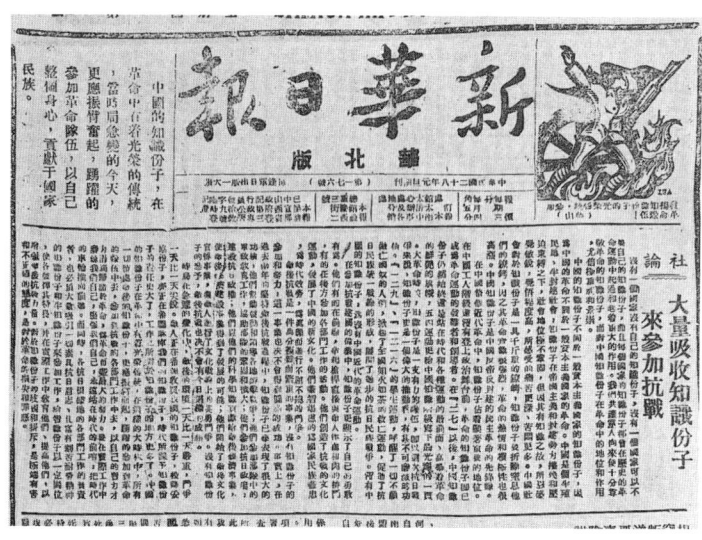

大量吸收知识份子来参加抗战

没有一个国家没有自己的知识份子，没有一个国家可以不要自己的知识份子，而且每个国家的知识份子都曾在历史的革命运动中起过和起着重大的作用。我们共产党人向来便十分尊敬革命的知识份子，而对中国知识份子在革命中的地位和作用，尤倍极重视和景崇。

中国的知识份子不同于一般资本主义国家的知识份子，因为中国的革命不同于一般资本主义国家的革命。中国是个半殖民地、半封建社会，知识份子在帝国主义和封建势力摧残和压迫束缚之下，社会地位极不巩固，但因其有知识之故，所以感觉敏锐，觉悟程度高，所感受的痛苦更深、苦闷更多。中国社会对于知识份子是一具千斤重的镣铐，知识份子要折断窒息他们的镣铐，因之其革命意识很强烈，革命的热情和积极性也很高涨。中国知识份子是中国反帝反封建的民主革命的先锋队。

在中国整个近代革命中，知识份子占着显著重要的地位。在中国工人阶级还没有登上政治舞台前，革命的知识份子即已成为革命运动的发难者和创导者。在"二七"以后，中国知识份子仍然始终还是站在时代和各种运动的最前面，高举着革命的鲜艳的旗帜。五四运动更给中国知识层级写下最光辉的一页。大革命时候，知识份子是一支有力的队伍，即以这次抗日战争来说，知识份子更是一个伟大的推动者，有其不可磨灭的功绩。"一二·九""一二·一六"的学生运动，呼醒了一切不愿做亡国奴的人们，掀起了全国如火如荼的救亡运动，促进了抗日民族统一战线的形成，展开了进步的抗日民族战争。没有中国的知识份子，就没有中国近代的革命运动。

在参加抗战建国的伟业中，知识份子更显示了自己的勇敢有为。他们有的在前线，拿起枪杆直接与敌人作血和肉的拼斗，有的在后方参加各部门工作的活动。他们创造了抗战的文化运动，发展了中国的新文化。他们尽智竭虑的为国家民族尽忠，为时代效劳，为真理而进行不屈不挠的斗争。

敌后抗战是一件万分复杂而繁重的事业，没有知识份子的参加和努力，这一事业也决不会得到圆满的成功。事实上，在过去两年的坚持敌后抗战过程中，知识份子已经表现了很大的功绩，他们帮助发动和领导各地游击战争；他们参加部队中的军政教育工作，协助部队的巩固和扩大；他们参加抗日政府，建设抗日政权；他们以他们的科学知识贡献给敌后经济事业，使敌后经济建设事业得到了发展的可能；他们开始了敌后文化宣传事业，与敌人进行了文化战线上的英勇斗争。没有知识份子的参予，敌后抗战也决不会有今日这样的成绩。

时局在急遽的变化中，敌后的环境一天比一天严重，斗争一天比一天尖锐。敌人正在希图收买我国的知识份子、投降妥协份子，亦正在希图麻痹我们的知识份子。时代所课予知识份子的责任更大了，工作之所需于知识份子的地方更多了。中国的知识份子在革命中有着光荣传统，在这样的大时代中，所有一切留处敌后的知识份子，更应振臂而起，踊跃的参加到革命的队伍中去，参加到抗战的各部门工作中去，以自己的智力才力涓滴归诸于革命，为革命而尽最大的努力。要在实际工作中磨练我们自己，坚强我们自己，永远站在时代的前哨，把时代的车轮推向前进。而同时，各抗日根据地的各部门工作的负责者，也必须大量吸引一切素具抗日意志、且富有刻苦耐劳精神的知识份子和半知识份子来参加工作，给知识份子以一定岗位，使各发挥其特长，并在实际工作中教育他们、提高他们，以增强敌后抗战力量。对于知识份子的歧视和排斥，是极端有害和不正确的态度，是对于革命的损失和罪恶。

（原载一九四〇年一月二十五日《新华日报》华北版第一版社论）

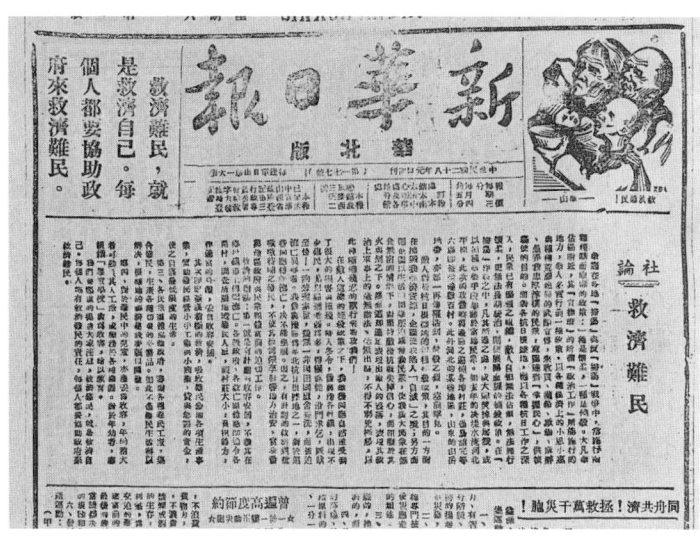

救济难民

敌寇在各地"扫荡"与反"扫荡"战争中,常施行两种残酷而险毒的政策:一种是怀柔,一种是烧杀。大凡敌占区附近,其"宣抚班"的所谓"政治工作"所能施行的地方,敌人多实行前一种政策,以各种经济上的小恩小惠与种种荒谬绝伦的武断宣传,来收买、拢络、欺骗、麻醉、愚弄我忠厚淳朴的民众,意图达到"掌握民心",供彼驱使的目的。而对各抗日根据地,则以各种抗日工作之深入,民众已有坚强之组织,敌人自知无法占领,无法实行怀柔,更无法长期统治,则便展开血腥的烧杀政策。在"扫荡"作战之中,凡其所过之处,或大肆焚掠与屠戮,或以种种破坏手段加诸于当地民众。如去年的决堤水淹河北平原,此次围攻晋察冀边区之遍烧各地村庄，仅易满完等六县即被焚□数百村。此外河北的某些地区，山东的山岳地带，亦都一再惨罹浩劫，焚杀之烈，空前罕见。

敌人对于抗日根据地的种种烧杀政策，其目的一方面在摧毁我经济资源，企图使我陷入"自灭"之境；另方面则企图以生活的困难压迫威胁我民众，使我广大民众在无食无宿的情形下，对坚持敌后抗战失掉信心，而屈服于其火与剑之下。然而这却适足表现出敌人的没落，表现其政治上、军事上的毫无办法、毫无出路，不得不穷凶极恶，以此种极端残忍的兽行来进攻我们。

在敌人这样的烧杀政策之下，我敌后同胞自然遭受到了很大的损害与摧残。时入冬令，晋冀豫各村镇，出现不少难民，尤以妇孺老弱为多，转辗迁徙，沿门求乞，厥状至惨。一询若辈家世，几无一非因田□庐舍□洗，而被迫流亡异乡者。我晋冀豫区为华北抗日根据地之一，对于这些同胞转辗流亡，决不能坐视。因之，有计划的救济这批嗷嗷待哺之难民，不使其沦为饿莩影响地方治安，实我晋冀豫区政府与民众团体当前的迫切工作。

救济的办法：第一就是有计划的收容安插，不让其在乡村镇市上转辗流亡。各级政府，各救亡团体应□通令各区村，调查所属地境难民人数，视村庄大小，负担能力，作适当的分配，妥为收容安插。

其次即应亟谋积极的救济，吸收难民参加各项生产事业，帮助难民经营小手工业与小商业，贷与急需的资金，使之自谋最低限度的生活。

第三，各民众团体协助政府，筹办各种难民工厂，集合难民，生产各种切要的必需品。如此，不仅难民生活得以解决，根据地的经济建设亦赖以开发。

第四，对于难民中的儿童，亦应妥为收容，年龄稍大者可动员其入工厂，或服务于各种机关。对于年幼者，应组织"难童学校"广为收容，给以教育。

我们要郑重的提请大家注意，救济难民，就是救济自己。每个人都有救济难民的责任，每个人都要协助政府来救济难民。

（原载一九四〇年一月二十七日《新华日报》华北版第一版社论）

亡国灭种的协定

今日本报所发表的日汪卖国协定——所谓《日支新关系调整纲要》，是日寇侵略阴谋的总暴露，是日寇灭亡中国，即所谓"解决中国事件"的具体方案。其内容之宽广深刻，阴谋之凶险狠毒，实令人切齿痛绝。按照这一协定，不仅整个中华国土沦为日寇附庸，即一切主权亦莫不一一置于日□鹰爪控制之下；不仅四万五千万炎黄后胄将永远沦为日寇牛马，即万世子孙亦将世世代代受日寇奴役。在古今中外□□文献中，我们实在还没有见过有这样一张秽臭已甚的卖身契约。

这一张毒药单，一面充分显现出了日寇狰狞狡猾的凶相，另一面则反映出了汪逆及其党徒卑污无耻、丧失人性的妖形。国内的投降妥协份子、反动份子、顽固份子，对于日寇往往存在着种种幻想，幻想日本"觉悟"（！）日本"谅解"（！）。因之他们倡言"和平"，要以"平"作基础，在"平"中求"和"。他们千方百计的与日寇寻求妥协的道路，觅致"光荣的和平"。而日寇便正抓住这一弱点，以发还少数上层地主资产阶级百分之四十九的财产，退一部份领土等来招降他们。现在这张卖身契约，明明白白的摆在面前，要使敌人"觉悟"，唯有澈底打倒日本帝国主义。一切"平"中求"和""光荣的和平""荣誉的和平"等等是绝对不会有的，有的只是奴隶的和平。很显然的，要就是坚持抗战到底，打到鸭绿江边，确保全部领土主权的完整；要就是亡国灭种，整个受日寇的奴役统制；要就是百分之百的胜利；要就是百分之百的断送中国。所谓百分之四十九，只是日寇诱降的钓饵。"中途妥协便是亡国"，今天谁再讲"和平"，谁就是汉奸，就是汪精卫。汪精卫不是口口声声的高唱"和平建国"的调调吗。所谓"和平"，其具体内容便是日汪卖国协定；所谓"建国"，便是把中国归并给日本。事实没有比这更好的教材了。

同时，由这张满纸荒唐的卖国协定中，我们又可以看到很显著的一点，就是日寇是以"防共"的口号来灭亡中国的，而汪逆及其党徒则也在"防共"的外套掩盖之下来进行出卖祖国、出卖人民的勾当。在整个协定的纸面上，充满着"防共"的字样，"防共"成为最凶险的阴谋名词。日寇要驻兵中国，为的是"防共"；要统制中国内政外交，为的是"防共"，一切一切，好像都为的是"防共"。"'防共'即是亡华"，现在我们更得到具体的说明了。"'共同防共'就是□□□防"。"'共同防共'的新名词，就是使整个中国，变为日兵驻防区域的见解"。□委员长这种明锐的见解，一针见血的戳穿了一切"防共""反共"的阴谋内幕。事实严正的教训我们，投降妥协份子、反动份子、顽固份子们的"防共""反共"的恶意宣传，正是捡取了日寇和汪逆的牙秽，在替日寇和汪逆作应声虫；一切《防制异党活动办法》《处理共党实施方案》等等，正是帮助日寇及汪逆汉奸灭亡中国的办法和方案；一切反对共产党，打击八路军，消灭陕甘宁边区等"防共""反共"的危险企图和危险行动，正是执行了日寇别动队的任务，帮助日寇扫清灭亡中国的道路。"防共"与抗战是不能并立的，"防共"是投降妥协的具体准备，而投降妥协却正是亡国灭种。

　　日汪卖国协定的揭露，划清了中国应走的道路，正如□□本报所说："摆在中国人面前只有两条道路：一条就是坚持抗战的道路，中国人民所走的道路，中华民族的生路；一条就是对日寇投降的道路，汉奸汪精卫及其他投降份子所走的道路，中华民族的死路。中间的道路是没有的，而且也不可能有的。"我们广大军民，誓死要踏着坚实的脚步往生路上英勇前进！坚决反对一切向日寇屈膝投降、自取灭亡的叛逆卖国罪行！

（原载一九四〇年一月二十九日《新华日报》华北版第一版社论）

开展反奸细底斗争

巩固□□的革命组织,是当前最中心的战斗任务;而开展反奸细的斗争,则为巩固革命组织所必需采取的重要办法之一,特别在下述情况之下,反奸细的斗争,更成为刻不容缓的工作。

第一,日本强盗在帝国主义大战环境之下,集中力量来进攻中国,企图实现其"建立东亚新秩序"的荒谬口号。在这里,敌人所使用的政策,除了不断的进行"扫荡"战,掠夺经济资源,企图借此去保持与扩大其占领地以外,最毒辣的还是所谓政治进攻。这主要是采取一切阴谋,分化我国内部团结,引诱中国投降。为了达到这一目的,敌人派遣有各色各样的奸细,从事活动,打听情报,进行破坏。

敌人的侵略战争，越是陷入困难，则它们便越爱用种种阴谋、极端毒辣的手段来对付中国，来对付中国的革命先锋队伍。

第二，中国的一些民族败类，如汪派及托派汉奸之流，已经死心塌地为日本强盗当走狗，已经尽一切力量在破坏抗战，破坏团结，在与敌寇互相联合，进攻抗日根据地了。这些走狗不但公开的反对革命者和共产党，和进步的爱国团体，而且奉承它的日本主子的命令训练奸细，专门在制造谣言，挑拨离间，破坏抗战的精诚团结，摧残革命者与破坏一切的革命组织。日本强盗固然有它嫡系的特务机关，而汉奸败类的这种组织与活动，显然是与日寇分工合作的。

奸细的活动是多种多样的，是无所不用其极的。本报在日前社论中，就指出奸细"用政治上两副面孔的方法；用似是而非的策略口号和正确的策略口号对立的方法；用挑拨同志间感情，进行无原则斗争，分裂革命组织的方法；用假借革命者和革命组织名义□□陷害革命份子的方法；用专门打听侦探机要事件的方法；用制造谣言伪造文件打击革命组织威信的方法；用暴力威胁、金钱美女引诱革命者的方法；用被捕'逃出'献苦肉计的方法，来追逐革命者，破坏革命运动，破坏革命组织"。在过去的历史中，当前的事实中，处处证明奸细之于革命的进步组织和抗战，是如毒蛇猛兽对于人类一般。为要实行捣乱，实行暗害，并不需要大批的人；为要建筑一个大的军事工程，是需要成千成万人的，但要炸毁这一工程，却只需要几十个人；为要打胜仗，是需要几万的军队的，但为要在前□上破坏这一胜利，却只要在某个军部或某个师部内有几个偷出作战计划□交与敌军的侦探就够了；为要发展组织，是需要成千成万的革命党员，以工作去说服，耐性地去争取的，但为要破坏革命组织，却只要在革命组织中有几个奸细，把组织内部的情形告诉敌人，就可以产生严重影响。因此，每一个革命先进的份子，应该提高他的高度的警觉性，进行无情的反奸细的斗争。

要进行反奸细的斗争，首先就要加强革命党员的政治认识。一切对政治漠不关心、马马虎虎、幼□□□的态度，应该干干净净地加以消灭。我们要紧紧地把握住正确的政治路线；要使自己对于天下大势有了如指掌的知识；要使自己能够把握住正确的策略和口号，以揭破奸细的似是而非的策略和口号；要使自己坚强得像磐石一般，富贵不能淫，威武不能屈。要做到这样，如果不加强政治教育，那是不可能的。

第二，我们要注意政治教育，并不是完全把日常问题搁在一边。要识破奸细的真面目，要戳穿蒙着羊皮的豺狼，如果离开日常生活之注意，那是一定不能成功的。奸细确实具有狐狸一般的狡猾，但是他的举动言行，总不免有矛盾的地方，在这里，如果加以有系统的精确的注视，一定可以找出线索来。同时，这种注视应有经常性，□不能以为奸细不时时实行暗害，而有时尚且在工作中表示些成绩，就会不是暗害份子。"恰巧相反，真正的暗害份子，正应当有时也贡献一些工作成绩，因为只有这样，他才能保持其暗害份子的地位，才能骗得人家的信任，才能继续其暗害的勾当。"（斯大林同志语）

第三，应当严密革命团体的组织，严重注意秘密工作，把一切不良份子、异己份子清洗出去。这一着，不但使奸细无法在组织中进行破坏，而且使奸细无法从组织以外向内部抓住可以利用的份子。可是，在这里，应该有同志间的互相信任，如果操之过急，造成整个组织上的纷扰与怆惶，那不但妨害我们与真正的奸细作斗争，而且转而帮助了整个的敌人。

第四，应该把反奸细的斗争，变为群众的斗争；把反奸细运动，变为群众运动。这不仅借此可以提高民众的警惕性，提高民众的敌忾同仇的情绪，提高民众对于敌寇汉奸的愤恨心理，而且因为只有把反奸细运动变为群众运动，才能使奸细在万目睽睽之下，无所逃形，使反奸细的斗争能收得应有的效果。

（原载一九四〇年二月一日《新华日报》华北版第一版社论）

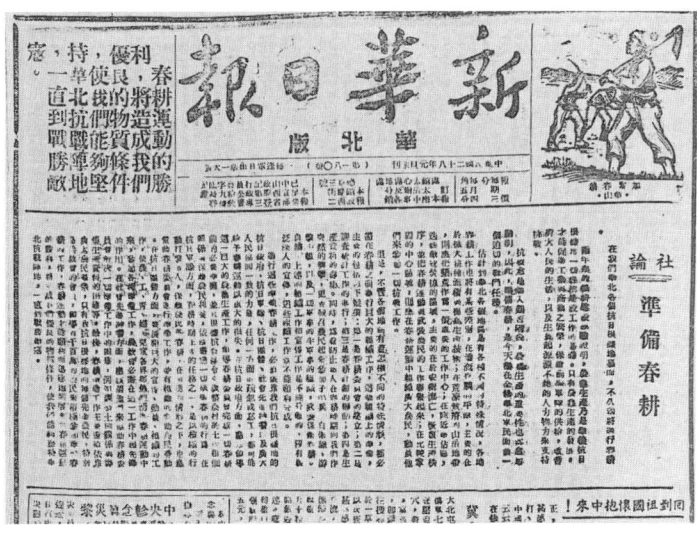

准备春耕

在我们华北各个抗日根据地里面，不久就将进行春耕。

两年来的经济建设□□证明，农业生产乃是敌后抗日根据地一切经济建设工作的基础。只有农业生产的发展，才能促进工业与商业之繁荣，保证前线军队的供给，改善广大人民的生活，以及生长起源源不绝的人力物力来支持抗战。

抗战愈是进入艰苦阶段，农业生产的重要性也就愈加显明。因此，准备春耕，是今天摆在全体华北军民面前一个迫切的战斗任务。

估计到华北各个地区是有各种不同的特殊情况，各地春耕工作也将有某些差别。在灌溉丰腴的平原，主要的在于扩大耕种面积与提高生产技术；在荒凉贫瘠的山岳地带，则应把垦荒作为一个重要的工作中心；在临近敌占区，迭经敌寇焚掠的区域，主要的在于安辑流亡，恢复生产秩序，并把春耕运动与武装农民的工作联系起来；在比较巩固的中心区域，则应在春耕运动中组织广大农民，动员他们来参加一切抗战工作。

但是，不管各个地区有着怎样不同的特殊情形，都必需在春耕之前进行巨大的组织工作，这个组织上的准备，主要包括以下几项：第一是春耕委员会的建立；第二是调查统计工作的进行；第三是春耕计划的编制；第四是生产资料的筹集。同时，为着防止敌人在春耕时期向我们作突然的袭击，更要号召农民起来参加子弟兵、自卫队、游击小组，以及一切军事的、半军事的组织，武装保卫春耕。自然，上述的组织工作和宣传工作是不能分离的，没有广泛深入的宣传，这些组织工作就不能顺利完成。

进行这些准备春耕工作，必须依靠我们抗日根据地的抗日政府、抗日军队、抗日团体、社会先进绅耆以及广大人民协同一致的力量，任何一方面的疏忽或怠工，都可能给予春耕运动以重大的损失。在抗日政府方面，应□领导这一巨大的农业生产工作，领导春耕委员会完成一切春耕前的必要准备，并且根据抗战法令□调整农村的土□租佃关系与保护农民利益，依法严惩一切破坏春耕的行为。在抗日军队方面，春耕时期主要的任务之一，是以积极的行动打击敌人，保护农民的春耕，在可能的情形之下，也应帮助春耕委员会进行准备工作，并有组织的帮助农民劳动。在抗日团体方面，要展开巨大的宣传、动员、组织的工作，使农、工、青、妇、儿童各界都热烈涌□春耕运动中来，参加各种准备工作，农救会必需在这一工作中起先锋的作用。在社会先进绅耆方面，应该让他们来协助春耕委员会解决一切准备工作中的困难，例如调整土地关系与筹集生产资料的困难等。最后，春耕准备工作主要还须依靠广大农民群众，只有我抗日根据地的每个先进农民，特别是农救会的会□，领导□千百万的农民来积极参加准备春耕的工作，春耕运动才能顺利而迅速地开展。而春耕运动的胜利，将□成我们优良的物质条件，使我们能够坚持华北抗战阵地，一直到战胜敌寇。

（原载一九四〇年二月三日《新华日报》华北版第一版社论）

实施民主政治促进全国宪政运动

在政府颁布定期召开国民大会，实施宪政的命令以后，推动宪政的早日确切实现，成为全中国每一个国民的责任。因之在命令颁布不久，全国各地即激起澎湃的宪政促进运动。敌后华北是全国最先进的地区，在执行各种进步法令，履行各种进步事业上，向□全国的模范，对于这一在全国政治生活上有如此重大意义的运动，自不能不□起热烈响应。本报上月社论曾一再号召华北各地速即组织宪政促进会，并具体说明宪政促进会的组织办法及其工作任务。但宪政促进会的工作，主要在于宣传、启发、教育民众，以及征集意见贡献政府，但在华北来说，对于宪政促进工作仅仅做到这一地步，还是万分不够的。宪政是什么？简单的回答，便是民主政治。今日华北种种方面已具有实施民主政治的条件，因之，澈底实施民主政治，实行村区长，以致县长专员的普遍民选，为全国宪政之实施奠定一个基础，立下一个堪为全国表率的模楷，实在是促进全国宪政的最实际有效办法，也是我敌后华北在宪政促进运动中急待进行的一件工作。

这一工作，过去曾一再讨论，若干地区且已部份实行，如晋察冀边区去年春天即将村区政权全部改造，冀南在区参议会成立后，行政主任公署委员以致主任皆已实行民选。但以整个华北来说，施行既不普遍，程度亦参差不齐。本报愿综合各地经验，略加阐明，以冀各地均能普遍实现，使敌后民主政治能有新的开展，而抗日根据地也得由此而愈臻巩固。

实施民主政治，首重于村区政权的澈底实行民选。只有区村政权改造，然后才谈得到改革县与专区等上层行政机构。但是村区长民选，并不是一件简单的工作。要使村区长民选工作能够胜利完成，真正保证每个村民或区民参加选举，保证选举过程中不发生贿选舞弊等现象，保证选举结果真正能由精明能干，为民众谋福利，为民众所爱戴的领袖当选，把政权造成一个真正为广大群众谋福利的抗日民主政权，□必须于事先进行充分的动员准备工作。因之，除政府于发布命令以后，需派遣干部到下级去宣传解释的，各民众团体更宜动员全体会员进行热烈讨论，并发动非会员大家讨论。必须在选举以前，使全体民众对民选行政人员的意义有透澈的了解，对选举发生很高的热情，然后才能进行选举。其次，对于实行选举的步骤，也必须有明确的规定：（一）举行村民登记；（二）由村民大会推选候选人（候选人必须经由全体村民半数以上之同意）；（三）由村民审查候选人名单，并进行竞选；（四）由村民以不记名投票方式进行选举。至于选举区员，因地区较广，势难召开区民大会，则不妨由各村推选代表组织代表大会，由代表大会提出候选人名单，然后分村投票选举。

其次，说到民选县长及行政专员，自较村区民选更为繁杂，一般必先成立行政区与县的参议会，由参议会提出候选人，发动广大群众热烈讨论，尽可能做到由全体民众投票公决，如环境不允许时，则由参议会代选。因之，参议会这一民众代表机关，成为决定问题的中心关键，参议会之组成必须十分郑重，参议员之产生必须经由民众选举，或由民众团体推举一部份参加。虽然政府也有权邀请若干对社会事业素有贡献的人士参加参议会，但其数量必有一定限制，完全采取指定圈定办法，自□违反民意，不合民主精神。

我们要促进全国宪政的实现，必先在敌后首先实行民主政治。华北民众起来，运用民主权利，选举各级行政官员。

（原载一九四〇年二月五日《新华日报》华北版第一版社论）

纪念"二七"

一九二二年二月七日,在当时"京汉铁路"上所爆发的大罢工,开始了中国民族解放运动的新史页。

"二七"大罢工,说明了中国无产阶级,在它自己的前卫政党——中国共产党领导下,已经英勇地站在反帝反封建战线的最前线,□□了它在中国革命运动中的先锋作用;中国无产阶级及其政党——中国共产党的奋起,大大改变了中国革命运动的面目,使中国革命运动有了最坚决、最英勇、最前进的无产阶级力量作中心,把中国革命运动引导到正确的方向,从"二七"事变以来,中国革命运动就循着这一正确的方向前进,这个正确的方向,就是反对帝国主义与封建军阀官僚的统治,为独立民主自由的中国而斗争。

"二七"事变为中国革命运动创造了不朽的传统，最主要的就是斗争的顽强性、坚决性、英勇不屈的精神，这种精神，鲜明地表现在共产党员林祥谦等殉难的史迹上。当林祥谦同志殉难之前，□□于车站电杆上，统治阶级用了种种威迫利诱的方法，要他命令罢工工人开工。林祥谦同志表现了共产党员临□不苟的本色，以"头可断，工不可开"的答复，拒绝了统治阶级，使当场的军阀为之气沮，兵士为之动容。林祥谦同志等从容就义的伟大精神，发扬了中国民族历史上一切□贤豪杰所追慕的正义与正气，实在可以"动天地而泣鬼神"！这种不朽的传统，十几年以来教育了与培养了无数的共产党员，无数的无产阶级与革命者，在中国革命运动中添加了无数可歌可泣的史迹，引起了全世界人士的惊奇与赞扬，同时也向全中国、全世界人民证明了中国无产阶级、中国共产党人对于中国革命的忠诚，□斥了一切"反共"的反动投降份子，自己摧残中国革命力量之卑鄙无耻，"毫无心肝"。

"二七"事变以及从"二七"以来的革命斗争，特别是抗战以来，中国工人阶级及其代表者中国共产党，在抗战中英勇坚决的表现，都□明了中国无产阶级及中国共产党的强大与发展，乃是中国革命取得胜利的一个主要条件，是使一切中国人不做亡国奴，挣脱帝国主义枷锁，建立民主自由新中国的一个主要环节，是使我们今日抗战建国获得最后胜利的一个主要保证。因此，在抗战进入艰苦阶段，投降妥协危机日益严重的今日，必须把广大的无产阶级群众，组织到抗战建国工作中来；特别重要的是发动广大工人群众来参加抗战，参加宪政运动，参加生产建设，以保证他们的一切合法权利与改善他们的生活；特别要大量发展与巩固共产党，并加强对于无产阶级的领导，才能更高度的发扬无产阶级的英勇战斗作用。只有这样才真正符合今日抗战利益，也只有这样才真正符合孙中山先生以及国民党一切贤明领袖的扶植工农的贤明政策。

我们华北是"二七"革命运动的发源地，华北工人群众从"二七"以来，特别是抗战以来的艰苦奋斗与英勇牺牲，表现了他们是"二七"事变殉难先烈的真正承继者，在今日伟大的"二七"纪念十七周年前□，我们仅以兄弟之谊，向华北各个战线上奋斗着的工人兄□表示崇高的敬意。我们号召华北全体工人起来，与全国工人兄□一起，参加抗战建国事业，参加宪政运动，参加生产建设，为完成"二七"殉难先烈的伟大遗志而奋斗。

（原载一九四〇年二月七日《新华日报》华北版第一版社论）

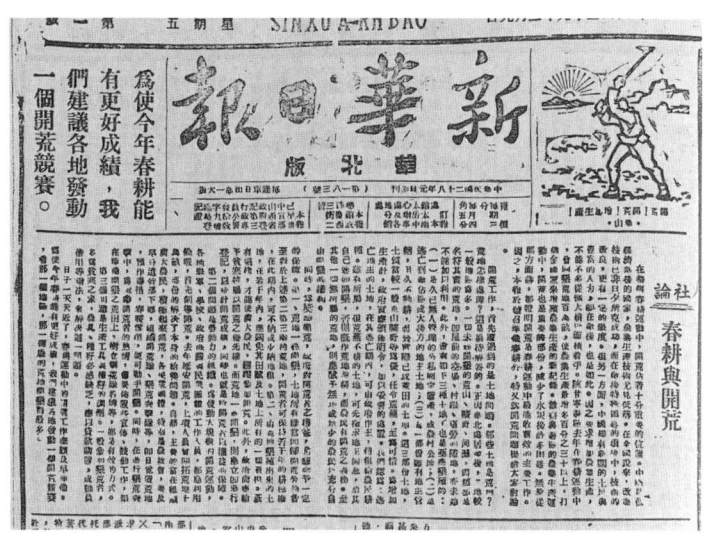

春耕与开荒

在整个春耕运动中，开荒占着十分重要的位置。中国是个经济落后的国家，农业生产技术尤见低落。在全国说来，改进技术已非旦夕所克成功，而在敌后特殊困难的环境中，技术的改良，更有一定的限度。但另一方面，中国却有广阔的土地与丰富的人力，即在敌后，也是如此。因之，要求增加农业生产，不能不多从扩大耕地面积着手。陕甘宁边区去年在春耕运动中，曾开垦荒地百万亩，使农业生产量增多百分之三十以上，打破全国□来增殖农业生产的新纪录。晋察冀边区的农业生产运动中，开荒也是重要的部份，减少了水灾后许多困难。无论从那方面讲，都证明开荒是春耕运动中最能收实效的主要工作。因之，本报于号召准备春耕外，特又就开荒问题提请大家讨论。

开荒工作，首先遭遇到的是土地问题。那些土地是荒地？荒地怎样处理？这是须待解答的。正因华北处居敌后，□地较一般地区为多。一切未经开垦的荒山、旷野、河滩，固然都是名符其实的荒地，即屋前的空场、村跟、道旁的隙地，亦未始不能加以利用。此外，还有如下三种土地，也是亟应垦殖的：（一）是久已无人管理的公私□□□产，或农村公地；（二）是逃亡到敌占区或大后方的地主土地；（三）是一部份虽有地主管辖，日久不动耕，而致实际已成荒田的土地。这三部份土地，土质当较一般荒山旷野等为优，任令荒芜，至为可惜。为增加生产计，政府实应颁布明令，加以妥善的处置。我们认为，逃亡地主的土地，在其逃亡期内，可由政府作主，转租给农民耕种。虽有所属，但荒芜不耕的土地，可先征求地主同意，请其自己速即开垦，否则概作荒地□称，而农民有开荒之义务。至其他一切无所属的荒地，则应赋予无地或地少的农民以充分自由开垦的权利。

同时，为奖励开荒，政府对开荒者之权益，尤应给予一定的保障。第一，荒地一经开垦，土地所有权当即归开荒劳动者至对于上述第二、第三两种荒地，开荒者可保持若干年的耕种权，在此期间，可不纳或少纳地租。第二，由荒地垦殖出来的土地，在若干年内，应蠲免其田赋及土地上所有的一切负担。只有这样，才能使广大农民踊跃参加开荒。此外，政府尚应给予贫寒抗属以开荒之优先权。而荒地一经开垦，则应立即举行登记，以统计开荒成绩，同时也就是给开荒者以权益的保障。

第二个问题是劳动力的组织。为发动大规模的开荒运动，各地驻军、学校、政府机关与民众团体的工作人员，都应利用余暇，首先创导开荒。去年延安开荒，上项人员曾开拓荒地十万亩，部份的解决了本身的给养问题。自然，主要的当在组织广大农民，积极起来开荒。各民众团体，特别是农救会，要及早分遣干部下乡，组织开荒队、垦荒突击队等，即日觅置荒地，预作筹措，春暖雪消，便可动手开垦。同时，在进行垦荒突击中，为□动开荒者的热情，还要布置些宣传、鼓动工作，如在准备开垦之荒田上，树立垦荒队名牌等，都是有效的方式。

第三个问题是生产工具与种籽的调剂。一般参加垦荒者，多为贫寒之家，农具、种子必感缺乏，应以贷款购置，或动员借用等办法，来解决这一问题。

日子一天天近了，春耕运动中的开荒工作应该及早准备。为使今年春耕能有更好成绩，我们建议各地发动一个开荒竞赛，看那一个地区，那一个县的荒地开垦得最多。

（原载一九四〇年二月九日《新华日报》华北版第一版社论）

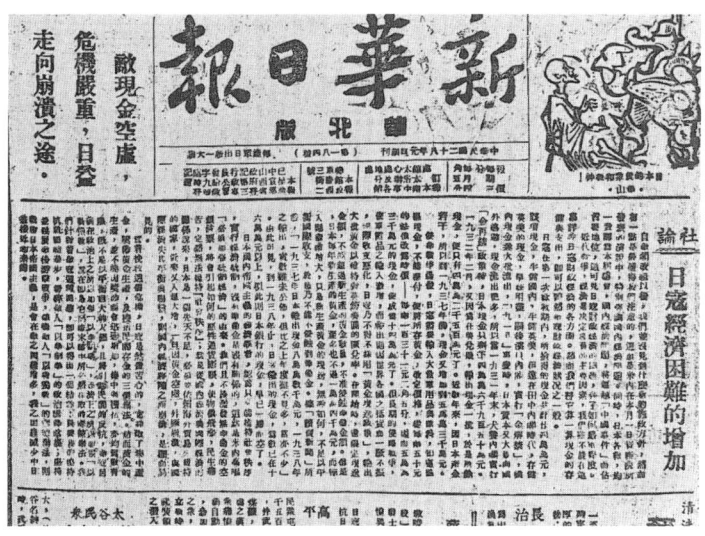

日寇经济困难的增加

自敌阁改组以后，我们并没见到什么新的施政方针，然而有一点是最值得我们注意的，这就是米内在本月一日贵族院所发表的演说中，特别强调国内经济问题。同时，日本各报，均一致认为本届议会，国内经济问题，将超越"中国事件"而占首要地位，这可见日寇财政经济的困难到了如何严重程度。

近代战争，经济是决定胜负的主要因素，我们虽不能在这里详说日寇财政经济的各方面，然而我们替它算一算现金的存储与支出，即可以了然敌寇财政经济状况之一般。

日寇在第一次欧战期内，所抢得的现金共计廿四万万元，该项现金半储国内，半储英美。但远在田中内阁时代，存储英美的现金，早经用尽，嗣后滨口内阁实行"金解禁"，国内现金遂大批流出。"九一八"事变时，日本资本又大□向国外逃避，现金流出更多。所以当一九三一年末，犬养内阁实行"金再禁"政策时，日本现金只剩下四万万六千九百五十万元。一九三二年二月，又因为在美兑赋，□出现金一□，于是所余现金便只有四万万二千五百万元了。近数年来，因日本产金若干，所以到一九三七年间，现金又增加到五万万三千万元。

侵华战争爆发，日寇需要输入大量军用品与原料，知道区区现金不能应付，便将所存黄金改定价格，从每两五十元的法价改为时价——每两一百三十一元二角五分，因而五万万三千万元的现金，便成为十四万万元了。但长期的侵略战争，使军需品之输入激增，而输出则因世界各国之抵货的一蹶不振，国际收支恶化，日寇乃不得不采用"黄金现送政策"，输出大批黄金以维持对英镑、美圆的汇兑率。在开始时，还限定现送金额，不能超过新生产的黄金数量，不准侵蚀准备金额。但是，日本每年新生产的黄金，至多也不过一万万四千万元，而输入则继续增大，只是新生产黄金的现送，无论如何不足以平衡国际收支，于是乃不能不侵蚀到准备金。据《读卖新闻》所载，"一九三七年日本输出现金八万万数千万元，一九三八年之输出，实数虽未公布，但比之上年度虽不见多，当亦不少"。由此可见，到一九三八年止，日寇输出的现金，为数已在十六万万元以上，似此则日本银行的现金，早已一扫而空了。

日本国内帝国主义的经济学者，认为只要能维持社会秩序，实行经济统制，没有准备金是没有关系的，这就是米内高唱"必须加强统制经济"的由来。我们且不谈滥发无准备金的空头钞票，将会引起如何的恶性通货膨胀，使物价飞涨，民生痛苦，定然无法维持"社会秩序"；就是从国内经济与国际经济的关系说来，日本是一个先天不足，必须要依赖海外贸易来维持的国家。近来又入超大增，一旦因黄金空虚，外汇崩溃，与国际经济失其平衡与联系，则国内经济将随之而崩溃，是显而易见的。

为着挽救这个危机,日寇是煞费苦心的,它采取了集中产金,贸易黄金生产,及搜括民间存金的三个办法。然而黄金的生产,并不能因奖励而会迅速增加,集中与搜括,亦均为数有限,既不足以平衡巨大的入超,且将引起民间的反抗,敌后目前在政治上之所以加强"以华制华",经济上之所以□□"以战养战",实在即是它穷途末路中所必然采取的毒辣办法。我们针对着敌寇这些困难,即可以得出一个结论:只要我们坚持抗战团结进步,粉碎敌人"以华制华"的政治诱降阴谋;坚持并发展敌后游击战争,破坏敌人"以战养战"的□□办法,则战胜日本帝国主义,是会在敌之困难增多,我之困难减少中日益接近起来的。

（原载一九四〇年二月十一日《新华日报》华北版第一版社论）

反对帝国主义制造进攻苏联的阴谋

二十世纪四十年代行将终结的今日，是垂死的资本主义的丧钟撞得最悲响的年头，也就是光明与黑暗，革命与反革命斗争更加尖锐的时候。帝国主义强盗们的火并纠缠不已，各个资本主义国家里的劳苦大众，掀起了反帝国主义战争的浪潮，全世界被压迫民族，要冲断奴隶的锁链，统领世界和平，争取全人类解放的社会主义苏联，更是一日千里地的发展。

但是，另一方面，资本主义体系的代理人张伯伦违抗□之流，为了苟□其剥削榨取的奴役统治，为了挽救帝国主义濒于毁灭的命运，于是就更加紧策动着一□□□□□□□，这□谋□是企图将帝国主义火并的战争，转变为进攻社会主义苏联的战争。

自英法所操纵的国联宣告苏联出会以后，以张伯伦为首的帝国主义强盗们的反苏阴谋，是日趋显明了。

这个阴谋具体地表现在它们支持芬兰的反动政府，唐纳与曼纳林之流，便是帝国主义进攻苏联的鹰犬。伟大英勇的红军为着保卫社会主义的苏联，援助芬兰人民的革命，于客岁十二月进军芬兰以来，曾不断获得光荣战果，已将一部份芬兰人民从水深火热之中解放出来。但芬兰的反动政府在英美法意各帝国主义金钱与军火的支持之下，尚在作最后的挣扎。没有帝国主义各国帮凶罪行，芬兰的人民早已扑灭了反动政府获得解放了。

据息：英国帮凶白色芬兰的所谓"志愿兵"，业已登记，英国战斗机已经参加白芬空军作战。就在前几天，美国又供给了芬兰反动政府一百架飞机，美联邦进出口银行，意将赓续以二千万美元，给予芬兰反动政府。尤其值得注意的是："援芬问题特曾于五日英法最高军事会议中，提出讨论。"（巴黎二月七日路电）

不仅如此，以张伯伦为首的帝国主义强盗们，目前还正在加紧策动北欧各国去反对苏联。瑞典与挪威的大批所谓"志愿兵"，陆续开往白芬助战，瑞挪御用报纸，竟公开作反苏之狂吠。同时，所谓英国"保障"瑞、挪"安全"的消息，日来亦甚嚣上。

至于近东方面，英法帝国主义最近也在那里加紧布置，不仅外交上的策动异常活跃，而且更作广泛的军事准备。近东法军司令魏刚，日来奔赴于土耳其、埃及之间，其行箧中无疑的是一大串阴谋诡计。英法在近东的布置，虽则可以看作是包围德国的企图，然其间含有反苏阴谋的成份，是□庸置疑的，诚如毛泽东同志所云："张伯伦正在企图组织一个先打败德国后进攻苏联，甚或同时进攻的世界反动统一战线。"

但是，假如张伯伦的阴险企图真能实现，换言之，帝国主义列强沆瀣一气的发动一个反苏战争，那结果也只有更加速它们自身的溃灭。曾为帝国主义鹰犬的高尔察克、但尼金之流，不都是被历史的车轮碾得粉碎了吗？何况今天的时代是更不同了，垂死的资本主义已经到了最后一息，今日之苏联更非二十年前的苏联可比。苏联的利益与世界人类大多数的利益是相互一致的，因而保卫苏联的，也就不仅是全苏联人民和英勇强大的红色陆海空军，而且还有着全世界无产阶级以及广大的先进人士。列宁曾说过："国际资产阶级只要一动手来打我们，它的手就被自己的工人捉住了。"伦敦海德公园月前举行了万人的露天大会，一致拥护苏联。英国电气工业联合会通过决议，谴责英政府□苏联所造之无耻□言，并号召全国电气工人，赞助"莫援助□杀者曼纳林"之口号。纽约最近也举行了公民代表大会，反对美政府帮□白色芬兰。这些说明了，随着帝国主义反苏阴谋的滋长，国际无产阶级与先进人士反对帝国主义战争，反对帝国主义进攻苏联的运动，也正在加速敌开展着。

苏联是我国最忠实可靠的朋友，在两年多的抗战过程中，它在精神上、物质上给予了，并继续给予着我们莫大的同情和援助。苏联的利益与中国民族解放的利益是相互一致的。我全国抗战军民，应当坚决反对帝国主义制造总攻苏联的阴谋。

（原载一九四〇年二月十三日《新华日报》华北版第一版社论）

拥护救国十端

  自从日汪卖国协定公布以后，举国军民发指眦裂，讨汪函电雪片纷飞。本月一日延安市巨万群众举行讨汪拥蒋大会，我党领袖毛泽东同志出席讲演，代表中共中央说明目前政治形势，宣读中共中央对争取时局好转的正确决议，向全国人民提出抗日救国十大任务。大会在听取毛泽东同志的报告以后，一致通过讨汪拥蒋通电，列陈救国大计十端：一曰全国讨汪；二曰加紧团结；三曰厉行宪政；四曰杜绝磨擦；五曰保护青年；六曰援助前线；七曰取消特务机关；八曰取缔贪官污吏；九曰实行总理遗嘱；十曰实行三民主义。这十端大计，一一都切中时弊，句句中肯，字字珠玑，正如通电本身所说，是目前挽救时局危机，争取抗战胜利的切要之图。国民政府和各党各派固急宜采取与实行，全体抗战军民尤应竭悃所力，督促推动政府明令实施。如果这十端大计，真能切实执行，则国内的纷争可靖，磨擦可消，敌寇汪逆灭亡中国的阴谋毒计将立时被粉碎，抗战的胜利有了保证，就是建国的大业亦能克底于成，中华民族将会以灿烂的新姿态出现于全世界之前。

以敌后华北来说，这十端救国大计的提出，更见得万分重要，势有非立刻执行不可。我们试研究延安通电内容，其所列举的诸般问题，无一不与敌后息息相关，而且正是敌后□□。今天存在和发展着的种种严重的危险现象，需要刻不容缓的加以纠正和严厉的制止。例如隐藏的汪精卫公然作恶，大胆妄为；顽固份子反动派的进攻共产党、八路军及一切革命组织，抗日军队等等制造磨擦、分裂团结的种种活动；解决抗日政府，残害民选村区长，摧残民众运动，捣毁舆论机关等的倒行逆施；第二县长、第二区长的贪污腐化，剥削敲诈人民；特务机关之与敌勾结，伪造情报，散播违背三民主义的荒谬言行，暗杀活埋抗日战士等等，在在均系为敌作伥，帮助进攻华北。因之，延安的通电，说出了华北亿万军民的最大隐痛；而救国十端，对于我敌后地区，更是一服对症良剂，一种最正确的指示，是我华北所有军民的行动纲领。

我们认为延安讨汪拥蒋通电，决不仅仅是延安群众的呼声，通电所陈救国大计，也决不仅仅是一党一派或延安群众的意见，而确实是反映和代表了全国大多数人民对于抗战救国的意见和主张。因之，在接到这一通电的时候，各地党政军民报学各界，应该进行热烈的拥护工作：第一，必须明确认识这一通电的重大政治意义及其所提出的政治任务的切要，应该热烈的讨论通电上的十项救国方针，深刻而精细的理解它的内容，透识它的精神，并进而向广大居民进行宣传教育，发动广大群众一致来拥护与响应这救国十端。其次，必须根据当时当地的客观环境、具体情形，以坚决有效的行动来具体的执行这救国十端。这就是说要坚决打击一切隐藏的汪精卫和投降份子反动派，反对一切危害民族的罪行，在每一件事，每一个行动上来举行救国十端。只有这样，敌后华北才能克服险阻，走上胜利的坦途！

（原载一九四〇年二月十五日《新华日报》华北版第一版社论）

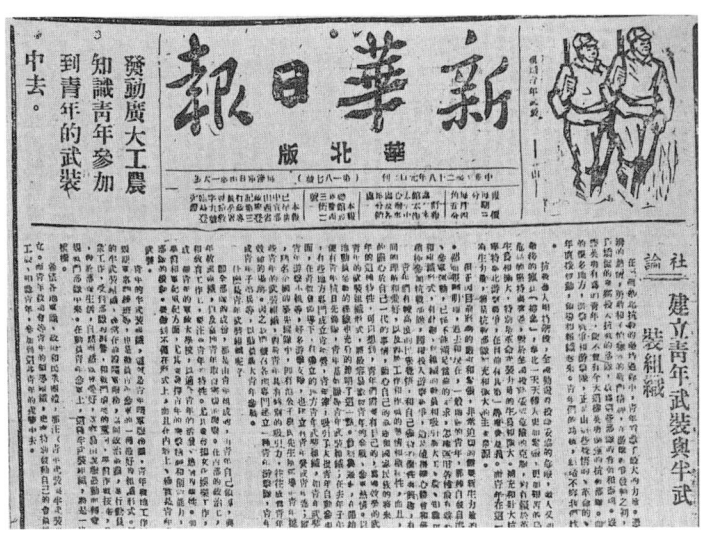

建立青年武装与半武装组织

在□个华北抗战的坚持过程中,青年贡献了最大的力量。凭着自己澎湃的热情,勇敢和不怕牺牲的战斗精神,在游击战争发动之初,青年们便以矫健的身躯投入抗战的部队,成为这些部队的骨干和灵魂。没有中华民族英勇有为的青年,便不会有今天这样英勇坚强的抗战部队。而且在华北的很多地方,游击战争和游击队,正是由这些感悟的、革命的、热血□青年直接发动、领导和组织起来。青年们的功绩,丝毫不容我们抹煞或轻视。

抗战进入相持阶段,全国动□着投降妥协的危险,敌人又加紧其对于敌后的疯狂"扫荡",华北一天天转入更加紧张,更加艰苦的局面。这一危局的坚持与度过,对于全国投降妥协危险的克服，均有赖于革命力量的生长和扩大，特别是革命武装力量的生长和扩大。补充和壮大抗战部队，坚持华北游击战争，在目前有其第一等重要意义。而青年在这一战争中的有生力量，将是抗战部队补充和扩大的主要源泉。

但正因目前形势的严重和紧张，非常迫切的需要新生力量的加速生长。然而很显明地，过去和现在，一般地区的青年，那种自发自流式的参战、参军运动，已经不能满足当前的要求。怎样运用各种最有效的工作方式和组织形式，有计划、有组织的动员和吸引广大工、农、知识份子青年，积极参加抗战部队，踊跃投入游击战争，这是值得细心体会和研究的。

青年们有较高度的民族觉悟，和自己独特的个性与兴趣，有对事物不同的理解和爱好，以及对于工作和作战的热情和积极性，而且，他们特别的关心于自己一代的事情，关心自己的前途和国家民族的将来。了解青年的这种特性，可以想到，青年们需要有自己的，为国效劳的武装。采用青年的武装组织形式，将最容易激发青年的参战、参军热情。以往华北各地动员参战的经验也充分的证明了这一点。晋察冀边区，在开始成立时，便有青年抗日先锋队、青年基础队等青年武装和组织。在去年子弟兵运动时，有些地方专门成立青年营、青年连，吸引了大批青年自动参加。山东方面，在青年救会领导下，有独立的地方青年武装组织，如青年武装自卫团、青年游击小组等，好多游击支队也建立有青年营或青年连；纵横鲁西北，驰名全国的筑先纵队中，即有范公子树民先生所领导的青年挺进队。这些青年的武装组织，对于青年具有特别的吸引力，往往成为青年愿意献身效命的场所。因之，我们号召各地专门建立一种青年游击队、青年保乡团，或青年子弟兵等，以动员广大青年参战。

什么是青年武装组织呢？

即全部队的成份，都是由青年组成的，由青年自己领导，与地方的青年救国组织，以及当地青年取得密切的联系。在内部的政治上，组织工作和教育工作上，要注意青年的特性。尤其要发扬文化娱乐工作，把部队造成一个青年的军政大学校，以适合青年的活泼、热情的个性。而在战斗、学习和军纪风纪方面，尤其要发挥青年的突击精神和创造能力，成为其他部队的模范。要做到不仅在形式上，而且在内容上，确实是青年们自己的武装。

青年的半武装组织，这就是青年□军服务团、青年战地工作队、青年短期军事训练班等，也是□员青年参军的一种最好的组织形式。这种青年的半武装组织，经常在前线随军服务，□同政治□□，进行动员，组织民众工作，受到部队的影响和战斗环境的薰陶，学习作战技能。日子一久，对于部队生活，自然而然就会爱好，就容易由说服最动而转变□参加正规战斗部队中来。在动员青年参军上，这种半武装组织，将是一条很好的□□。

希望各地军队、政府和民众团体，都注□青年武装与半武装组织的建立。而青年救国会等青年的领导组织，更应特别发动自己的会员以及广大工农、知识青年，参加到这些青年的武装中去。

（原载一九四〇年二月十七日《新华日报》华北版第一版社论）

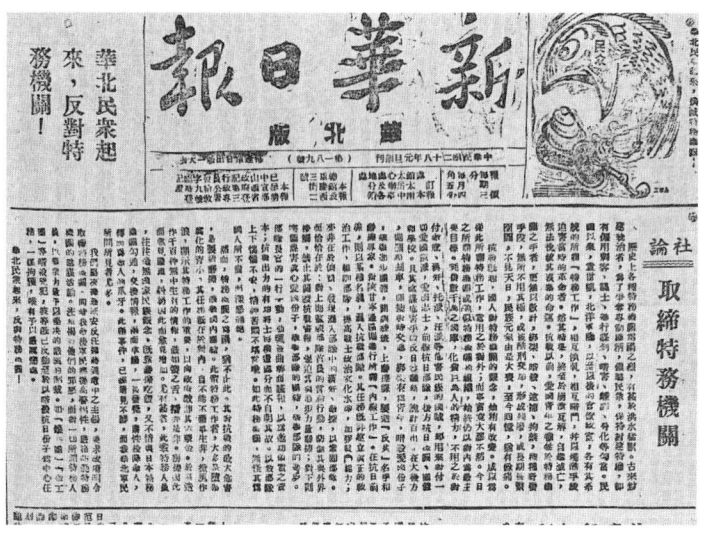

取缔特务机关

历史上各种特务机关为祸之烈,有甚于洪水猛兽。古来封建统治者,为了争夺专制权柄,镇压民众,保持封建特权,即有雇佣刺客、谋士,进行谋刺、暗害、离间、分化等勾当。民国以来,袁世凯、北洋军队,以至以后的官僚政宦,各有其系统的所谓"特务工作",相互倾轧,相互暗斗,并以残酷手段迫害当时的革命者。然其结果,终至于崩溃瓦解,自趋灭亡,无法挽救其没落的命运。抗战以前,爱国青年之牺牲于特务机关之手者,更无以数计,绑架、暗杀、逮捕、拘禁,种种野蛮手段,无所不用其极,或被酷刑交加,形成残废,或长期被系囹圄,不见天日。民族元气由是大丧,至今回忆,犹有余痛。

抗战既起，国人对特务机关的观念，始稍有改变。咸以为从此无所谓特务工作，当用之于□外，而事实竟大谬不然。今日之所谓特务机关或类似特务机关的组织，始终仍以对内为最主要目标。耗费数千万之国库，化费巨万人的精力，不用之于对付敌寇、汉奸、托派、汪派等危害民族的国贼，却用来对付一切爱国党派，爱国志士，前线抗日部队，后方抗日机关、团体和学校。且其阴谋危害手段反日益翻新，诡计百出。在大后方，则拦路劫车，阻抗战时交通，绑架有为青年，暗杀爱国份子，破坏进步团体，开训练班，上磨擦课，制造"反共"名手和磨擦专家。对陕甘宁边区则进行所谓"内线工作"。在抗日前线，则以某种名义，混入抗战部队。其任务既非建立真正的政治工作，组训练队，提高战士政治文化水准，加强战斗能力；亦非在于侦察、发现混入部队中的汉奸、敌探，以巩固部队；而恰恰在于对上则监视部队首长的言论行动，防制其与外界接触，禁止其阅读抗战书报，强迫其与进步力量磨擦；对下则密图谋害真心爱国份子，破坏部队的团结，破坏部队的进步。部队长官的一行一动，动辄被曲解而谎报，以为邀功领赏之资本；抗战出力的有功将士，每横遭处分而不自明其故，以致部队上下惴惴不安，精神苦闷不堪言喻。如此特务机关，无怪其为国人所不齿，而深恶痛绝。

然而，特务机关之为祸，犹不止此。其对抗的最大危害，是制造磨擦，破坏国内团结。此辈特务工作者，大多是堕落腐化的□小，其任务既在于对内，自不能不借事生非，掀风作浪，显示其特务工作的重要，以向政府敲诈其□□金。于是造作千百件无中生有的情报，鼓如簧之舌，播弄是非，磨擦因此而愈见严重，纠纷因此而愈见增加。尤有甚者，此辈特务人员，往往毫无国家民族观念，既靠磨擦吃饭，又不惜与日本特务机关勾通，交换情报，两面拿钱，一被发觉，索性投降敌人，转而为敌人的爪牙。此类事件，已经屡见不鲜，而我华北军民所闻所见者尤多。

我们坚决拥护延安反汪拥蒋通电中之主张，要求政府明令取缔特务机关。同时我敌后军民应提高警惕性，严格防范特务机关的阴谋活动，注意揭发他们的罪恶，而对一切所谓特务人员，以群众力量予以坚决的严厉的制裁。如"铲共团""敌工团"等暗杀凶犯，彼等既已反动至于以暗杀抗日份子为中心任务，一经拘获，唯有予以严厉惩罚。

华北民众起来，反对特务机关！

（原载一九四〇年二月二十一日《新华日报》华北版第一版社论）

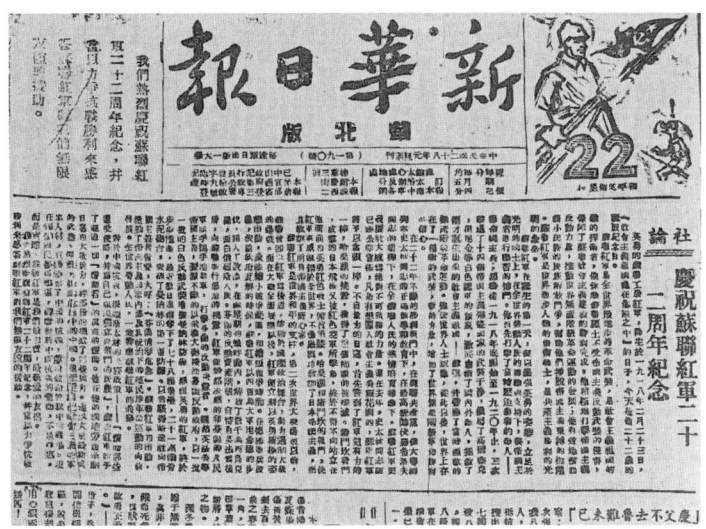

庆祝苏联红军二十二周年纪念

英勇的苏联工农红军,降生于一九一八年二月二十三日,"社会主义祖国处在危险之中"的日子,今天是他二十二岁的诞辰纪念日。

苏联红军是全世界最进步的革命武装,是社会主义祖国的铁的捍卫者,他保护苏联疆土不受帝国主义反动武装的侵害,保障了苏联社会主义建设的胜利完成。他积极地打击帝国主义反动力量,推动世界无产阶级革命运动的发展;他有效地援助弱小民族的民族解放斗争,帮助他们挣脱帝国主义束缚的枷锁。苏联红军是世界进步人类的□卫战士,是共产主义胜利的光明的象征。

苏联红军在诞生的第一天,便以坚强英勇的姿态,立足于光明的国土上，在全世界劳动人民的拥护与支持下，与帝国主义者进行坚苦的搏斗。他首先打击了当时压迫苏联的敌人——□帝国主义；然后从一九一八年底开始至一九二○年止，三次击退了十四个帝国主义强盗国家的武装干涉，镇压了高尔察克、但尼金等白色匪军的叛乱，澈底肃清了国内外敌人，拯救了刚才诞生出来的社会主义祖国——苏联，并影响了当时西欧的无产阶级革命运动。他使世界人士认识，从此以后，世界上存在了一种新的武装、新的力量，增加了世界无产阶级革命胜利的信心。

在二十二年不断的胜利战斗中，在苏联共产党，伟大导师列宁、□□□同志的正确领导和教育下，在最高统帅伏罗希洛夫同志的指挥下，在全苏联人民的热情培育拥护下，苏联红军更发展壮大成为绝对不可战胜的力量。还在去年，史太林同志便已经公开宣布。凡是有想闯入社会主义美丽花园的，苏联红军将予以当头一棒。不自量力的日寇，首先尝到了红军这有力的一棒，哈桑湖的挑衅，换得了整个师团的被歼灭。诺门坎战斗，成群的日本飞机又被红色空军所击落，终于不得不向站立在他面前的英勇红色战士俯首屈膝。哈桑湖和诺门坎的战斗，使红军军威远扬于全世界，不仅严厉地教训了日本帝国主义，而且教训了所有帝国主义野心家。

苏联红军是世界和平的支柱，第二次世界大战爆发以前，苏联曾即以红军为后盾，活动于国际政治舞台，努力遏制大战的爆发。而在大战全面展开以后，红军便立刻以英勇积极的姿态出动，设法缩小战争范围和缩短战争时间。在德国进兵波兰，波兰政府瓦解的时候，苏联红军以四百万大军用急速的步伐，开入了波兰，在两星期的短时间内，解放了数千万西乌克兰、西白俄罗斯人民。芬兰的反动资产阶级，自恃有英法为后盾，向苏联进行恶意的挑衅，红军便毅然决然的和芬兰的人民军团手携手地进军，打击芬兰的反动挑衅者。虽然英法美等帝国主义源源不断的以飞机大炮接济芬兰反对政府，以一批一批的白色反动武装增援曼纳林防线，然而英勇的红军，终于步步推进，最近数日连续夺下了七十八座堡垒，二十一座钢骨水泥炮台，突破了曼纳林的第一道防线。以致骇得路透社向帝国主义者告警，大呼"芬兰情形危急"。苏联红军的出动，掀动了帝国主义国家内部及其统治下的殖民地革命运动的向前发展。全世界劳动人民，一致响应苏联红军的义举。

对于中国抗战，根据斯太林的民族政策——"援助那些遭受侵略，并为自己祖国独立而奋斗的民族"，苏联红军给予了超过一切"援助者"的真实的援助。他在他的国境旁边牵制日寇的大量兵力，并部份的歼灭了这些兵力。他以大量最新式的武器、弹药救助危难中的中国。他派遣自己社会主义的军事人材，直接参加了中国的抗战，献身效命于我中国战场。现在每个国民都可知道，苏联对于中国抗战的帮助，不是口惠，而是实际。苏联红军是我们最忠实，最亲爱的友侣。

我□热烈庆祝苏联红军二十二周年纪念，并当以力争抗战胜利来感答苏联红军对我们无限友谊的援助。

（原载一九四〇年二月二十三日《新华日报》华北版第一版社论）

加紧团结力争时局好转

　　最近中共中央发表了《关于目前时局与党的任务的决定》。在这决定中，明确的指出"目前时局的特点，是在敌我战略相持阶段中，大资产阶级的投降方向，与无产阶级、小资产阶级与中产阶级的抗战方向，两方面展开日益显明、日益严重的斗争。"这种斗争的结果，将决定时局的好转或者逆转。在今天说来，"投降与倒退的危险，依然严重地存在着，依然是目前时局中的主要危险"。但另一方面，时局"好转的可能性，并未丧失"。我们的任务，便在"力争时局的好转，克服时局的逆转"。

　　为了力争时局好转，克服逆转危险，中共中央规定了十大任务。这十大任务，归纳起来，便是"抗战团结进步"

六个大字。抗战、团结、进步,三者不可缺一。在"抗战第一"下面,团结也是第一,进步也是第一。"只有进步,才能团结,只有团结,才能抗战。"因之,团结、进步是贯澈抗战,力争时局好转的基本方向。

抗战两年半的历史,早已证明国内团结的重要,不仅共产党这样认识,全国人民也都是这样认识。但是团结,并不是一部份投降份子、反动派所强调的假"统一"。他们所说的"统一",是不合理的统一,形式主义的统一,亡国灭种的统一。这种"统一"是"防共""反共"的同义语,是要取消共产党、八路军、新四军与陕甘宁边区,是要反对一切进步的抗战力量的"统一"。其真正的企图是要分裂团结,破坏抗战,准备投降。因之,这种"统一"不幸而成功,抗战便会失败,中华民族便会陷于亡国灭种的绝境。

因此,要加紧国内团结,首先必须与少数投降妥协份子、反动派进行坚决的斗争。对于这些隐藏的汪精卫,存心捣乱的坏蛋份子,是没有团结可言的。团结要团结于抗战,团结于进步。对于这些份子,如果也大谈"团结",而作无原则的退让,便是对于抗战的不可饶恕的罪恶。及时的坚决与这些份子斗争,第一,可以削弱汉奸势力的生长,阻遏危险阴谋的扩大;第二,可以提高警觉性,使一切抗日的进步力量更坚强的团结起来,巩固起来,蓬勃地生长壮大起来。这就正是为了维护统一战线,为了坚持抗战,为了争取时局好转。平汉纵队之对付汉奸侯如墉,便是最好的例子。要是不予侯如墉以及时的还击,要是容忍侯如墉继续跳梁,则在日寇指挥之下,汉奸势力便会膨胀和蔓延,冀西抗日根据地便会被糜烂,统一战线便会遭受损害,抗战便会蒙受损失。事实证明,打击侯如墉,使侯逆显现原形,正就整□了抗战阵营,教育了广大人民,巩固了内部团结。

然同时,一切抗战的进步力量,必须在抗战、团结、进步的基础上真心诚意的亲密团结起来。抗日救国事业,决不是几个先锋的英雄所堪胜任,也不是某一政党、某一军队所能单独完成,而有赖全国大多数人的共同奋斗,共同努力。革命的政党、革命的阶级、革命的军队,应以团结一切中间力量、中间阶层作为自己的中心任务,应该与一切抗战部队、爱国人士保持亲切的联系。在投降倒退危险严重的今天,这种内部的真正团结格外显见其重要。只有这种大多数人的团结,才能战胜投降派、反动派的危险阴谋;才能贯澈抗战到底,不被中途出卖。抗战的进步力量的团结,是争取时局好转的中心关键。中华民族的生机,并不操诸于少数投降派、反动派手中,而是决定于这种团结。我们要一方面坚决打击少数投降派、反动派,一方面以最大的努力去加紧抗战力量内部的团结,实现中共中央所提示的,力争时局的好转和抗战最后胜利的任务。

(原载一九四〇年二月二十五日《新华日报》华北版第一版社论)

论美国对我贷款

据今日本报所载重庆专电,我向美国借款已告成功,为数相当可观,超过前冬大借款。这对正在抗战中的我国,自然是一个帮助,值得感谢。而对急图早日结束对华战事的日寇,则不啻当头一棒,无怪近日日本舆论,对美大肆攻击,而敌阀乃收回"开放长江"之钓饵,宣言"日本并无向美开放长江之义务"。

但是,我们知道,正是美国这同一国家,过去和现在,给予日本侵华战争以最大的支助。根据去年一月至八月的统计。日本用以屠杀中国人民的军火,百分之七十一来自美国。尤以日本最感缺乏的铜、钢铁、碎铁等军火原料,美国对日的供给,竟占日本该项输入总额的百分之九十以上。此外如石油、飞机、汽车、制造军火的机器，在全世界对日的输出额中，美国也占着显著比重，每项均在百分之六十以上。美国几乎一手包办了日本的军火供应事业，也可以说美国是以最大的努力参加了日本的杀人战争。自从美日商约废除以后，美日关系似日趋恶化，日本虽一再提议重订新约，美国不但置诸冷然，而且在太平洋沿海，整军经武，其形势对日本颇为难堪，但是美国对日的军火供给，却决未因此而稍有减少。由这一点看，美国的对华贷款，我们不能即以为美国是真心诚意的希望中国抗战胜利，中华民族独立解放。美国的真实愿望不在这里，美国还有其自身立场和主观的企图。

美国的帮助中国，主要是为保护其自身的在华利益，即不愿日本立时打败中国，独占中国，并吞其在华利益。美国在华利益，尤其是经济利益，不下于英法等帝国主义。以投资一项来说，在芦沟桥事变那年，美国在我国投资，数达二万六千五百万美元。其中百分之六十是工商业投资，百分之二十是公债投资，其余百分之二十是教会学校及慈善机关的投资。投资百分之六十五集中于上海，其次是天津、汕头等口岸。这些投资，自战事爆发以来，即使不为日寇所摧毁，亦因日寇的限制而受到很大困难。以美国对我的贸易来说，由于日寇的经济封锁，武装走私，劫持海关等卑污龌龊手段，使美国的贸易大为降落。自日本侵华战争以来，美国对华输出缩减了百分之三十，输入则减少了百分之六十五。仅以后一项言，两年的损失，约合一万万五千万美元。这在美国自然是难能忍受的。而日寇则正高唱"东亚新秩序"，并与汪逆订立独占中国政治、经济、文化各种利益的协定，美国的贷款中国，就是要中国继续与日本打一打，破日寇独占企图，打得日寇精疲力竭，便利其将来出头干涉，勒令吐出一部份赃物物。

其次，美国的对华贷款，恰在欧战发生，英法等帝国主义无暇东顾，在太平洋地位大为削弱，也正在英国一连串对日屈膝事件之后，显然还包含着争取太平洋上领导权的作用。美国的贷款，其中一部份系充作中国的外汇平准基金之用，其目的便在贯澈中国在经济上对美的依赖性。这又是我们不能不认识的。

美国对华货款的告成，正证明毛泽东同志不久前所说，即"英美法同日本之间，仍有相当重大的矛盾"，美国现在还要采取"坐山观虎斗"的姿态。英美法与日寇之间的这种矛盾，可以影响中国一部份欧美派资产阶级的抗战情绪，暂时停唱"和平"的调子。这也就是中国时局可能好转的条件之一。但以整个说来，因为英法美对中国帮助是有一定限度与一定目的的，欧美派资产阶级还有旧调重奏的时候，所以和平妥协的危险并未根本消灭。我们应该坚定以自力更生为主的立场，同时并利用帝国主义间这种矛盾，争求更大外援，争取抗战胜利。

（原载一九四〇年一月二十七日《新华日报》华北版第一版社论）

广泛发展抗日的文化运动

"广泛发展抗日的文化运动",是中共中央最近向全国人民提出的目前十大任务之一。中共中央在这时候提出这一任务,并且强调地指明:"没有抗日文化战线上的斗争,以与总的抗日斗争相配合,抗日也是不能胜利的。"这自然有其和以往不同的特殊重大意义。

文化运动,在整个抗日民族战争中,向来占着极重要的地位。抗战走上相持阶段,敌人政治诱降加紧,其在文化思想上,也日益展开猛烈的进攻,而反映在我们国内,正和政治上的危机伴随着。我们看到了文化思想上的危机、曲解,伪造孙中山先生的三民主义,成为一时的风气;投降妥协的邪说,经过巧妙的文字技术,在市场上偷偷出卖;

复古的倒退运动，重复抬头。而进步的文化、进步的思想、进步的教育，特别是在抗战文化中起了很大推动作用的前进的马克思主义的思想，在很多地方被剥夺了存在发展的自由。这种情形，在敌后方看到最为清白，一方面是敌伪撒上毒药的麻醉宣传品，随着军事"扫荡"行动，向我广大军民广大事散发；另方面则投降派反动份子又以大批从伪报、伪杂志抄下来的口号、标语，和五花八门的投降妥协、"防共""反共"的谬论，到处散播，到处张贴。这种敌伪的欺骗宣传，和投降派反动份子的妥协投降的思想准备活动，如果不予揭发，不予打击，以致最后的扑灭，一定会影响到政治危机的加深。

其次，正因抗战一天天走入艰苦的环境，国内抗战团结进步和投降分裂倒退两条路线间的斗争日趋尖锐，便愈要求抗日军民，特别是抗日干部，对抗战前途有正确而深刻的认识。"没有革命的理论，就不能有革命的行动"。广大军民的觉悟程度，将会决定抗战的成败。而欲提高觉悟性，就首先必须提高文化和理论的水平。抗日思想的巩固与发展，是使抗战得到胜利的可靠保证。在目前情况下，对文化运动的轻视，将是很大的过失。

敌后华北，在两年多的抗战过程中，随着其他各部门工作的进展，文化工作有了初步的成绩。要完成广泛开展文化运动的任务，主要的是要在现有文化运动的基础上，继续增强文□工作活动。就是说，一方面提高文化运动的质量，加强文□战线的斗争性；另方面要有更加宽广的发展，更加深入群众中。而要做到这样，就必须：

第一，加强对文化工作部门的政治上的领导和经济上的帮助。以往各地文化运动，虽然表现出若干成绩，但由于政治上领导的不够和经济上的限制，往往使现有文化机关、文化团体尚未能充分发挥其应有的作用。密切注意文化上一切部门的工作，特别是出版机关的工作，掌握对这些部门的政治领导，使适应新的环境，配合目前的政治任务而工作，一定可增强文化部门工作的斗争意义和政治作用。谁不注意对文化工作的政治领导，就证明他不了解文化斗争的重大意义。同时，给予文化的一切部门以必要的经济上的帮助，则可提高和扩大文化部门的工作效率和工作范围，这在目前也是非常必需的。

第二，应该在政治上、工作上、生活上进一步的帮助文化工作者。直到今天，依然有不少文化工作者，没有吸收到文化工作范围中来，这已经是一个损失，而对已在岗位上的文化工作者帮助的疏忽，又会影响其工作效能。帮助文化工作者，就是在以政治上加强文化工作者的锻炼，工作上尽可能予文化工作者以优良的工作条件，使能更有效的进行自己的工作。响应中共中央发展抗日文化运动的主张。我们谨提出以上两点，请大家采纳。

（原载一九四〇年三月一日《新华日报》华北版第一版社论）

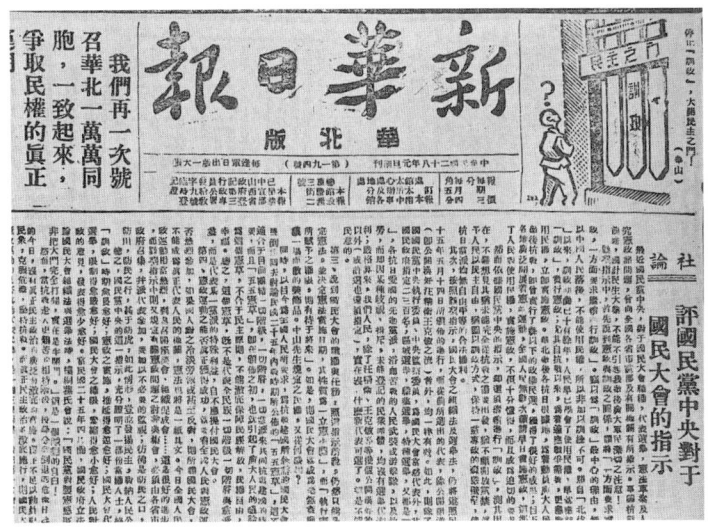

评国民党中央对于国民大会的指示

最近国民党中央，对于国民大会职权，代表选举，宪法草案及人民研究宪政诸问题，曾向全国各省市党部及有关机关有所指示。事关抗战建国前途，国计民生大业，不能不引起我敌后广大众民深切之注意！

该项指示中，首先说到宪政与训政之关系，谓将"一方面要求实施宪政，一方面要求继续行训政"。窃以为"训政"最中心的理由，无非是以中国人民落后，不能使用民权，所以非加以训练不可。然自"北伐胜利"以来，训政明确已十有余年，人民早已学会了使用民权，早就应该结束"训政"，实行宪政；尤其自抗战以来，为着适应战争需要，更应广泛使用民权，立即实施宪政。华北战后各抗日根据地，为着动员广大人民坚持敌后抗战，即曾实行了县以下的政权民选，获得了很好的成果。目下全国各地广泛开展着宪政运动，全国人民无数次吁请早日实施宪政，这都证明了人民对使用民权，实施宪政，不但十分懂得，而且成为迫切的要求。

然而依据国民党中央的指示，却还须继续进行"训政"，测其用意所在，不难想见其犹未能完全从抗战之需要出发，犹不愿开放党禁，真正给予人民以民主自由，犹图以训政方式，保持一党专政的森严壁垒，使一切抗日党派均无自由平等的合法权利。

其次，按照该项指示，国民大会之组织法及选举法，仍将遵照民国二十五年五月十四日所颁布的进行，而从前所选出的代表，除公开附逆有据（即公开汉奸汪精卫、王克敏之流）者外，均一律有效。如此，则除了中国国民党中央执行委员、中央监察委员，为国民大会当然代表外，其余由国民政府指定二三百名；区域选举、职业选举、特种选举，又都是"官办"，各抗日爱国的先进党派，浴血苦战的人民武装或游击队，以及救国辛劳，而却因某种歧视、排斥，未能登记的民众团体，均没有选举代表的权利。严格算来，我们人民，除了汪精卫、王克敏等等几个公开汉奸的空缺以外（或许这也还须指定），实在没□什么新代表可选了。这是不能代表民意的。

第三，说到国民大会的职权与任务，照这指示所说。仍然只能是"制定宪法，并决定宪法实施日期，其性质为一立宪□团"，而"执行宪法上所赋予之权限，则有待于将来"。如是，则国民大会就成为毫无实权，空议一场而散的装饰品。中山先生规定之民权，又从何议起。

同时，以目今为全国人民所要求，为抗战建国所急需的国民大会，却要倒退回去讨论民国二十五年内战时期所公布的"五五宪草"，这不但不适合于目前团结一切阶级、一切阶层、一切党派来共同抗战建国的时□需要，而且"五五宪草"，即在颁布之初，也就引起了广大人民的议论，认为这个宪草，不合于民主原则，不能澈底保障民族解放、民权自由、民生幸福。

总之，这个宪草，既不是代表全民族一切阶级、一切阶层与党派的利益，而是代表某一党派的特殊利益，自不应提付国民大会。

第四，宪政运动之能否真正获得成功，就要看全国人民对宪政运动是否热烈参加。如果国人对之冷淡旁观或甚至反对，则所谓国民大会，也决不能成为真正代表人民的机关，宪法也将是一纸具文。今日全国人民对宪政运动相当热烈，到号召开座谈会，组织促成会……这是很好的进步现象，而该项指示中则又规定有关宪政问题之讨论与集会，必须由各省市党部政府召集，并派代表参加，要加以不必要的监视，彷佛是防民之口，甚于防川，防民之行，甚于防虎。如此情形，岂能发扬民主，广纳人民公意。

总之，国民党中央的这一指示，充分证明了一部份当权人士，终以为"训政"时期愈长愈好；宪政之实施，推延得愈远愈好；国民大会代表之选举，限制得愈严愈好；国民大会之权限，紧缩得愈小愈好；人民对于宪政的意见，发表得愈少愈好。当民国二十五年四月间，国民政府立法院讨论国民大会组织法与选举法时，楼桐荪氏曾说："国民党对制宪态度，并非把大门完全打开，实在是半开门。"这是一个诚恳的自白。

然而，当抗战走入更艰苦的相持阶段，投降分裂倒退的危机日益严重的今日，没有真正民主政治的广泛而澈底的实施，□□不足以动员更广大民众，克服危机，坚持抗战。而真正民主政治的澈底施行，则国民大会与宪政运动的是否真能代表民意，是一个主要关键。我们再一次□召华北一万万同胞，一致起来，争取民权的真正运用，广泛推进宪政运动的开展。

（原载一九四○年三月三日《新华日报》华北版第一版社论）

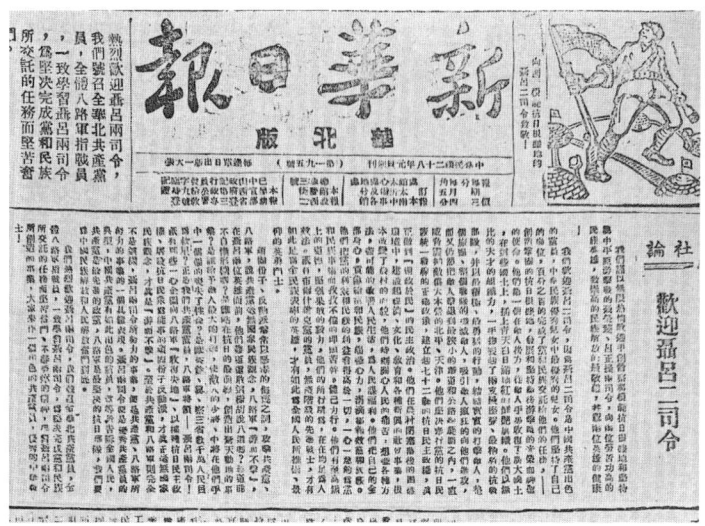

欢迎聂吕二司令

　　我们谨以无限热情欢迎手创晋察冀模范抗日根据地和坚持冀中平原游击战的聂荣臻、吕正操两司令，向两位劳苦功高的民族英雄，致崇高的民族解放的最敬礼，并祝两位英雄的健康！

　　我们欢迎聂吕二司令，因为聂吕二司令是中国共产党出色的党员，中华民族优秀儿女中最优秀的儿女。他们坚持了自己的岗位，百分之百的完成了党和民族交托给他们的任务——创造巩固的抗日根据地，发展和坚持敌后游击战的光荣而神圣的使命。他们第一个在敌人后方，从敌人手里收复了广大国土，在这些国土上，插上□□□□□□□的鲜艳旗帜。他们以无比的天才的组织力，一手抚养起了两支最坚强、最精干的抗战部队,并以最积极、最勇猛的行动,结结实实的打击敌人,整个旅团、整个联队的歼灭敌人,吸引敌人疯狂的向他们进攻,而又仍然把敌人击退到最狭小的铁道和公路线范围之内,一直威胁震撼敌伪大本营的北平、天津。他们坚决奉行党的抗日民族统一战线的正确政策,建立起七十二县的抗日民主政权,真正做到"还政于民"的民主政治。他们在农村闭塞落后的困难环境中,建设起经济、文化、教育和各种新兴的社会事业,根本改变了农村的面貌。他们时刻关心人民的痛苦,想尽各种方法,尽可能的改善人民生活,为人民谋福利。他们把自己的全部身心,贡献给党和民族,竭尽心力,涓滴都报效党和民族。他们把党的利益和民族的利益看得高于一切,一心一意的为党和民族事业而孜孜不倦的埋头苦干,体己力行。他们有至高无上的道德,坚强果敢的毅力,他们的所行所为,在在均足为人效法。只有布尔什维克党的党员,无产阶级的先进战士,才有如此足为全民族表率的英雄,才有如此为全国人民所推崇、景仰的英勇斗士。

顽固份子、反动派常常以恶毒的侮蔑之词,攻击共产党、八路军,说共产党毫无国家民族观念,八路军"游而不击",在聂吕两位英雄面前,他们难道还敢这样胡说八道吗?难道能不自惭形秽吗?是谁站在抗日的最前线,创造出惊天动地的事业?是谁给予敌人最大的打击,使敌人的少将、中将在他们手中一个个的丧失了性命?是谁被晋、冀、察三省数千万人民目为救星?正是我们共产党党员、八路军将领——聂吕两司令!只有那些一心企图向八路军"收复失地",以摧残抗日民主政权,屠杀抗日民众为能事的顽固份子、反动派,才真正毫无国家民族观念,才真是"游而不击"。至于共产党和八路军则完全不是这样,聂吕两司令所努力的事业,便是共产党、八路军所努力的事业的一个具体表现。聂吕两司令便是优秀共产党员的典型,中国共产党有如此出色的党员,就等于告诉全国人民,共产党是最先进的政党,八路军是最坚决的抗日部队,我们要为中国民族解放和人民解放奋斗到底。

我们热烈欢迎聂吕两司令，我们号召全华北共产党员，全体八路军指战员，一致学习聂吕两司令，为坚决完成党和民族所交托的任务而坚苦奋斗、不辞劳瘁的精神，学习聂吕两司令所创造的事业。大家来作一个出色的共产党员，优秀的中华战士！

（原载一九四〇年三月五日《新华日报》华北版第一版社论）

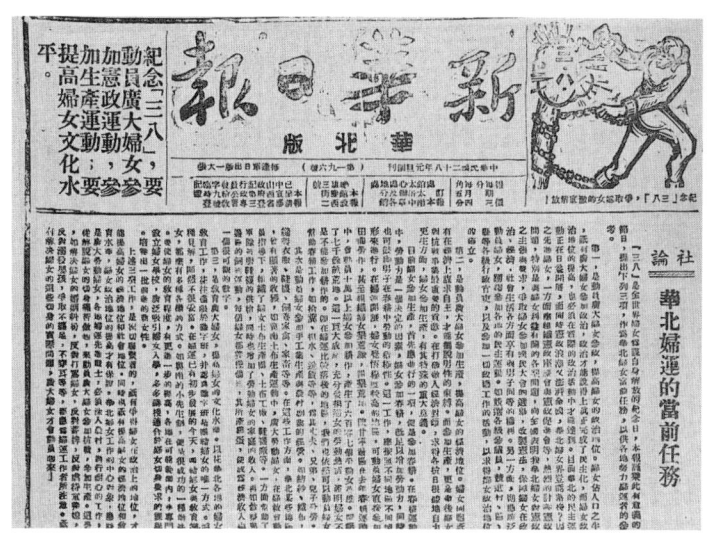

华北妇运的当前任务

"三八"是全世界妇女为谋自身解放的纪念日，本报谨乘此有意义的节日，提出下列三项，作为华北妇女当前任务，以供各地努力妇运者的参考。

第一，是动员广大妇女参政，提高妇女的政治地位。妇女占人口之半，只有广大妇女参加政治，政治才能说得上真正完成了民主化，而妇女政治地位的提高，也必须在实际的政治活动中才能达到。目前华北的民主运动正在日益开展，而同时宪政浪潮又澎湃全国，华北妇女界岂能落后。因之先进妇女，一方面应组织宪政座谈会与宪政促进会等，热烈的讨论宪政问题，特别是与妇女利益有关的各项问题，向全国表明我华北妇女对宪政之主张与要求，争取妇女参加国民大会的选举，改制宪法，保障妇女在政治、经济、社会生活各方面享有与男子同等的权利。另一方面，则应广泛动员妇女，踊跃参加各地的民主运动。如竞选各级参议员，竞选村、区、县等各级行政官吏，以及参加一切政权工作的活动，以求得妇女政治地位的确立。

第二，是动员广大妇女参加生产，提高妇女的经济地位。妇女同胞只有在经济上谋求自主，才能摆脱男性的束缚。而参加生产，更是敌后妇女对抗战事业最重要的贡献。在打破敌人经济封锁，求得各抗日根据地自力更生方面，妇女参加生产，有其特殊的重大意义。

目前妇女参加生产，首先应进行的一项，便是参加春耕。在春耕运动中，劳动力是一个决定的因素，妇女参加春耕，既足以增加劳动力，同时也可鼓励男子在春耕中劳动的积极性。这一工作，应按照不同地区不同情形来进行。在妇运开展，妇女觉悟程度较高的地区，可动员妇女直接参加田间劳作，甚至组织妇女垦荒队，开垦荒地。陕甘宁边区在去年春耕运动中，曾动员十万以上妇女参加耕作，产生了六百零七个劳动女英雄。开垦了七千余亩荒地。这一巨大成绩，充分发扬妇女的劳动热情，证明妇女不是不能参加耕作的。即在妇运比较落后的地区，我们也依然可以动员妇女帮助春耕工作，如拾粪、担水、送饭等等，为其丈夫、兄弟、儿子分劳。

其次是动员妇女参加手工业生产与农村副业的经营。如纺纱、织布、缝制衣服、鞋袜、饲养家禽、家畜等等。在这些工作方面，华北某些地区，曾有显著的收获，如冀南土布生产运动中，广大劳动妇女，在妇救会动员指导下，组织了妇女土布生产团、土布工厂、鞋袜厂等。一方面帮助了军队被服鞋袜的供给，同时也增加了劳动妇女的家庭的收入。再如晋察冀边区的饲鸡运动，每个妇女都养几个鸡，其所产鸡蛋，便成为经济收入中一个很可观的数字。

第三，是教育广大妇女，提高妇女的文化水平。以往华北各地的妇女教育工作，往往仅限于识字班，并认为识字班是团结妇女的唯一方式。这种见解，显然不很妥当。在妇运已有初步发展的今天，团结妇女与教育妇女，都应有多种各样的方式，如冀南的小先生制，便是很成功的一种办法。要使妇女的教育程度，有更进一步的提高，各地在可能范围内，应专门设立妇女学校，广泛吸引妇女入学，多多讲授适合于妇女切身要求的课程，培养出一批前进的新女性。

上述三项工作，是密切联系着的，只有争得妇女在政治上的地位，才能提高妇女的经济地位和社会地位。同时，也只有提高妇女的经济地位和教育水平，妇女政治地位的提高才有保证。华北妇女工作的中心对象，应该是广大劳动妇女，各地妇运先进战士，必须深入农村，进行耐心的工作，从解脱妇女的切身痛苦做起，来动员广大妇女参加抗战，参加生产。这里，如解决妇女的婚姻纠纷，反对打骂妇女，反对蓄婢，反对虐待童养媳，反对溺杀婴孩，争取不缠足，不穿耳等等，都应为妇运工作者所注意。只有解决妇女的这些切身的实际问题，广大妇女才会动员起来。

（原载一九四○年三月七日《新华日报》华北版第一版社论）

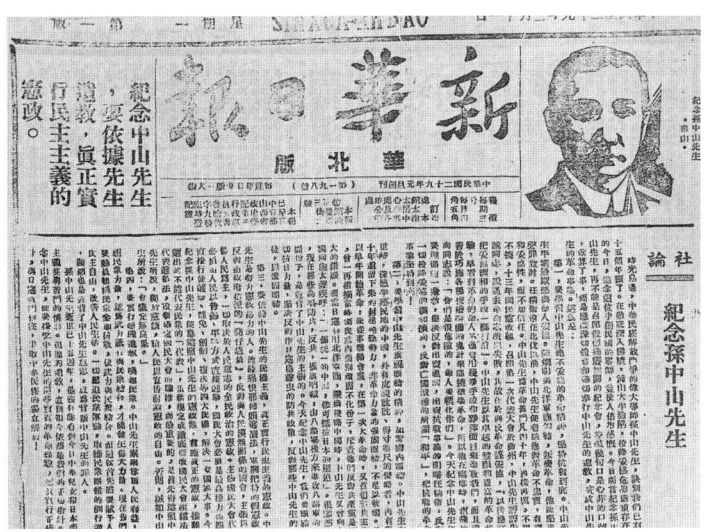

纪念孙中山先生

时光易过,中华民族解放斗争的伟大导师孙中山先生,诀别我们已有十五个年头了。在敌寇深入国境,河山大半沦陷,投降妥协危险严重存在的今日,追念这位手创民国的导师,益使人倍增感慨。今日而言纪念孙中山先生,再不能是召开几个痛痒无关的纪念会,空喊几句口是心非的口号,就算了事,而是应该深切体会和确切奉行孙中山先生的遗教,完成中山先生的革命事业。这就是:

第一,要学习中山先生绝不妥协的革命精神,坚持抗战到底。中山先生平素最厌恶与敌人妥协。陈炯明与北洋军阀勾结,叛变革命,他便坚决声罪致讨。汪精卫还在北伐以前,中山先生便看破他对革命不忠实,有调和妥协性,而不加信任。中山先生为革命奋斗凡四十年，再接再厉，不屈不挠。十三年国民党改组，召开第一次代表大会于广州，中山先生谆谆告诫同志，说过去革命之所以失败，其故在于与反革命谋妥协，"以后应当把妥协调和的手段一概打消"。中山先生以其卓越的慧眼和丰富的革命经验，早看到革命的敌人不仅会有残暴手段和狰狞面目来进攻我们，而且还善于巧施各种挑拨离间的鬼计来阻挠破坏革命，所以他在临危时，沉痛地向同志说："你们是很危险的，敌人要软化你们。"今天纪念中山先生便要遵循这一遗教，坚决反对出卖祖国，出卖抗战事业的明暗汪精卫，反对一切投降妥协的调和倾向，反对亡国灭种的所谓"和平"，把抗战的革命事业坚持到底！

第二，要学习中山先生重视团结的精神，加紧国内团结。中山先生在世时，深感半殖民地的中国，外有虎视眈眈、得寸进尺的侵略者，内有数十年遗留下来的封建残余势力，非革命力量的强固团结，不足以救国，所以早年开始革命，便从事联络会党。在第一次大革命时，又首倡联共主张，曾一再指摘当时国民党内个别顽固不化份子，斥责他们反对共产党是天大的错误。而当日寇利用北洋军阀，乘机侵略中国时，中山先生又曾向全国同胞大声疾呼："一个统一的中国，尽可抵抗日本的压迫。"很显然的，现在那些高唱"防共""反共"，摇旗呐喊，由八路军后方来进攻八路军的顽固份子，是违背了中山先生的主张的。今天纪念中山先生，我们要团结一切抗日力量，坚决反对作日寇应声虫的防共政策，反对那些中山先生的叛徒，以巩固团结。

第三，要依据中山先生的民权主义，真正实行民主主义的宪政。中山先生是努力宪政最力的人。他最痛恨那种贿选渎法，军阀把持的假宪政，反对由政府指派的"猪仔议员"，反对与人民漠无关系的国会，主张以全体人民为主，一切取决于人民意志的全民政治的宪政，主张国民大会代表必须由人民以普遍、平等方式直接选举，国民大会必须是最高权力机关，直接行使选举、罢免、创制、复决等四大民权，解决一切国家大事。今天纪念孙中山先生，便应遵照中山先生的宪政观，实施真正的宪政，推翻已选出的不能代表民众的"代表"，重新规定或澈底修改国民大会组织法及代表选举法，重新确定国民大会的职权，而最重要的，是首先得遵照中山先生所说，开放党禁，给人民以宣传讨论宪政的自由。否则，诚如中山先生所说："会议定无良果。"

第四，要实行整理遗教，唤起民众。中山先生素来尊重人民利益，重视民众力量，认为武力只有与民众结合，才能发生伟大力量。现在我们便要动员组织民众参加抗战，使武力与民众结合。而这就首先需要赋予人民民主自由，改善人民生活。一切压迫民众运动，取缔民众团结的倒行逆施，显然也是违背了中山先生意志，成为背叛中山先生的罪人。

孙中山先生逝世已十五周年，他没有能看到今日中华儿女和日本帝国主义英勇苦斗的情形。但他的遗教，直到如今依然是我们的正确指针。纪念中山先生，便要接受中山先生的这些宝贵的革命经验，认真实行正确方针，与日寇战斗到底，争取中华民族的独立解放！

（原载一九四〇年三月十一日《新华日报》华北版第一版社论）

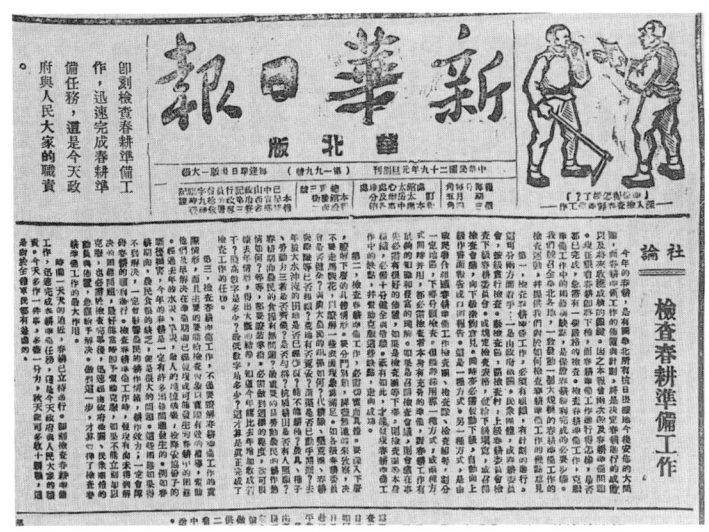

检查春耕准备工作

今年的春耕,是有关华北所有抗日根据地今后安危的大问题,而春耕准备工作的布置与计划,将是决定春耕进行的成败以及将来收获成绩的关键。因之,本报曾两论次及春耕准备问题。现在眼看春耕即将下种,而春耕准备工作进行得怎样,是否都已完成,急需有一个严格的检查。检查春耕准备工作,克服准备工作中的困难与缺点,是保证春耕胜利完成的必要步骤。我们号召全华北各地,一致发动一个大规模的春耕准备工作的检查运动,并提供我们对于如何检查春耕准备工作的几点意见:

第一,检查春耕准备工作,必须有组织、有计划的进行。这可分两方面着手:一是由政府机关、民众团体,或春耕委员会，按级实行检查。县检查区，区检查村，上级春耕委员会检查下级春耕委员会。或规定检查表格，发给下级填写，或召开检查会议，向下级征询意见。同时亦必需发动下级，自动向上级作书面报告或口头报告，这是一种方式。另一种方式，是由政民联合组织春耕准备工作检查团、检查队、检查组等，划分一定地区，下乡分头检查。但无论采用那一种方式，或两种方式同时并用，都必需检查者本身有充分的准备，对春耕工作有足够的知识和丰富的理解。如果是召开检查会议，则会议在事先必需有很好的布置；如果是检查团等下乡，则检查团等本身组织，必需十分健全与称职。只有如此，才能发现春耕准备工作中的缺点，并帮助克服这些缺点，走向成功。

第二，检查春耕准备工作，必需切实而具体。要深入下层，了解下层的具体情形。要分门别类，详尽无遗的来考察，决不要走马观花，以了解一些表面现象为满足。如各级春耕委员会是否健全，与广大农民的关系如何；代耕队、垦荒团、春耕突击队等是否组织；荒地有否觅妥，沟渠是否已动手开掘；去年被大水冲淹的田地是否已经修复，能不能耕种；农具、种子、劳动力三者是否齐备，是否匀称；抗属耕田是否有人照顾；春耕期间农民的食粮有无问题；最重要的是劳动农民的耕作热情如何等等，都要了若掌指。必需做到这样的程度，就可根据去年情形，得出大概的结论，知道今年能比去年增加收成若干，最高数字是多少，最低数字是多少，这才算是真正完成了检查工作的任务。

第三，检查春耕准备工作，不仅要了解春耕准备工作的实际情形，而且主要的要能给检查对象以实际有效的指导，帮助他们及早解决在准备期间已经发现或可能发生的春耕中的困难。经过去年的水灾、旱灾，敌人的烧掠破坏，投降妥协份子的骚扰损害，今年的春耕是一定有许多困难问题发生的。例如春耕期间，农民食粮的缺乏，便是很大的问题。这些困难如果得不到解决，一定会影响农民的耕作情绪，耕作效力，一定会障碍春耕的顺利进行。检查春耕准备工作时，发现有尚未得到解决的困难问题，最好能当时即予帮助克服,如果不能立刻加以克服,也必需于检查完毕后,迅速经由政府机关、民众团体的动员与布置,急谋给予解决。做到这一步,才算发挥了检查春耕准备工作的最大作用。

时间一天天的迫近,春耕已立待进行。即刻检查春耕准备工作,迅速完成春耕准备任务,这是今天政府与人民大家的职责。今天多作一件事,多尽一分力,秋天便可多收十颗粮,这是对于全体军民都有益处的。

(原载一九四〇年三月十三日《新华日报》华北版第一版社论)

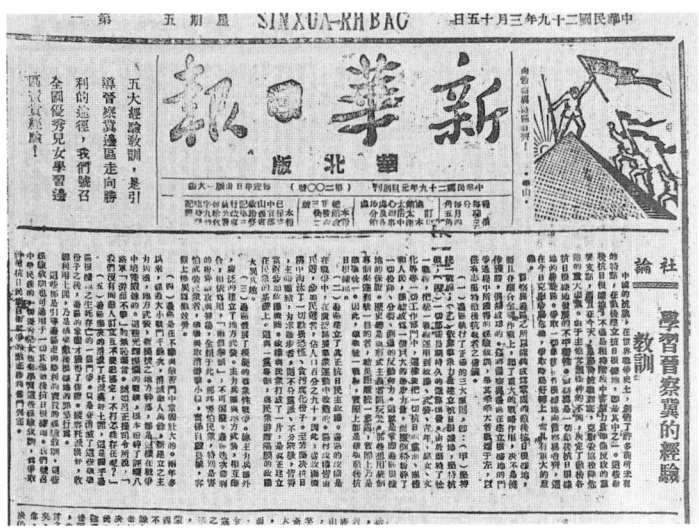

学习晋察冀的经验教训

中国的抗战,在世界战争史上,创造了许多前所未有的特点,在敌后建立抗日根据地,即是其中之一。这些敌后抗日根据地,不仅是相持阶段中蓄积力量准备反攻的重要支点,而且在今天,是坚持抗战到底,克服妥协投降危险的重大因素。由于主观客观条件的不同,决定了敌后各抗日根据地发展的不平衡性。晋察冀是一切敌后抗日根据地的模范区。争取一切敌后抗日根据地向晋察冀看齐,这在今日克服时局危机,争取时局好转上,实具有重大的意义。

晋察冀边区之所以能够成为巩固的敌后抗日根据地,而且在配合全国作战上,起了重大的战略作用,决不是侥幸获胜,偶然成功的。兹将晋察冀边区在建立根据地的斗争过程中所获得的经验教训，举其荦荦大者数端于左，以供有志坚持敌后抗战者之借镜。

（一）边区执行了正确的三大原则，即（甲）坚持统一战线；（乙）依靠群众力量建立抗日根据地，坚持抗战；（丙）一切都从长期持久的观点出发。由于坚持了统一战线，把统一战线运用到政权、武装、青年、妇女、文化等等一切工作部门中，这样便把一切抗日的党派、团体和人民，团结成为一个巨大的进步力量，而压倒和粉碎了一切投降、分裂、倒退的反动劳力，这就是巩固边区根据地的保证。历史总是与形式主义者开玩笑，那些想用统制专制来达到统一目的者，结果距离统一愈远，实际上乃是破坏统一。因此，破坏统一战线，实际上即是破坏敌后抗日根据地。

（二）边区建立了真正抗日民主政权。边区的政权是在战争中，在广泛开展群众运动中改造的。区村政权皆由民选，参加民选者占人口百分之九十，因此，从政权机构中淘汰了一切动摇恐慌、贪污腐化份子。至若坚决抗日，主张团结，力求进步者，则不分党派，不分阶级，皆得当选参加政权机关。政权与民众打成了一片，是真正建立在民众的基础上。这与一党专制，与民众游离隔膜的政机大异甚趣。

（三）边区发展了模范的群众性战争。除主力兵团外，广泛的建立了地方武装。主力兵团与地方武装，相互配合，相依为用，"两个拳头"，不可偏废。边区迭次胜利的粉碎围攻与"扫荡"，全赖于此。那些害怕民众，特别是害怕武装民众者，破坏与取消游击小组，实系自毁长城，客观上无异为敌效劳。

（四）边区是在不断与敌苦斗中巩固壮大的。两年多以来，经过大小战斗千余次，消灭敌人万余，新建立之主力兵团、地方武装，新提拔之地方干部，都是这样在战争中培养锻炼的。这些光辉灿烂的战绩，根本粉碎了诬蔑八路军"游而不击"的无耻谰言。诚如吕正操司令所说："我们没有同敌人订立互不侵犯协定，不打怎能存在呢？"

（五）边区坚决的消灭了托派汉奸、土匪，这是关乎边区根据地之生死存亡的一个斗争。只是在消灭了这些破坏份子之后，边区的巩固才获得了保证。纵容托派汉奸，收编利用土匪，乃是破坏敌后根据地的罪恶行为。

这些都是引导边区走向胜利的宝贵的经验教训，这些经验教训也可适用于一切其他敌后抗日根据地。我们号召中华民族的一切优秀儿女起来学习这些经验教训，为争取神圣抗日民族自卫战争的彻底胜利奋斗到底。

（原载一九四〇年三月十五日《新华日报》华北版第一版社论）

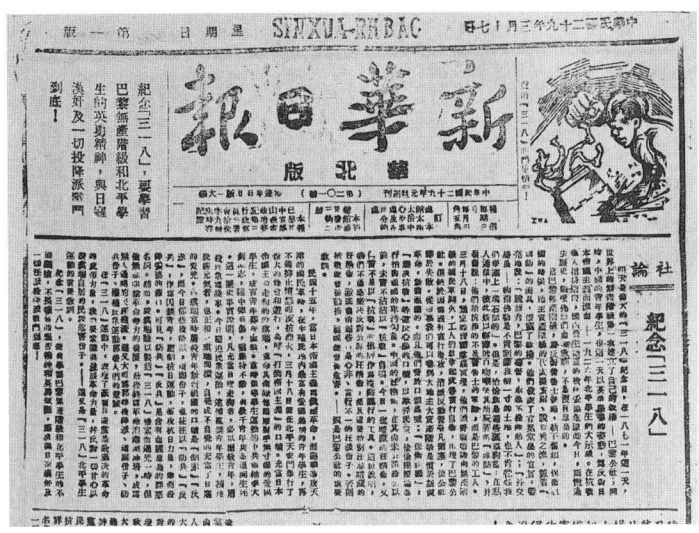

纪念"三一八"

明天是伟大的"三一八"纪念日,在一八七一年这一天,世界上的无产阶级第一次建立了自己的政权——巴黎公社;同时,中国的青年学生,也这一天以英勇坚强的姿态,为反对日本帝国主义而流血——一九二六年北平学生的大示威。在抗战进入相持阶段,国内发生严重的投降妥协危险的今日,回忆过去历史,领受先烈们血的教训,不是没有意义的。

当巴黎无产阶级,为反对普鲁士侵略,执干奋起,保卫祖国的时候,地主资产阶级的代表提亥尔,脱罗秀之流,戴着"国防"的面具,僭窃了政权。他们发表了冠冕堂皇的宣言,响亮地说:"脱罗秀,巴黎的总督,永远不投降敌人。""外交总长——约尔佛勒是不可能割让我的一寸的土地，也不肯牺牲我们□□上一块石头的。"但是，恰恰就是这些狐群狗党，在私人通信中，彼此竟以轻薄的口吻嘲笑其所玩弄的"国防"，并发誓说，他们所抗拒的不是普鲁士的军队，而是巴黎的工人。三月十八日，预定的卖国阴谋实现，他们派野战联队向无产阶级的国民军开火，工人们就拿起武器实行自卫，出现了巴黎公社。但终于因为没有实行进攻，消灭反对营垒凡尔塞，使公社归于失败，从□里我们可以看到大地主、大资产阶级是惯于叛卖革命，叛卖祖国的。而且他们善于口头高喊"保卫祖国""坚决抗战"等违反心愿的口号，以欺弄民众，偷偷摸摸地进行拍卖祖国的卑污勾当。中国的汪精卫，在其尚未公开投降以前，未尝不沾沾以"抗战"自鸣。今日一批暗藏的汪精卫，又何尝不是以"抗战"的招牌作为掩饰丑行的工具。这就说明，我们不仅应坚决反对公开的汪精卫，而且还要特别注意暗藏的汪精卫，澈底肃清这些口是心非、言行不一的汪派份子。否则抗战便会被动摇，祖国便会□危害。这是巴黎公社的重要教训。

民国十五年，当日本帝国主义为镇压革命，而炮击进攻天津的国民军时，在半殖民地内最当有爱国热情的青年学生，再不能抑止愤怒的反抗烈火，三月十八日便在北平天安门举行了伟大的集会和游行，高呼"打倒帝国主义"的口号。充当日本帝国主义的走狗的段琪瑞，竟命其卫队包围扫射手无寸铁的爱国学生，成百青年葬身血泊。当时领导学生运动的中共领袖李大钊同志，虽中弹负伤，犹坚持不离，与数千青年共进退同生死。这一历史事实说明，凡充当日寇走狗者，必以屠杀青年，屠杀群众为能事。今日压迫民众运动，逮捕监禁青年学生，摧残民族元气者，也正和段琪瑞同样，自觉或不自觉的充当了日寇的帮凶。段琪瑞当时屠杀青年叛卖祖国的口号是"制赤""反赤"，而今日那些投降派、顽固份子，也往往以"防共""反共"作为囚禁青年、压制抗日运动、进攻抗日力量、准备投降妥协的借口。可见"防共""反共"是含有血腥意义的罪恶名词。然而，段琪瑞虽以制造"三一八"

惨案而逞凶一时，但他无法阻挡革命势力的发展，最后终为革命浪潮所冲坍，成为无人过问的民族残渣。这又大可为那些投降派、顽固份子、防共份子、摧残民众运动那些人们的惩诫。

在"三一八"运动中，表现了只有共产党是最坚决的革命的反帝力量。我们要巩固与发展革命力量，并反对一切甘心以段琪瑞自居的民族危害份子。这又是"三一八"北平学生运动的重要教训。

纪念"三一八"，便要学习巴黎无产阶级和北平学生的不避艰险，不畏牺牲的坚苦精神和英勇气概，坚决与日寇汉奸及一切汪派、投降派战斗到底！

（原载一九四〇年三月十七日《新华日报》华北版第　版社论）

再论政权改造问题

再论云者，因此问题已不止论过一次，然而抗战两年多了，检查一下政权改造的成绩，不能不说是一件最难令人满意的事情。政权是领导抗战的火车头，政权本质之良窳，关系抗战之胜败。

很明显的，抗战以来，在政权建设方面，存在着两条不同的路线：一条是一□专制的，一条是统一战线的；一条是官僚主义的，一条是民主政治的；一条是固执腐朽状态，一条是要求澈底改造。无疑的，前者是削弱抗战力量的，后者是发扬人民抗日积极性的。

抗战两年多的过程中，各方面都发生了很大的变化，而大后方的政权机构，除陕甘宁边区外，没有甚么改变。

因之贪污腐化，发国难财，趁机渔利，搜刮人民的现象，仍是层出不穷。这如何能适应战争，领导抗战？比较足以令人兴奋的，是国民参政会之设立，号称民意机关。然而由于政权机关之不健全，致使国民参政会历次许多有价值的决议，终不免于"决而不行"之憾。

敌后方是与敌人斗争最尖锐的地方。敌后方的腐朽政权机关，大多在敌人的炮火下摧毁了。新建立起来的或经过改造的政权，由于是在与敌人作残酷的斗争中建立或改造的，所以都是比较进步的，因为在敌后方，不进步便不能生存。但敌后方政权的进步程度还是不平衡的，有些地方还未能达到适应战争的要求，未能达到真正抗日民主政权的标准。

本年二月一日《中共中央关于目前时局与党的任务的决定》，曾经明白指出，要在各个抗日根据地上，建设完全民选的，没有任何投降反共份子参加的抗日民主政权。这种政权不是工农小资产阶级的政权，而是一切赞成抗日又赞成民主的人的政权，是几个革命阶级联合的民主政权——抗日民族统一战线的政权。如果真正实现了这种政权形式，就一定能够保证团结进步，而达到抗战的最后胜利。一切爱国人士都应为圆满实现这种政权形式而奋斗。

敌后各抗日根据地政权建设之比较最有成绩者，首推晋察冀边区，可以说是实现了真正抗日民主政权。其他各区，虽亦改革颇有成绩，但还不普遍，不澈底，不能保证不折不扣执行一切有利抗战的政策与法令，特别是下层政权改革的太不够，尚多受豪绅地主之操纵，不免舞弊营私，贪污浪费。有村公所每月开支达数千元之巨者，如此糜费，民力何堪！晋察冀边区恰是对于村政权普遍、澈底的改造了，那里的政权，已经不是高踞民众之上，压迫民众的东西，而是与民众发生了血肉相连的关系，即在接近的占区，甚至在几个敌据点之间，我政权也能存在，而且能够保证充分行使职权。

大后方政权的改造，我们希望能在宪政运动中，实现取消一党专制，这尚有待于全国人民之努力。敌后方某些地区政权的改造，目前所应积极施行者为：（一）大量提拔纯洁忠实、坚决抗战、政治觉悟较高的积极进步份子（不分党派、阶级、性别），参加政权机关工作。（二）设立政权工作人员训练班，□□民族优秀份子，没有受过官僚主义薰染者，给以政权工作与财政经济建设工作的训练，使之担任政权工作。（三）目前重心应放在村级，集中火力改革村政权。村政权干部要普遍□选。建立村民大会，全村民众普遍参加。在晋察冀，是以十五人为一组，选一人为代表，即为组长，与该组作有机联系，组成村民代表会。村公所下设调查、生产、教育、经济四个委员会。村代表兼任委员，除村长副和书记均不脱离生产。（四）严格施行预算决算制度，节省开支，以惜民艰。健全了村政权，即是巩固了抗日民主政权的基础，即等于改造政权的任务完成了十分之九。

（原载一九四〇年三月二十一日《新华日报》华北版第一版社论）

孙中山与马克思

孙中山先生是中华民族革命领袖，是中国近代伟大思想家之一。他手创的三民主义，"充满着奋斗的真正的民主主义"（列宁语），是目前中华民族解放的一面旗帜。然而不幸的是，孙中山先生逝世后，其手创之革命的三民主义，竟遭受污蔑。汪逆汉奸之流，无耻的投敌叛国，树立起假三民主义的旗帜，企图取消真三民主义。而托派、反动派如叶青之流，则隐匿于抗日营垒内部，对孙中山先生的三民主义，亦尽情曲解。一部份顽固派，也在把三民主义阉割为"一民主义"，即"民族主义"，而取消了能够保障"民族主义"胜利的"民权主义"和"民生主义"。因此，这些人提倡"防共""反共""限共"，这些人目前多方的反对和破坏宪政的实施。其实，在今日不给人民以民主权利，不改良人民生活的痛苦，不澈底实行孙中山先生革命的三大政策，那末革命的三民主义就无从实现，中华民族的解放就不能获得胜利。当然，不可否认的，国民党的大多数进步份子，还是孙中山的真正忠实信徒，他们还为真正实现全部革命的三民主义而斗争，他们还坚持着抗战团结与进步。

目前全国各地正热烈的开展宪政运动，这不仅是全国人民迫切要求实现孙中山先生"还政于民"的意旨，实现他的"民权主义"，就是国民党的大多数进步份子，也在主张实行宪政。然而可惜的是，一方面国内汉奸顽固派积极破坏着宪政运动；另方面国民党当局亦因循苟且，不愿遂人民之要求。不久以前，国民党中央关于宪政诸问题，给各省党部及其他有关机关的具体指示，其内容就是要在实际上取消宪政，以宪政训政同时进行的美名，而行一党专政之实。这无疑问的是违反孙中山遗教和全国人民之民主要求的。

孙中山先生在国民党第一次代表大会宣言上说："近世各国所谓民权制度，往往为实产阶级所专有，适为压迫平民之工具。盖国民党之民权主义，则为一般平民所共有，非少数人所得而私也。"孙中山先生在逝世之前，更谆谆的遗嘱国人：欲"求中国之自由平等，必须唤起民众""最近主张开国民会议，尤必须于最短时间，促其实现"。因此，凡是孙中山先生的信徒，就应□实行孙中山先生这一切遗言，实现全部革命的三民主义，实行真正的民主宪政。只有这样，中华民族的解放，才有充分的保证。

为系中山先生所道的、"举世风从"的、"集数千年来人类思想之大成"的马克思主义创造人、科学共产主义的鼻祖马克思，今年是他逝世的十七周年。他手创的马克思主义即科学的共产主义，是无产阶极革命的理论和策略，尤其是无产阶级专政的理论和政策，是无产阶级和全人类解放的武器，是世界革命的旗帜，同时是各国革命的方针。虽然世界反动势力，对马克思主义作疯狂的污蔑、谩骂、反对与攻击，但这一个科学的真理，终于在列宁、斯大林天才的发挥与领导之下，在世界六分之一的土地上，胜利的实现了。在这块大放光明的土地上，真正废除了人剥削人、人压迫人的社会制度，建立和巩固了无产阶级专政的社会主义。这就完全证明了马克思主义的正确，它是人类求解放的最可靠的武器和最光明的灯塔！

目前在世界所有存在着剥削制度的角落里，马克思主义都受到广大的无产阶级和被压迫民族的欢迎。他们正在其本国内和世界范围里，为马克思主义的胜利而斗争。马克思主义在中国的出现，大大推动了中国民族革命和社会革命的进程。由于中国具体历史环境的决定，使革命的科学的共产主义——马克思列宁主义，同孙中山先生革命的三民主义，在民族民主革命的阶段上，密切的合作起来。马列主义和革命的三民主义，目前正是中国人民奋斗的指针和旗帜。

马克思对中国的革命运动和民族解放的前途，抱着很大的希望。这在一八五零年马克思同恩格斯在通信中论及中国太平天国革命运动时，便说过："我们欧洲，在最近的将来，势必向亚洲逃跑，当他们跑到中国的万里长城，跑到这个最保守的堡垒的门口时，安知他们在那里不会碰到'中华民国自由平等博爱'这几个大字呢？"在这里就可以知道马克思是如何同情中国革命，如何相信中国民族解放事业一定得到胜利。目前我们为着纪念马克思，应该加紧学习马克思的全部革命理论和方法，应该坚决与那些污蔑马克思主义的人作斗争。马克思主义在中国的发展和胜利，就是中国人民的伟大胜利！就是中国民族解放和社会解放事业的胜利！

（原载一九四〇年三月二十三日《新华日报》华北版第一版社论）

欢迎"抗大"

数月来跋涉长途,冲破敌人重重封锁线,"中国人民抗日军政大学",浩浩荡荡,胜利的到达晋东南了。我们谨代表敌后千万军民,表示热烈的欢迎,并祝全体教职员与学生健儿们的健康!

抗大是中华民族解放和中国人民解放的光明旗帜,是全国第一个规模宏大的革命的学院,是一只炽热的革命的大熔炉。它集合了全国东西南北各地以至国外南洋等地的祖国最优秀的、前进的男女青年,哺育他们,培养他们,武装他们的头脑,锻炼他们的身心,强固他们的意志,成为坚毅果敢的革命干部。抗大的创办,至今三年有余,在中国共产党领导之下,特别是在伟大的领袖毛泽东同志的关切之下，由于全体教职学员的努力，创造了成万以上的赤血忠诚的青年干部，散布在全国各个战场。由东北以至华南，各条抗战工作的战线，由军事以至文化，各个站定自己的岗位，担负起自己的神圣责任，与全国所有抗日战士手携手地前进。他们中有的已经为祖国沥尽最后一滴热血，为民族解放事业而作了光荣的牺牲；有的则继续在埋头苦干，热心地推动着时代的车轮。抗大是革命青年的圣地，没有抗大，中国将不会有今日如此蓬勃的气象；没有抗大，中国抗战事业将因缺乏干部而感到更多的困难。这样一个革命兵团的长征与深入敌后华北，自然有很大的意义。

敌后华北，原本是抗大战士散布得最多的地方，因为经由抗大锻炼出来的战士，都以献身敌后战场为最大的光荣。现在抗大大本营移驻敌后，自将更增强敌后的抗战力量。敌后抗战是件万分艰苦的长期的事业，它一方面需要源源不断的补充新的勇敢有为的青年干部，一方面需要增强和精炼作战已久的旧的干部人材的思想意识和作战能力。敌后抗战的火力将因抗大的到来而增强，敌后干部的政治文化水准将因抗大的到来而提高。同时，敌后华北在全国的政治地位和政治作用，也将因之而愈见其重要。

就抗大本身方面说，抗大之由陕甘宁边区挺进到敌后华北，就打破了后方比较平静的生活，而投身入炮火之中来受洗礼，来与伟大的民族革命战争发生直接的接触，来与敌后广大群众发生血肉的关系。毫无疑义的，这必将更益加强抗大的战斗性，从此在炮火下上课、出操、奔走、游击，与革命的民众生活打成一片。而中国革命事业恰正需要成千万这种具有丰富和坚韧的、革命的战斗性的干部，站在广大群众的前列，领导他们向胜利之途迈进。

抗大这一面光辉的大旗插进华北，不仅对于华北，而且对于全国都具有深长的革命意义。我们欢迎这一面大旗，并祝抗大的永生。

（原载一九四〇年三月二十五日《新华日报》华北版第一版社论）

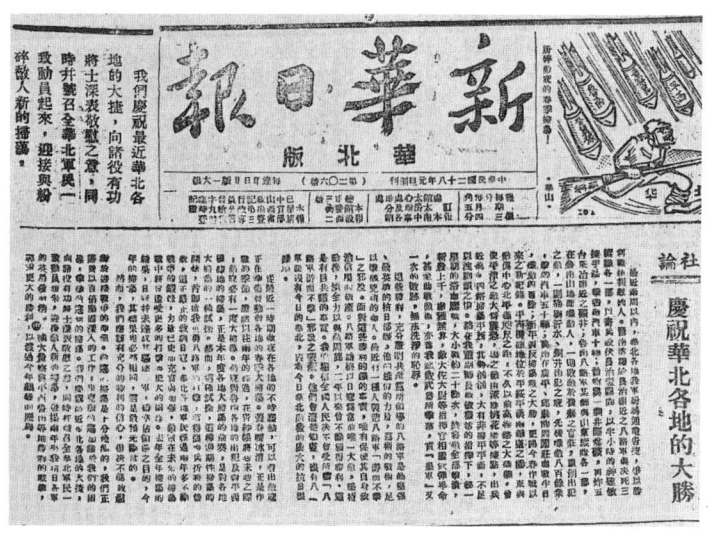

庆祝华北各地的大胜

　　最近两周以内，华北各地我军纷纷通电告捷，争以胜利战绩报慰国人。晋南活跃于长治附近之八路军与决死三纵队各一部，以奇兵设伏长治壶关间，以半小时的神速敏捷手法，击毁敌汽车十辆；晋察冀一袭井陉煤矿，再炸五台东冶附近之矿井；鲁南八路军某师与山东纵队各一部，在鲁南山地围歼敌人，一则败敌于费县之官庄，重创出犯之敌，一则痛剿沂水、铜井南犯之寇，先后歼敌八百余众，击毁汽车五十辆；冀南在广平、邱县间固阊庄血战半日，歼敌四百余；而平西反"扫荡"战之大胜，更开今春作战以来之新纪录。平西根据地位于平绥、平汉两铁道之间，东与敌伪中心北平仅咫尺之距。不久以前高线路之大破袭，曾使平津之敌大为震恐，因之敌由涿匪桃花堡等据点，出兵近万，四路"扫荡"平西，其势汹汹，大有非扫平平西，不足以泄胸头之愤。然在我萧副师长机敏灵活的指挥下，经一星期的浴血鏖战，大小战约二十余次，终将敌全部击溃，斩杀上千，缴获无算。敌大佐、大尉等指挥官相继饮弹毕命，甚至助战敌机，亦为我窳败武器所击落，实"皇军"又一次的败迹，无法洗净的耻辱。

这些胜利，充分证明共产党所领导的八路军是最坚强、最英勇的抗日部队，他的雄伟的力量，艺术的战术，足以击破凶顽的敌人。最近有一种人制造八路军"游而不击"之邪说，面对这些胜利的铁的事实，唯有促使其自身政治信用的破产。八路军始终以日寇为当前唯一大敌，坚持敌后，倾全力以与敌周旋，一年以来曾不断获得胜利，这是有目共睹的事实。我们相信全国人民决不会受所谓"八路军游而不击"邪说之蒙蔽。他们会清楚知道，没有八路军便没有今日的华北，没有今日华北敌后的广大的抗日根据地。

从最近一时期敌寇在各地的不时蠢动，可以看出敌寇正在准备发动对各地的春季大"扫荡"。盖春暖冰消，正是作战的季节，证诸以往两年的经过，在青纱帐将起未起之际，敌寇必有一度大"扫荡"。敌寇对鲁南各地的出犯及对平西根据地的"扫荡"，正是本年度各地大"扫荡"的前奏，是对各地大"扫荡"的一种试探。然而，这种试探，这种周期性"扫荡"的开始，首即遭我英勇八路军的打击，落得个丧兵折将的惨败。这正严正的教训日寇，华北各地军民经过两年多不断战争的锻炼，力量已更加充实与加强，敌寇在未来的"扫荡"战中将会遭受更多的打击与更大的困难。去年全年"扫荡"的结果，日寇并未达成其驱逐□军，确掌占领区之目的。今年的"扫荡"，其结果也必然相同，这是敢预先断言的。

然而，我们应该有充分的胜利的信心，但决不能放松对于迎接战争的准备。敌寇的"扫荡"是十分残酷的，我们正需要以百倍坚固深入的工作，来克服敌寇加诸于我们的困难，击破敌寇新的"扫荡"。我们庆祝最近华北各地的大捷，向诸役有功将士深表敬慰之意，同时并号召全华北军民一致动员起来，迎接敌人新的"扫荡"，发扬两年来我抗日各军的英勇杀敌精神，扩大晋察冀、平西、鲁南等地胜利的战绩，寻求更大的胜利，以渡过今年艰难的历程。

（原载一九四〇年三月二十七日《新华日报》华北版第一版社论）

以抗日民主政权消灭汉奸傀儡政权

今日为"革命先烈纪念日",明日又是卖国贼汪精卫在南京扮演所谓"还都典礼"丑剧,组织伪"中央政治委员会",傀儡戏正式开幕的日子。历史竟这样残酷的拨弄"革命人物"——黄花岗七十二烈士于三十年前的今日起义于广州,事虽未成,浩气常昭,英烈之风,垂为典范。不意当日参加同一革命事业,曾以刺摄政王而蜚声一世的汪精卫,为时几何,竟做了穷凶极恶的卖国贼,秦桧、张邦昌之流,不能□其罪恶十万一。据报,本月二十二日,汪逆在伪"中央政治会议"闭幕时,"并对先总理、先烈同志之灵,衷心默祷感谢",这是对先烈的重大侮辱,先烈九泉有知,必且化为鬼雄,起而扑杀此獠!

伪"中央政府"成立后的基本任务，是执行高宗武、陶希圣二人所曾□布的《日汪密约》。汪逆于伪"中央政治会议"开幕时说，会议三日，对"实现和平""实施宪政"，已有重大之决议。"其关于实现和平者，则已决议根据善邻友好、共同防共、经济提携之基本原则，以调整中日关系。"所谓"实施宪政"，不过是陪衬文章。伪"中央政府"宣传部长林逆柏生说："日支新关系调整要纲，即为吾人之和平方案。"所以伪"中央政府"的基本任务，是非常简单明白的。至于"日支新关系调整要纲"的内容如何，则全文已经揭露，并已引起了全国人民的普遍愤怒与激烈反对。就连参与了这个亡国条约谈判的陶希圣也认为："在这种条件之下，中国只有死路一条……祖宗在坟墓里叹息，子孙在肚子里即已卖掉了自由。"

汪派这一群卖国贼，已经是一伙完全丧失了灵魂的僵尸，一伙名符其实的傀儡。陶希圣是"个中人"，也是"过来人"。据他观察这一伙僵尸的心理所作的笔记中说："其始也，觉日人之易与；其继也，觉日人之可亲；其终也，始发见日人之可畏，而已晚矣，则亦惟□顺从之惟恐不及。极其所至，不用思想，不用考虑，只以日方之结论□自己之结论，不复念及其所以达此结论之理论与理由。"这一幕傀儡戏□影佐导演的。陶希圣描写这一伙傀儡之听命于影佐的神情，亦维妙维肖。陶笔记中说："影喜则喜，影忧则忧，影伪喜而彼则真喜，影伪忧则彼真戚然以忧矣。"挟制着这样一种傀儡所订立的"条约"，其价值究有几何？就连日本人自己也大加怀疑。

日寇急于要扶植一个"中央"汉奸傀儡政府，只是暴露了日寇要求迅速结束战争的阴谋。日寇企图经过这一"中央"汉奸傀儡政府来实现结束战争。行将三年的侵略战事，使日寇濒于崩溃□灭之境了。厌恨战争，结束战争，成了日本国民的普遍心理。所谓斋藤失言案的风波，正是这种情形的具体反映。虽在日寇法西斯军阀极端限制言论的高压之下，马场恒吾仍发出"日本究将往何处去"的疑问，可见一斑。但日寇□谋企图，将永远只是一种幻想，中国人民誓要把日寇在战争中埋葬。

中共中央早就明白指出，日寇灭亡中国的既定方针是不变的，所以日寇向汉奸汪精卫派□出亡国条件，□汉奸汪精卫派之接受日寇所提的亡国条约，均不足怪。今天日寇更进一步，扶植起一个"中央"汉奸傀儡政府来执行这一亡国条约，也不足怪所可怪者，一部份还站在抗日营垒中的人，却执行着与汪派汉奸相同的政策，最主要的是反共政策，同时并不□洗抗日阵营中的汉奸、托匪以及暗藏的汪精卫派，甚至依靠托匪、汪派为理□支柱。汪派汉奸是走的亡国道路，与汪派汉奸执行相同的政策，岂不同样是走着亡国道路么？

今天只有一切与汉奸汪精卫派尖锐的对立起来，才能使抗战胜利获得保证。以"联共"与"反共"尖锐对立，以"坚持抗战"与"和平救国"尖锐对立，以真三民主义与假三民主义尖锐对立，以真正的民主宪政与汪贼的亡国宪政尖锐对立，最后，以抗日民主政权与汉奸傀儡政权尖锐对立。只有这样，才是真正走着抗战救国的道路，真正是在反对汉奸傀儡政权。只有这样，才能以抗日民主政权消灭汉奸傀儡政权。

（原载一九四〇年三月二十九日《新华日报》华北版第一版社论）

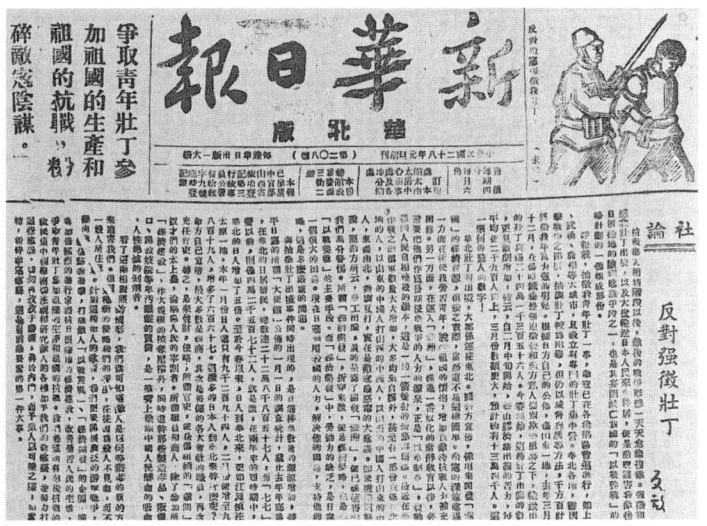

反对强征壮丁

抗战进入相持阶段以后，敌后的战争形态一天天愈趋复杂。强征和诱惑我壮丁出境，以及大批输送日本人民来华移居，便是敌寇谋害我敌后抗日根据地的险毒阴谋手段之一，也是其妄图灭亡我国的"以战养战"的战略计划的一个组成部份。

据报载，抽征我青年壮丁一事，敌寇已在各沦陷区普遍进行，如上海、武汉、广州等大城市，且设立有专门的壮丁集中营。华北各地，虽因游击战争之开展，抽调壮丁较为困难，但仍以威胁利诱等方法，千方百计的诱征我年富力强的男儿。根据日方自己的公布，仅山东一地，去年三月至十二月，在伪组织集体强迫征发和敌方私人个别欺骗招募之下，输送出关的壮丁共达二十四万一千三百五十六人。今春开始，这种壮丁出关的数字，更见激剧增加。据云，自二月中旬开始，经由胶济路出关的苦力，每日平均在二千九百人以上，三月份数额更大，预计约有十三万四千人。这是一笔何等惊人的数字！

华北壮丁的出境，大都系运往东北。据敌方宣布，系用来开发"满洲国"的经济资源，但按之实际，当然还不是这样简单。敌寇的深远阴谋，一方面在诱使我劳苦青年，脱离祖国的怀抱，增加我敌后抗战人力补充的困难。另一方面，在运入"满洲"，经过一番奴化的麻醉教育以后，必然还要把他们作为长期侵华战争的人力的源泉，正是"以华制华"，发动我祖国人民自相残杀的张本，这是一种一箭双射的最恶毒办法。最近在华北作战之敌伪军数量大大增加，大多均来自关外，甚至有一部份竟系华北本地的人，以山东的中国人打山西的中国人，以山西的中国人打山东的中国人，东西南北，对调互打，实在是敌寇最恶毒的大阴谋。即使撇开这点不说，照敌方所云，华工出关，真的是为了开发"满洲"，便已经值得引起我们万分警惕。所谓"经济开发"，拆穿来说，便是经济侵略，也是敌寇"以战养战"的主要手段。而"经济开发"中，劳动力的缺乏，是日寇的一个很大的困难。现在日寇利用我国的人力，解决他的困难，支持他的侵略，这是多么严重的问题。

与抽征壮丁出境事件同时出现的，是日侨移华数量的源源增加。据北平日寇的所谓"大使馆"公布的一月一日的调查统计，截止去年年底为止，在华北的日居留民，总数达二十二万八千八百五十七人，而"七七"事变以前，则仅四万二千五百七十二人，就是说，在两年半的短时期中，在华北的日人增加了五倍。至于今春以来，日人到华北来，更如江河倾注。太原一地，本年一月份日人还只有九千二百九十四人，二月份便增至九千八百十九人，增多了六百六十七。这样多的日本人到华北来干什么呢？据敌方自己宣称，最大多数是经商，其次是被雇的各大会社的职员，再次是充任官吏。总之，是来发财、侵略。所谓官吏，便是伪组织的"顾问"，奴才们的太上皇，沦陷区人民的宰割者。所谓职员和商人，除了参加所谓"经济建设"，作大规模的掠夺压榨外，同时还干那些制造毒品、贩卖人口、开设妓院等卑污龌龊的买卖，是一群嘴上涂满中国人民鲜血的吸血鬼，人性绝灭的剥削者。

看了这两相对照的情形，我们就可知道敌人是以何等狠毒的新的方法来迫害我们。但这种新的侵略我们的方法，往往因为杀人不见血，而不为一般人所注意。针对这种敌人的阴谋，我们更要开展广泛的游击战争，不断向敌占点线进击，打破敌人"以战养战""经济开发"的企图，同时更加倍猛烈的进行巩固抗日根据地的经济建设，改善劳苦人民的生活，以争取青年壮丁参加祖国的生产和祖国的抗战。我们希望所有敌后抗战的军政民集中视线，密切注视和研究敌人的各种加予我们的新阴谋，并努力打破这些阴谋，切勿再孜孜于磨擦，勇于内斗，而予敌人以可乘之隙。加紧团结，粉碎敌寇阴谋，这是目前最要紧的第一件大事。

（原载一九四〇年四月一日《新华日报》华北版第一版社论）

纪念儿童节

明日是新时代的曙光，祖国胜利和希望之所寄的一代儿童的节日，全中国的儿童将满怀着对祖国的热爱和对自身的尊崇来迎接这个节日，庆祝这个节日。

中国的这一代儿童，生长在黑暗和光明交织的大时代。他们目击了祖国空前的灾难，身受无比的痛苦。日寇的炮火摧毁了他们的和爱的家庭，打散了他们相依为命的父母兄妹。有多少儿童孤苦零仃的转辗流亡，更有多少儿童惨死在日寇屠戮之下。但是日寇除了以锋利的刺刀，穿透活泼儿童的胸膛以外，却还要装出一付伪善的面貌来诱惑、麻醉、奴役我沦陷区的儿童，他们组织什么"儿童亲善团""儿童联欢团"等，强征我儿童到日本去"观光"，企图奴化我赤子之心,他们创设什么"新民"小学,篡改历史教科书,强迫我儿童去受奴隶教育,企图消灭我儿童的国家民族观念;他们甚至以注射毒针,麻醉剂等非人手段,来戕害我儿童的身心,灭绝我儿童的发育机能。总之,他们想尽了一切阴险狠毒的方法,企图使我伟大的后一代儿童成为身心衰颓,毫无思想的废料。

但是,伟大的民族革命战争,毕竟锻炼了我们的这后一代,开拓了他们的眼界,提高了他们的智力,使他们比任何一代儿童,更早的与问世事,游泳于时代的洪流之中,无论在后方,在前线。儿童们在受教育以外,还都以他们稚弱的身心供献给国家民族,为抗战建国大业而掬尽微力。他们组织剧团、宣传队、歌咏队,奔走在城市乡村之间,帮助政府进行各种动员,唤起民众参加抗战。现在是儿童们往往站到大人的前面去了。而在敌后华北,儿童们对于抗战的功绩,更丝毫不容忽视,站岗放哨已成为所有儿童的经常工作,好多敌探汉奸都落在他们手里。他们充当农村中的小先生,推动社会教育的进展,他们参加生产建设等各种运动,满足了社会对他们的希望和要求,而在战时,他们甚至灵活的充当战斗部队的耳目,担任一部份侦察警戒的工作,好多聪慧的儿童且因担任这些工作而作了光荣的牺牲。敌后儿童的英勇有为,才智绝伦,使举世人士都为感服,并由此而确信我中华民族解放事业一定能够取得胜利,能够达到成功。

但是,儿童工作,并非没有缺点,当兹纪念儿童节的时候,我们特提出两个与华北儿童切身有关的问题,请大家讨论:

第一,敌后华北儿童不仅参加了各种抗战的实际工作,而且有了初步的组织,各村普遍建立了儿童团。但是这些组织直到今天还是零乱的,散漫的,没有统一的上级的领导机构,各儿童团相互间也并没有联系。这就减弱了这些儿童团的作用和对抗战的更大贡献。我们主张发动各地儿童,举行儿童代表大会,整理和建立儿童的组织,一般的可以区为单位,建立儿童团的最高机关——儿童团的分区团部,受同级青救领导,以下编村或乡为营部，村为连部，连下设班排。凡七岁以上十三岁以下儿童，均参加儿童团，并应确立标识，如团旗、团歌、符号等，以提高儿童对自己组织的重视。

第二，华北自转入敌后以来，虽因抗日民主政权之努力，小学教育一般不仅未见停顿，若干地区——如晋察冀边区且较战前发达，但小学学制却有很多变更，一般均推翻了过去的六年制，而采取不正常的办法。这在抗日根据地开始建立的当时，或许是出于不得已，但长此以往，后一代的文化水平将因之而降低，因而有恢复过去学制，或确立新的正规的学制之必要。各地教育当局对此实应有深谋熟虑，务必满足儿童基本教育的要求。同时，今后儿童们的活动，亦应多多着重于文化教育工作，如参加救亡室活动，□□成人识字教育等。"一切为了学习"，应成为儿童工作的中心口号。

儿童是未来新中国的主人，我们应以极大的关切与爱护，来教育与培植这后一代。

（原载一九四〇年四月三日《新华日报》华北版第一版）

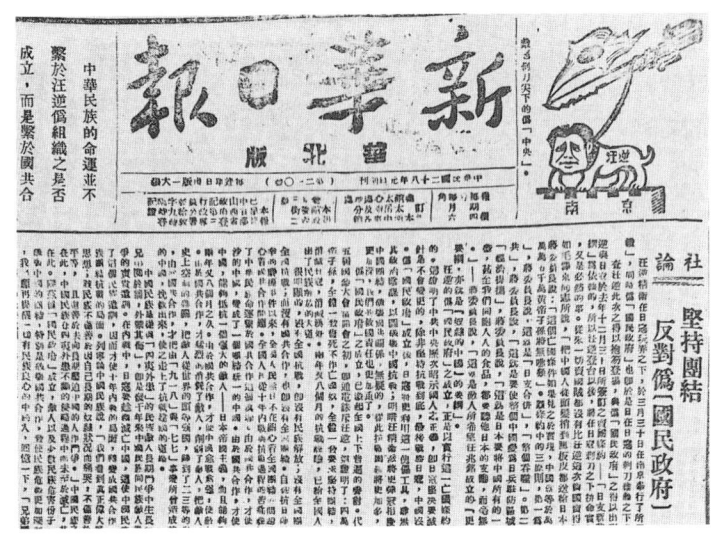

坚持团结　反对伪"国民政府"

汪逆精卫在日寇玩弄之下，于三月三十日在南京举行了所谓"还都典礼"，同时伪"国民政府"也即于是日在日寇的刺刀维护之下出现了。

查汪逆此次之得以袍笏登场，与伪"国民政府"之得以出现，是以汪逆与日寇于去年十二月三十日所签订之卖国条约——《日支新关系调整要纲》为依据的，所以汪逆登台以后，将在日寇刺刀之下拼命实行这一条约，又是必然的事。从来一切卖国贼都没有比汪逆这次卖国卖得澈底的，正如毛泽东同志所说："把中国人从头发梢到脚板皮都送给日本大老爷。"蒋委员长说："这个亡国条件如果见之于实现，中国就等于万劫沦亡，四万万五千万黄帝子孙将无噍类。"该条约中的三原则，第一为"善邻友好"，蒋委员长说，这就是"日支合并""整个吞噬"。第二为"共同防共"，蒋委员长说："这就是要使整个中国变为日兵驻防区域。"第三是"经济提携"，蒋委员长说："这就是日本要将中国所有的一切，搜刮以尽，甚至我们同胞人人的食品，都要听他日本的支配，而毫无自由的余地。"蒋委员长说："这就是敌人所希望汪兆铭成立的'更生中国'的要纲，亦就是'奴隶的中国'的要纲。"

汪逆的伪"国民政府"之成立，正是以实行这一亡国条约为唯一任务的。这证明了中共中央历次昭示国人之正确，即日寇坚决要灭亡中国的方针是不会变更的，除非坚持抗战到底，最后战胜日寇，中国没有别的出路。伪"国民政府"成立后，日寇将更利用这一傀儡工具，肆无忌惮的进行其政治阴谋，以图破坏中国抗战。明暗汪精卫派将更弹冠相庆，进行破坏中国团结，破坏国共关系。无疑的，从此抗战困难将更加多，民族危机将更加深，我们的救国责任也更加重了。

伪"国民政府"之成立，已激起全国上下普遍的声讨。代表民意的第五届国参大会当开会之初，即通电诛斥汪逆，这证明了：四万万五千万黄帝子孙，全体一致誓死不作亡国奴，全体一致要求坚持团结，坚持抗战，消灭日寇，消灭汉奸。两年又八个月的抗战经验，已给全国人民明白指示出了民族解放的大道。

很明显的，没有全国抗战，即没有民族解放；没有全国团结，即没有全国抗战；而没有国共合作，也即没有全国团结。自从抗日阵营中发生不幸的磨擦事件以来，全国人民无日不在关心着全国团结的问题，特别是关心着国共合作问题。全国人民从十年内战与抗战过程的苦痛经验中，认识了中华民族命运系于国共合作这个真理。由于国共合作，才使一个一盘散沙的中国，变成了一个团结统一的中国；由于国共合作，才使一个贫弱的中国，能够抵抗一个强大的敌人——日本帝国主义，而且能够坚持抗战到两年又八个月之久；由于国共合作，才使中国愈战愈强，使敌人愈战愈弱；

由于国共合作,才猛烈的消耗了敌人,削弱了敌人,把敌人送到他的历史上空前的难关,把敌人从世界的头等强国,降到了二三等的强国。总之,由于国共合作,才把由"九一八"与"七七"事变所曾造成的行将灭亡的中国,挽救出来,使之走上了抗战建国的道路。

中国民族是从与"四夷外患"的民族敌人长期斗争中生长起来的。"兄弟阋于墙,外御其侮",即是几千年来中国民族同民族敌人进行民族斗争的宝贵遗训。在内战中,日寇要趁机灭亡中国,这使中国民族又记忆起了这个民族遗训,因而才使十年内战的局面,转变成国共合作、领导全民族团结抗战的局面。列宁论中国民族说:"我们看到真正伟大民族的伟大思想。该民族不仅善于因自己长期的奴隶状况而痛哭,不仅善于梦想自由平等,而且还善于去向长期压迫中国的人作斗争。"中国民族之所以伟大在此,中国民族在四夷外患不断的侵略过程中而未至于灭亡,其秘密也就在此。际兹伪"国民政府"成立,敌人以及少数民族危害份子,企图积极破坏中国的团结,特别是破坏国共合作,致使民族危机更加深刻化的时候,我们愿再提醒一切有民族良心的中国人,回忆一下,"兄弟阋于墙,外御其侮"的民族遗训。为巩固国共合作,加强全国团结而奋斗到底,并愿第五届国参大会代表全国民意,为此而努力!

中华民族的命运不是系于伪"国民政府"之成立与不成立,而是系于国共合作之巩固与不巩固。

(原载一九四〇年四月五日《新华日报》华北版第一版社论)

抗议成都事件

前日报载：最□□□□□□□亲自主政之四川省会成都，奸人匪徒乃竟敢白昼啸聚，捣毁四川省银行和重庆银行仓库，抢劫贮存白米，而事后又居然嫁祸中国共产党，以莫须有的罪名，逮捕当地素著声誉的共产党党员罗世文、洪希客，文化界救亡志士车耀先、唐医生，枪决成都《时事新刊》编辑李亚凡，并搜查本报成都分销处。消息传来，万民震惊，举国惶惑。咸认为中国革命史上从此又多一不幸事件矣！

读中共成都市委宣言，可知此次惊人不幸事件，纯系反共投降份子一手制造，出诸有计划行动，殆效希特勒国会纵火的故技，为借刀杀人之计。而其罪谋之深广，行为之卑污，即希特勒也不能望其项背。其企图之愚蠢，技术之拙劣，则又远逊乃师。试问通都大邑，喧都闹市，机关林立之地，军警汇集之处，谁又能吹哨集合三百余众行劫？谁又能公然携带武器未被检查？谁又能在行劫以后呼啸而去？反共投降份子□想一手掩尽天下耳目，嫁祸中共，加罪无辜，其奈事实俱在，真相易阅，蛛丝马迹，不难追索。是以事发以后，引起举国人民的深恶痛疾，目为败类害虫。爱国公正之士，咸不仅其所为，而纷纷责斥。

回忆数月以前，成都□会中□□民□之时，曾有类似事件发生。反共投□份子，唆使□□，捣毁□□会场，□□中先生遗训，益且富众演说，痛诋□□，破坏邦交。以□群议鼎沸，与□哗然。乃复加深阴谋，扩大事变，今日而再演如此危险恶剧，其置国民政府于何地？□□□□□何地？大胆妄为，一至斯极。

反共投降份子之制造这一阴谋暴行，其目的诚如中共成都事变所云："是在企图华北□□□□□关系，破坏国内组织，挑拨国共两党关系，借□作为投降分裂之口实，借此作为进攻进步力量之口实，借此作为压迫共产党之口实。"盖四川省银行和重庆银行均为四川当地所举办，军政要人所投资，是四川的主要金融机构，工商□业的流通中心。武装捣毁此两大金融机关，无非是想制造祸乱，激起风波。而又嫁祸中共，无非是想挑起国共磨擦，以为投降分裂之张本。一箭双雕，用心狠毒。试想在暴行以后，一面□作谣言，□放空气，扩大事态，一面雷厉风行，大□捕杀中共党员与四川进步的抗日志士，搜查中共舆论机关，不也已彰明若揭。

这次不幸变乱的发生，适值汪逆伪府，上演南京，汉奸群鹿，粉墨乱舞，并以"和平救国"相标榜，而反共投降份子恰好择此时机，兴风作浪，造作事端，举行反动之大示威，其严重性尤胜于平江惨案。公开的汪精卫祸迫于外，隐藏的汪精卫作祟于内，明暗呼应，内外夹击。若不立即澈查是案真相，严惩作乱祸首，则一纵再纵，养痈贻患，诚恐祸乱之来，初非设想所及。彼反共投降份子今日既能蔑视政府，破坏团结抗战，他日未始不能出以更狠毒的巨大阴谋，而置国家民族于危殆之境。

中国共产党是中国光明磊落的大党，抗战以来，全党上下坚决奉行中共中央抗日民族统一战线底正确方针，坚持团结抗战，向来不屑采取阴谋伎俩，同时也坚决反对一切汉奸式的行径。本报用敢对成都事件表示坚决抗战，并号召敌后军民一致起来，要求国□与□□□澈查成都惨案真相，明令释放中共党员与其他爱国志士。

（原载一九四〇年四月七日《新华日报》华北版第一版社论）

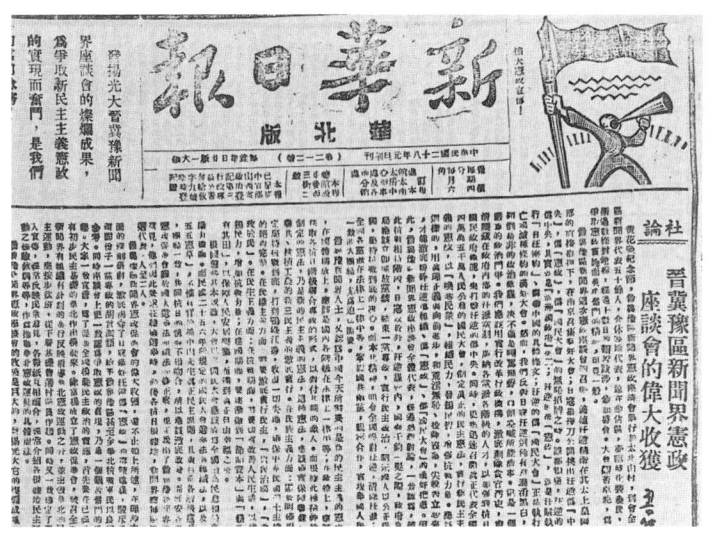

晋冀豫区新闻界宪政座谈会的伟大收获

黄花岗纪念节，晋冀豫区新闻界宪政座谈会举行于太北山村，到会全区新闻界代表五十余人，介休等地代表，远在敌占区，亦临时化装农民，冲过数条封锁线，经过十数日的艰苦跋涉，参加盛会。大会艰苦卓绝，为争取宪政实施而英勇奋斗的精神，可见一般。

晋冀豫区新闻界这次宪政座谈会的召开，适值汪逆精卫在其太上皇阿部的直接指导下，在南京召集汉奸大会；日寇指挥刀公开挑出汪逆伪"中央"、伪"宪政"、伪"国民大会"的无耻招牌之时。谁都知道，汪逆的伪"中央"，其实就是"满洲国政府"第二；汪逆的伪"宪政"，就是汪贼执行《日汪密约》、卖□中国的具体条文；汪逆的伪"国民大会"正是执行亡国灭种条约的汉奸大会。然而，我们反对日寇汪逆这种有意混淆黑白，颠倒是非的政治阴谋，决不仅是唾骂几声，口头空喊所能济事。这是一个严重的政治斗争。我们应该用实行改革行政机构，澈底铲除贪官污吏，肃清隐藏在政府内部的汪派党羽，广纳各党派各阶级的人才，以加强我抗日国民政府机能，来打击汪逆的伪"中央"。同时，更应迅速召开真正代表全国四万万五千万人民公意的国民大会，制定真正的民主宪法，实行新民主主义的宪政，以"唤起民众"，组织民力，发扬民智，增强抗战力量。应该这样的，用真理正义与向前进步，和荒淫无耻、投降没落，尖锐对立起来，才能澈底粉碎汪逆伪组织、伪"宪政"、伪"国民大会"的汉奸把戏。因此，晋冀豫区新闻界宪政座谈会全体代表，经过热烈讨论，一致认为，值此抗战相持阶段，日寇攻于外，汪逆谋于内，国势千钧一发之际，政府当局应该立即开放党禁，结束一党专政，实行民主政治，昭示国人以公正谋国，坚持抗战到底的决心。而本此精神，明令全国声讨汪逆，清除汪派；全国各党派在法律上一律平等，巩固国共两党，亲密合作，实现举国人民一致的大团结，尤为迫切需要。

晋冀豫新闻界人士，又认为中国今天所需要的是新的民主主义的宪政，在国体构成上，应该是国内各阶级在法律上一律平等；在政体上，应该采取各抗日阶级联合专政的形式，以对付共同的敌人。而根据此种精神所制定的宪法，乃是新的民主主义的宪法，这种宪法，应该确实保障联苏、联共、扶植工农的新三民主义的澈底实行。在民族主义方面：需要明确规定坚持抗战到底，打到鸭绿江边，收复一切失地，确保中华民国领土主权的绝对完整。在民权主义方面：需要澈底实行民主，"以民治国""还政于民"。在民生主义方面：在抗战期间，需要切实改善人民生活，以发扬民力，增加抗战力量；在建国期间，要逐渐做到"节制资本"与"耕者有其田"，以保障人民安居乐业，而达到真正自由幸福之境。

根据这些基本认识，大会以□国民大会应该成为全国最高民意和最高权力机关。而民国二十五六年所规定的国民大会选举法与组织法，以及"五五宪草"，不惟有背于孙中山先生真正民主原则，且与目前各阶级党派团结一致，共同抗日的情势不相吻合，所以应该澈底改变。而□安各界宪政促进会善于国大选举法、组织法的修正案，也正说出了晋冀豫新闻界的意见，他们因此要求在职业选举时，敌后各抗日根据地，新闻界应每区推选代表一人至二人。

晋冀豫区新闻界宪政促进会的伟大收获，还不止如上所述，在理论方面的深刻研讨，澈底揭穿了日寇汉奸汪逆伪"宪政"的毒辣阴谋，驳斥了顽固份子一党专政的胡言滥语，给予晋冀豫区甚至全华北抗战军民以良好参考。同时座谈会上更一致认为争取宪政的实现，乃是一个艰苦奋斗的过程。大家一致宣誓，为了促进全国模范民主政治的实施，首先要在已经具有初步民主基础的华北作出模范来。除当场成立了宪政促进会，号召全区新闻界有组织、有计划的进行反映指导华北宪政运动之外，并主张华北的民主运动，应按部就班，从下层基础普选村区长作起。同时又一致确定了深入宣传，经常反映民众意见，各报纸互相配合，经常介绍各根据地民主运动之经验教训等等，作为推进华北宪政运动的具体办法。

晋冀豫新闻界宪政座谈会的收获是巨大的，发扬光大它的灿烂成果，为争取新的民主主义宪政的实现而奋斗，是全华北军民的当前任务。

（原载一九四〇年四月九日《新华日报》华北版第一版社论）

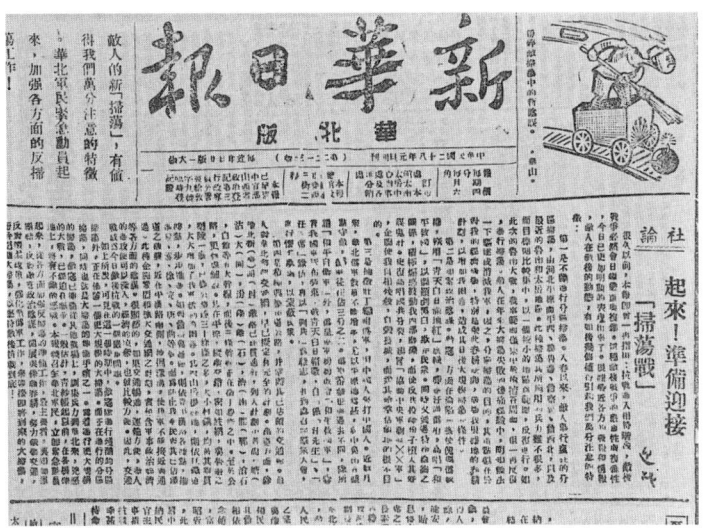

起来！准备迎接"扫荡战"

很久以前，本报即曾一再指出：抗战进入相持阶段，敌后战争必然会日趋严重与复杂。这种敌后战争的严重性与复杂性，今日已更加明显的表现出来了。根据最近各方的战报和情报，敌人在敌后的动态，有如后几个值得引起我们万分注意的特征：

第一是不断进行分区"扫荡"。入春以来，敌人举行疯狂的分区"扫荡"，由河北平原而平西、冀鲁边、晋察冀、晋西北，以及最近的鲁南和太岳地区。此种"扫荡"其所施用的兵力虽不很多，而目标则比较集中，以一个较小的地区为范围，反复进行。如此次的鲁南大战，战事范围仅集中于抱犊谷周围，但一再反复，进行"扫荡"。敌人在年来大"扫荡"失败的惨痛经验中,明知无法一下驱逐或消灭我军,因之,分区"扫荡"的目的,其重点似在于对我的经济破坏,特别是乘此春耕期间,破坏我根据地的春耕计划,以增加我困难,造成其日后大规模"扫荡"的条件。

第二是加紧政治阴谋。敌寇一方面在沦陷区嗾使傀儡伪政权,窃用"青天白日满地红"旗帜,响应汪逆伪府,高唱"和平救国",以图颠倒黑白,欺压民众。同时又通过特务机关之关系,积极煽惑鼓动我内部磨擦,而使反共投降份子堕入其奸谋鬼计。更复高唱国共分裂,扬言"协助中央军剿灭××军",企图使我自相残杀,自毁长城,而遂其确掌占领地的根本目的。

第三是抽征壮丁编组伪军,用中国人来打中国人。近数月来,华北伪军数量不断增多,尤以平原地为甚,冀中、冀南各据点守敌,伪军往往占三分之二。伪军番号也与过去不同,除所谓"和平自卫军"外,伪皇敌军纷纷改□"和平救国军",穿着我国军□布装束,戴青天白日帽徽,自□系"汪先生""汪主席"队伍,专以"剿共"为职志,并到处召开群众大会,常行怀柔欺骗,以蒙蔽民众。

第四是积极兴筑国道公路,并巩固其已占领的交通线。敌人对华北整个交通网,早已拟定有完全的计划。铁道方面,除豫北新(乡)开(封)铁路已经贯通外,列入计划中者尚有塘(沽)大(同)、汾(阳)离(石)、济(南)邯(郸)、沧石、白晋等五大干线,而后三条干线正在征丁赶修之中。至于公路,更到处铺设。其在平原,纵横交错,密如蛛网,冀晋边之乐陵一县,已修公路达三十余条之多,大小村镇,均被其联贯,大大增加了我军活动的困难。其□山岳根据地,则依□铁道据点,步步推进。如对晋察冀边区,则依靠平汉路各据点,推进易、□、徐、完、唐、曲等□。而为防止我军民对其已占铁道之破袭,近在平汉路两侧,挖掘深沟,使我军不能接近与通过。此种企图巩固和扩大交通网之计划,实□含军事、政治、经济等各方面的阴谋。很显然的,如果交通畅通,运输方便,敌人的进攻便可以深入,经济的掠夺也就比较方便。因此，交通战成为今日敌后抗战的一个严重问题。

如上所说，可见在这一个时期中，敌寇除进行残酷的分区"扫荡"外，正在布置一个更大规模的大"扫荡"。而正在进行的分区"扫荡"，同时也就是大"扫荡"的准备手续之一。为着进行更大规模的"扫荡"，敌寇已准备从其他战场上调集兵力到华北来，凶恶的大战，已经迫在眼前。一般估计，青纱帐起以前，在各根据地上，将有不断的恶战。本报号召全华北军民，立即紧急动员起来，从各方面加强反"扫荡"的准备工作。最主要者，莫如加强团结，反袭敌寇政治阴谋，开展与保护春耕，努力破坏交通，反对怀柔政策，强化敌伪军工作，来迎接即将到来的大"扫荡"，粉碎这个大"扫荡"，以坚持敌后抗战到底！

（原载一九四〇年四月十一日《新华日报》华北版第一版社论）

加紧团结开展敌后华北的讨汪运动

自从汪逆精卫在南京袍笏登场以后，我国内外的反汪运动，已经进入了一个新的阶段。国民政府外交部对各国的严正声明，以及通缉汪逆狗党的明令，向全世界表示了我国坚决抗战的立场。各个地方的抗战军民，也因汪逆新的卖国行为引起了更大的忠愤，纷纷通电声罪致讨。在我国朝野上下一致展开的讨汪运动，说明了汪逆伪组织及其所属的一切狐群狗党，已经为我全国上下所唾弃，已经成为我全国上下所一致公认的民族叛逆与民族公敌。

显而易见的，我国上下一致所展开的这个讨汪运动，给了敌寇奸逆以严重的打击。敌寇虽然制造了汪逆伪组织，并不能就此"顺利的灭亡中国"，也决不能灭除敌寇的任何困难。但汪逆伪组织的成立,却更明白的表示了敌寇灭亡我国的决心,这是敌寇灭亡我国许多步骤当中的一个步骤。敌寇一切阴谋暴行,此后都将以汪逆伪组织的面目,或者配合着汪逆伪组织去进行,企图以"中国人"的乔装,以伪国民政府、伪国民党、伪三民主义来麻痹我国内部一些落后份子,勾引我国内部一些动摇份子,来加紧破坏我民族的团结,以达到它"以华制华"灭亡中国的目的。

敌寇汪逆这一阴谋步骤,在我华北敌后表现得更加显明。敌寇不仅在政治上,而且在军事上配合奸逆的行动。近来敌寇调集重兵,在华北各地进行反复的"扫荡",主要为的是进攻八路军,以呼应奸逆的反共勾当,而在"扫荡"当中,改用青天白日旗帜,改编伪军为防共救国军,自称为"汪先生的队伍",提出所谓"和平""反共"口号等等,也都是这一阴谋步骤的具体表现,都是为着要以分裂中国民族的方法来灭亡中国。

敌寇在华北所采取的这个阴谋步骤(当然在全中国也都是一样的),也充分表明了它对中国民族抗战力量的恐惧,它从三年来的侵略战争中,已经领悟到团结统一的中国是不可征服的。正是因为我国内部这种团结统一,正是因为华北的国民党、共产党、其他党派以及广大军民的团结一致,肩并肩的在一起断头流血英勇作战,才能坚持三年来的华北敌后抗战,创造了许多抗日根据地、抗日武装与抗日的民主政权,成为支持华北敌后抗战的堡垒。这些堡垒的存在,维系了华北广大民心,使敌人无法在占领区内"安定"它的"秩序",使敌人的"以战养战""治安肃正",都成为永远不能完全实现的梦呓,使敌人感到这些堡垒是不可攻克与不可消灭的,使敌人更加迫切的要以分裂我国抗战力量的政治阴谋,从我们这些堡垒内部来削弱我们。过去华北各地有些亲痛仇快的磨擦事件,在幕后都有着敌寇魔手的阴影,而这一次汪逆旗号在华北各地出现,也正是为着更加毒辣进行分裂我国抗战力量的阴谋打算。

在敌寇奸逆这一新的政治进攻前面,我们华北敌后的一切抗战党派,一切抗战军队，以及广大的爱国人民，都应引起更大的警惕；都必须深刻了悟到我们处在异常严重的环境之中，只能够共同胜利而决不能够单独生存；都必须以坚强的信心，团结一致的来保卫我们的抗战堡垒——不容敌寇侵入任何一个抗日根据地，不容敌寇破坏我们任何一支抗日军队，不容敌寇摧毁我们任何一个抗日民主政权。为了创造这些抗战堡垒，曾经挥洒了我们民族英雄无数的鲜血。只有在坚决保卫这些堡垒的斗争中，才能考验自己对于民族的忠诚，才能考验自己的战斗力量。倘若在敌寇奸逆的政治阴谋前面，使我们这些抗战堡垒遭受到损失，应该是一切抗日党派与抗日军队共同的耻辱。

我们敌后华北，处在异常艰苦的战斗环境之中，反对汪逆伪组织的斗争，也就是动员群众反对敌寇"扫荡"的斗争。我们的讨汪运动应该是一个实际的战斗行动，一切抗战党派与抗战军队，在反"扫荡"战争中，要以亲密的□同来粉碎敌寇"扫荡"，这就是我们敌后华北讨汪运动最主要的内容，也是我们敌后华北讨汪运动的胜利保证。

（原载一九四〇年四月十三日《新华日报》华北版第一版社论）

国参会第五次大会闭幕

经过十天济济一堂的热烈讨论，国民参政会第五次大会已于十日下午休会。

此届国参会之集议，适值汪逆伪府演丑剧于南京，汉奸群魔粉墨乱舞，并盗用国府原有名义，标榜"和平建国"，妄称宪政，企图以伪乱真，颠倒黑白，淆惑视听。同时抗战阵营内部，尚有暗藏的汪派份子，正加紧以危害抗战的言论行动，响应汪逆的登场，如恶意曲解抗战目标，散布和平妥协毒素，高唱"防共""反共"等等，在在均是拍节附和汪逆。大会在开会之初，即公开通电诛斥汪逆，揭破汪逆伪组织之为敌寇工具，激励全国军民共申天讨。同时，更特别通过决议三端：一为请外交部随时指示驻外使节，遇机阐明我抗战既定国策，矢志勿渝；二为请外交当局对敌伪破坏我国之诡计，于必要时作更严正之表示，以正国际视听，而表扬民族正气；三为请政府明确宣释领土完整之意义，以励民心，而利抗战。而且确切不移的指出，国参会"认为领土完整之意义，乃指中华民国原有整个之领土而言"。这三大决议，正是代表举国人民的意向，不仅打击了公开的汪精卫，即对于暗藏的汪精卫也不啻是当头一棒，在克服投降妥协危机方面，实有不容忽视的意义。彼暗藏的汪精卫份子，往往企图以断送我国领土主权，以与日寇求得妥协投降，甚至大言不讳的公开表示，说东北四省或华北五省，不在我领土范围以内。现在代表民意的国参会对于领土完整的意义已经作了决议，在这决议以后，如果还有人曲解领导范围，痴心梦想与日寇妥协，则他便是公开的民族叛徒，全国上下将可以用对付公开汪精卫的同样办法来处置他。这对于坚持抗战的国策，作了更进一步的注释，从此大家更应为扫清汪逆思想，巩固团结而竭尽努力了。

其次，此届国参会，对于许多实际问题的讨论，也获得了不少的成绩。举其大者来说，则有经济与教育两端。经济方面，除关于财政经济之措施，生产建设之推进，后方交通事业之发展，作出重要决议外，尤特别注意于后方物价之平抑，讨论出了很多有效办法。决定建议政府，凡有操纵市场，囤积居奇者，一经查获，即予军法严惩。这对于后方民众生活实在有很大帮助，可见参政员诸先生对于民生疾苦的关切。而关于教育方面，举凡大中小学与专门教育问题，均有议及，其中如推进残废士兵职业教育，减轻学生经济负担，提高小学教员生活待遇等等，尤为切要之图。此外张参政员申府等提出之讲学自由，为言论自由的一个具体问题，业经大会通过，以后任何方面实不应再有压迫言论自由的情形。

再次，国参会对于宪政问题，曾展开热烈的论战。按"定期召开国民大会，制定宪法，实施宪政"，系第四届国参会之决议，自政府接受此议，颁布国大召开日期以后，宪政问题成为举国人士讨论研究之中心。若干顽固份子，企图曲解国参会原案之意旨，以虚伪的自欺欺人的宪政，来代替真正民主的宪政；以过去所订不合民意，不合抗战利益的"五五宪草"和国大组织法及代表选举法来强迫民众接受，并且说这些东西是一字不可更移的金科玉律。可是这次国参会大部份议员终于代表民意重新提出讨论，并且展开了热烈的论战；但遗憾的是国参会对宪政的各项中心问题，并未一一论及，而对已经讨论到的问题，如国大职权与常设驻会机关等问题，也未能得出结论。而若干论者，其意若将"政权"和"治权"机械的分割开来，忽视了中山先生"民权便是人民管理政治"之说，实为此次大会未能顺利讨论宪政问题的主要原因。但是我们相信，经由全国人民的努力推动，时代将不断演进，终必会使民主政治得到最后的实现。

第五届国参会已经闭幕，但参政员诸先生的责任并未结束，我们希望参政员诸士，遵照□□□□指示，随时推动政府迅速实行已通过的决议。另方面对于未得结果的诸议，更作深刻的研讨，对政府作新的贡献。

（原载一九四〇年四月十五日《新华日报》华北版第一版社论）

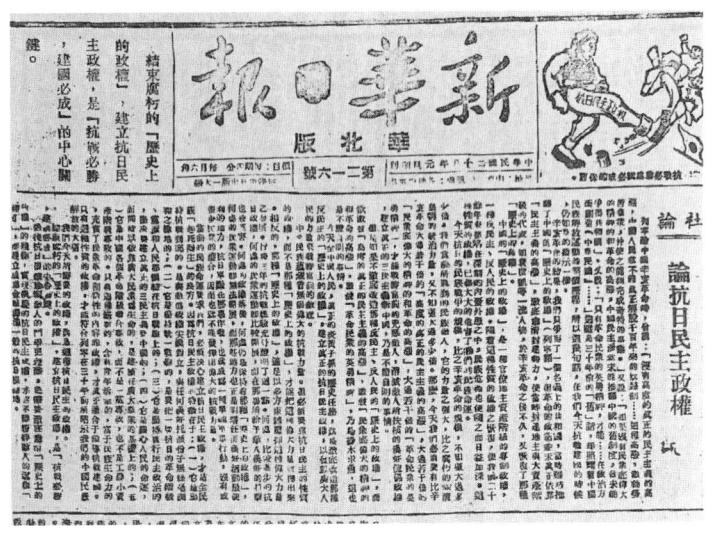

论抗日民主政权

列宁论中国辛亥革命时，曾说："没有高度的真正的民主主义的高涨，中国人民就不能真正解脱千百年来的奴隶制……这种高涨，激动劳苦群众，并使之能够完成奇特的事业。"又说："如果没有民众底伟大的精神的和革命的高涨，中国民主派就未能推翻中国的旧制度，就未能争得共和国。"又说："只有革命民众的英勇精神，才能……在政治方面创造'中华民国'……"这虽是三十年前的"旧"话，却照耀着中国民族解放运动的整个历程，所以这几句话，在我们今天抗战建国的时候，仍如新的指示一样。

辛亥革命的结果，我们只争得了一个名义上的共和国，当时虽然推翻了中国的"历史上的政权"（列宁语），但革命的政党并未真正依靠"民主主义的高涨",澈底肃清封建势力,使当时封建地主与大资产阶级的代表,如袁世凯等一流人物,于辛亥革命之后不久,又恢复了那种"历史上的政权"。

中国的"历史上的政权",是一种官僚地主资产阶级的专制政权,一种反民主、反人民的政权。随着这种性质的政权之恢复,使我国二十余年来都陷在深刻的内忧外患之中,民族危机也便随之而日益加深。这种性质的政权,已经大大的危害了我们的民族命运。

今天抗日的民族战争的规模,比之辛亥革命的规模,不知道大过多少倍。我们当前所遇到的民族敌人,它的力量之强大,比之腐朽的满清皇朝的统治力量,又不知道大过多少倍。那么,今天我们必须要有比辛亥革命大过若干倍的"高度的真正的民主主义的高涨",大过若干倍的"民众底伟大的精神的和革命的高涨",大过若干倍的"革命民众的英勇精神",才能战胜当前的凶恶敌人,消灭敌人所扶植的汉奸傀儡政权,建立真正的三民主义新中国,乃是不证自明的事情。

但是如果不澈底改造那种反民主、反人民的"历史上的政权",而欲激发"高度的真正的民主主义的高涨",激发"民众底伟大的精神的和革命的高涨",激发"革命民众的英勇精神",乃是缘木求鱼,这也是不证自明的事情。

今天全中国人民,真正的炎黄子孙的历史任务,就是澈底改造那种反民主的"历史上的政权",建立真正的抗日民主政权,以发动广大人民的力量来战胜当前的敌寇。

中华民族蕴藏着无限伟大的抗战力量,但必须要靠抗日民主的性质的政权,而不是那种"历史上的政权",才能把这种伟大力量发挥出来。相反的,那种"历史上的政权",适足以多方束缚压抑这种伟大力量之发展。行将三年的抗战经验充分证明了这一点。何处□比较进步的抗日政权,何处的民众运动即比较开展,而在那里所给予敌人汉奸的打击也最厉害。何处的政权落后，何处仍是保持着那种"历史上的政权"，何处的民众运动即无法开展，而那些地方也正是明暗汪派汉奸活动最便利的地方。抗日军队在那里作战，也就成为一种单纯军事行动，没有或很少民众的配合，因而也就不能发挥出伟大的抗战力量。

当前的民族命运要求我们，必须决心建立抗日民主政权，才是全民族"起死回生"的良方。因为抗日民主政权的特征在于：（一）它是坚持抗战到底的，是与敌伪政权尖锐对立，与任何汉奸托派份子无丝毫调和之余地的；（二）它是坚持统一战线的，是要把一切抗日的革命阶级、党派和人民都团结在抗日战线上的；（三）它是坚持实行民主政治的，坚决要建立真正的三民主义新中国的；（四）它是关心人民的命运，而同时以依靠广大民众为生命的，是建筑在广大群众的基础上的；（五）它是中国各个革命阶级联合专政，而不是一党专政，也不是工农小资产阶级专政的。只有这种崭新的，含有青年活气的，富于民族生命力的，充实了民众革命创造性的内容的政权，才真正适合于领导抗战建国。只有这种性质的政权，才能符合列宁在三十年前所昭示我们的中国民族解放的大道。

我们今天所需要的政权，就是这种抗日民主的政权。

结束腐朽的"历史上的政权"，建立抗日民主政权，是"抗战必胜，建国必成"的中心关键。

敌后抗日根据地同敌人的斗争更残酷，更需要澈底肃清"历史上的政权"的残余，实现模范的抗日民主政权，才能不断粉碎敌人的反复"扫荡"，而建立成为金城汤池一般的抗日根据地。

（原载一九四〇年四月十七日《新华日报》华北版第一版社论）

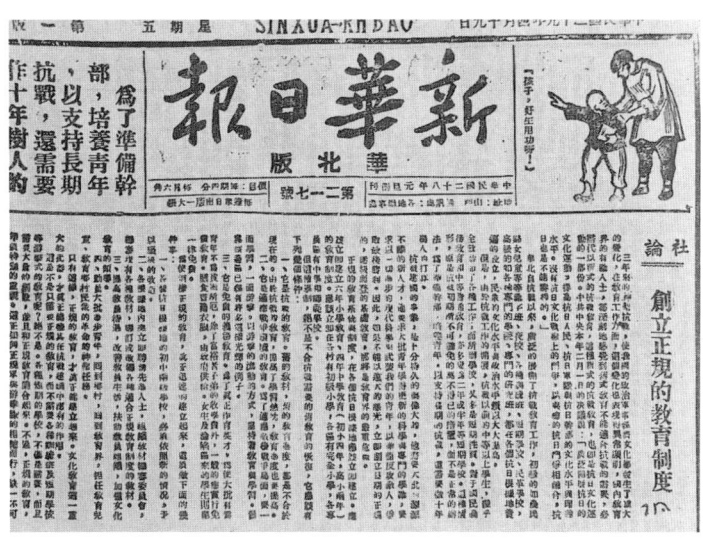

创立正规的教育制度

三年来的神圣抗战,使我国的政治、军事、经济、文化都发生了重大的变化,在教育工作方面,这个变化也表现得异常显明。国内教育界的有识人士,都深刻地感觉到旧式教育不能适合抗战的需要,必需代以新式的抗战教育,这种新式的抗战教育,也即是抗日文化运动的一部份。中共中央本年二月一日的决议说:"广泛开展抗日的文化运动,提高抗日人民、抗日军队与抗日干部的文化水平与理论水平。没有抗日文化战线上的斗争,以与总的抗日斗争相配合,抗日也是不能胜利的。"

华北自抗战以来,广泛的展开了抗战教育工作。初级的如农民妇女儿童等等识字班、夜校、各种训练班、短期学校、□□学校，高级的如各种专门的学院、专门的研究班，都在各个抗日根据地普遍的设立，民众的文化水平与政治水平赖以大大提高。

但是，由于抗战工作的开展，抗战以前的中等以上学生，几乎全数参加了各种工作；而所办学校，又多是短期性质。对于国民义务教育和中等普通教育，亦多变为二年或半年等短期学校。这种情形，原是抗战初期所不可避免的万不得已的措置，而不是正常的办法，为了准备干部，培养青年，以支持长期的抗战，还需要做十年树人的打算。

抗战建国的事业，是十分持久的与伟大的，他需要大批的源源不断的新人才，他要求大批青年学得更新的科学与专门的学识，要求以一切进步的现代科学来武装我们的青年，以准备反攻敌人，争取最后胜利。因此，如果不能以远大的眼光，立即创立长期的正规的，逐级而登的基础教育，那将是教育界的严重危机。

正规的教育系统与制度，在各个抗日根据地应该立即建立。应该立即建立六年小学教育、四年中学教育（初小四年，高小两年）的教育制度。应该立即在各村有初级小学，各区有完全小学，各专员区有中学和师范学校。

但这种学制，绝不是不合抗战需要的旧教育的恢复，它应该有下列几个条件：

一、它是抗战的教育。旧的教材，旧的教育进度，都是不合于现在的。由于抗战的教育，提高了学习热忱，教育进度也要提高。

二、它是适应战争环境的教育。为了适应敌后战争局面，要一面学习，一面游击。以游击的流动的方式，坚持着教育与学习。晋冀察边区已经有许多这样光辉的例子。

三、它是免费的义务教育。为了真正作育英才，为使大批有为青年不为贫困所厄，除了富裕者子弟的收学费外，一般的应实行免费教育。膳食、书籍、衣服由政府供给。女生及沦陷区来的学生则应一律免费。

为使这样正规的教育真正迅速的建立起来，还须做下面的几件事：

一、各个抗日根据地的初、中两级学校，必须依照新的情况，予以坚决的改造。

二、各根据地内应立即聘请先进人士，组织教材编审委员会，编审现有各种教材，编订或改编各种适合正规教育制度的教材。

三、提高教员待遇，改善教员生活，扶助教员组织，加强文化教育的领导。

四、动员大批进步青年，回到乡村，回到教育界，担任教育儿童、教育乡村民众的革命的神圣任务。

只有这样，正规的教育，才真正能建立起来。文化教育这一重大的武器，才真正能尽其在抗战建国中应有的作用。

这是不是只需要正规的教育，而不需要各种训练班及短期学校等游击式的教育呢？绝不是。各种短期的学校，不仅是需要，而且需要大量的创设，并且和正规教育配合起来。不过，正规的教育，却须特别的重视。这正如同正规军与游击队的相辅而行，缺一不可。

如今，我们的正规教育制度还没有建立，我们要为创立正规的教育制度而奋斗。

（原载一九四〇年四月十九日《新华日报》华北版第一版社论）

加紧团结,反对枪口对内

正当着敌寇御用的汪逆汉奸政权正式成立,民族危机日益深重的时候;正当着全国抗日军民及各抗日党派,特别是国共两党,极应加紧团结,和衷共济,以克服敌寇汪逆伪中央所给予抗战新的困难的时候;正当着新四军在大江南北,用血肉粉碎敌人"扫荡",捷报频传的时候,突然传来了于抗战团结不利、于国家民族有害的不幸消息。其一是皖北行署调动大军分数路进攻新四军。根据新四军江北抗战社电讯,"皖北行署主任兼五路军十二纵队司令颜仁毅,五区专员兼十纵队司令李本一,竟积极布置军事反共反新四军之阴谋。三十日李专员之一部约千余人,皖东行署莫支队、申支队约二千余人,定远县长吴子尚部五六百人，分头从西、南、北三路向我驻大桥之江北指挥部及第四支队司令部分进合击，现进攻我军仍未停止，且有扩大之虞。"同时，根据新四军参谋长兼江北指挥张云逸致李长官白主任电称："李本一部继续捕杀我军人员数十人，及地方优秀青年数百人，即合肥梁国一址，亦有青年数十人被捕，枪决者三名，并绑捉青年女学生，裸身游街示众。此外，闻大别山之五路军部队，已开始动员，不时向皖东开进，准备与新四军冲突。"

其次是成都某方嗾使奸人匪徒抢米，希图以横祸转嫁于共产党。根据中共成都市委员会所发出的宣言中，指出因为奸人匪徒的这次阴谋暴行，文化界救亡份子车耀先、唐医生等遭到被捕，向在成都之公开共产党员罗世文、洪希客等，亦遭逮捕，成都《新华日报》分销处被搜查，《时事新刊》被查封，该刊编辑李亚凡被枪决。

凡此种种阴谋行动，不论其主观如何，在客观上是配合着敌寇向我的进攻，帮助了日寇进行"以华制华"的政策，配合着汉奸汪逆伪中央破坏抗战的行为。凡我黄帝的真正子孙，抗日的中国人民，对这些不幸消息的传来，莫不愤恨！

新四军从二十六年十一月改编成立以来，迄今已届三载，始终在大江南北，坚持敌后苦战，不断的给敌人以严重的打击，收复了大块的国土，动员了千百万□众起来为保卫长江，保卫全中国而战，成绩昭著，中外同钦。截至去年年底，两年来大小战斗达千次以上，伤毙敌伪军达一万一千余人，俘虏日伪军及于二千，缴获步马枪三千余枝，击落敌机，炸毁敌铁路火车，破坏敌公路桥梁，夺获敌军资、军用品，更不可胜数。敌人在华兵力共四十二师团，被八路军、新四军所牵制者，即达十七个师团（其中敌人有三个师团，即在江南为新四军所困），即是说，八路军、新四军以仅占全国我军总数约百分之八的兵力，牵制了敌人在中国五分之二的兵力，就是敌寇也不能不承认："新四军驱之不去，打之不烂，愈打愈多，愈打愈厉害。"新四军在大江南北所得到的荣誉的批评和称号，一贯是"军纪严明""秋毫无犯""王者之师",这正说明新四军是坚决抗日、有纪律、百战百胜、受民众爱戴的军队,新四军坚决澈底的实行着真正的三民主义和抗战建国纲领。在新四军保卫着的地方,完全驱逐了日寇汉奸的势力,人民得到了民权自由,生活也得到了相当的改善。对于友党友军,新四军始终执行着中共中央抗日民族统一战线的方针,对友军素本合作互助之精神,建立亲密关系,共同杀敌。但不幸国内反共派及顽固份子,不以国家民族利益为重,专事磨擦,屡次武装袭击新四军,造成许多惨案。震惊寰宇的"平江惨案"尚未获得圆满解决,继之而来的又有"确山竹沟事件",再继之以"程汝怀的进攻",从江南到江北,随着安徽政局逆转,又发生了今日的"皖北事件"。新四军食不得一饱,衣不得一暖,惟以国家民族之生死存亡为重,努力坚持苦战于敌后,保卫着大江南北的锦绣河山,威胁着南京的敌寇汉奸。新四军的战功业绩,正引起了敌寇和汉奸的痛恨,所以反对新四军,进攻新四军,只应该是敌人和汉奸所干的事情,而绝非中国的抗日党派军队所干的事情。今天中国人的枪口,只应对着日本强盗和汉奸卖国贼,而万万不应打自己中国人。"有勇敢到日本人面前显去!在内窝子里显劲,过去已有经验,到底显不出什么结果来。"(毛泽东)在今天如果一面反共,一面抗日,是绝不可能的。反共就是要灭亡中国,这必为全国人民所反对,所以我们要警告那些不明国家民族大义的反共派及顽固份子,他们应该清楚的认识蒋委员长"反共即是灭华"的明训,不要一误再误,"一失足成千古恨",而遗臭万年。

中国共产党是坚持抗日民族统一战线的光明正大的政党,此次成都抢米事件,是破坏团结抗战的阴谋暴行,这与共产党员目前所实行的政策,完全不相符合。因此它只是国内奸人匪徒企图挑拨国共关系,借以进行分裂投降压迫共产党之口实。这种行为是我们坚决反对的,是全中国人民坚决反对的!

目前我们对"皖北事件"和"成都事件",均表示严重抗议,并号召全国抗日人民，一致起来反对事件的继续发展，并要求最高当局立即严予制止对新四军的进攻，惩办主谋祸首，抚恤被难人员及其家属。对于"成都事件"，我们要求迅速彻底清查，严惩捏造事件的奸人匪徒，要求立即释放被捕之共产党员及文化界份子。同时，我们要求无论如何必须取消所谓"防制异党活动办法""异党问题处理办法""对于异党问题实施方案"等文件，以根绝一切大小磨擦之发生，真正巩固抗日民族统一战线，巩固国共合作，彻底打倒汪逆傀儡政府，把日本帝国主义赶出中国去。（延安《新中华报》社论）

（原载一九四〇年四月二十一日《新华日报》华北版第一版代论）

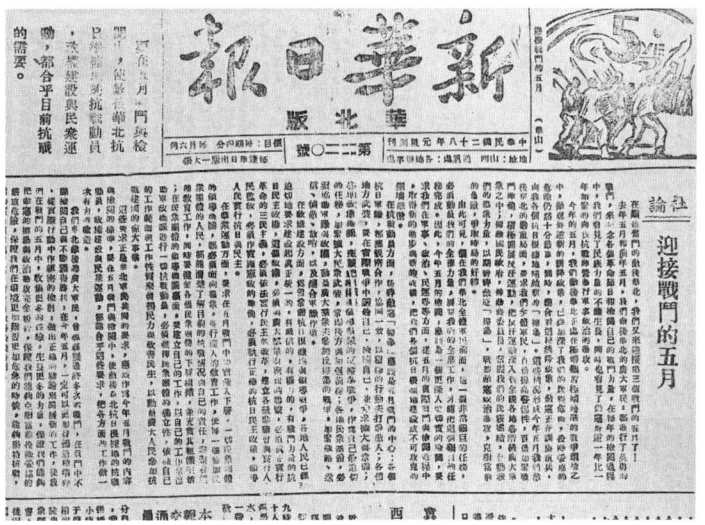

迎接战斗的五月

在艰难奋斗的敌后华北，我们又来迎接第三个战斗的五月了！

去年五月和前年五月，我们敌后华北的广大军民，都进行了英勇的战斗，来纪念各个革命节日和检阅自己的战斗力量。在每年的检阅过程中，我们看见了民族力量的不断生长，同时也看见了敌寇奸逆一年比一年加紧的向我抗战阵营进行军事政治的进攻。

今年的五月，我们敌后华北正处在极端艰苦、极端残酷的战争环境之中，敌寇奸逆新的诱降政策，已经加深了我们的民族危机，投降妥协的危险仍然十分严重。同时，配合着这种诱降政策，敌寇正在调集重兵，向我各个抗日根据地开始新的"扫荡"。这些情况形成今年五月我们敌后华北的严重局面，要求我们全体军民，百倍提高警惕性，百倍加紧战斗准备，积极开展反汪运动，把反汪运动深入到全国各地、各阶级广大民众之中。拥护国民政府，拥护□□□，巩固我们的民族团结，发动我们的群众力量，以期粉碎敌寇"扫荡"，战胜敌寇政治进攻，克服当前的危险，争取时局的好转。

由此可见，摆在我们华北全体军民前面，是一个非常艰巨的任务，必须动员我们的全部力量，展开我们的全部工作，才能把这个艰巨的任务完成。因此，今年五月的检阅，应该是一个更深入更切实的检阅，要求我们在军事、政治、军运等等方面，从五月的实际战斗与检阅过程中，取得新的进步与新的成绩，把我们各个抗日根据地建设成不可攻克的铜墙铁壁。

在抗战动员方面，粉碎敌寇"扫荡"应该是五月战斗的中心：各个抗日军队，都应亲密合作，协同一致，以积极的行动去打击敌人；各个地方武装，要在实际战争中锻炼自己，检阅自己，并要求扩大与巩固；各地政权机关，应该把组织与领导群众的反"扫荡"战争，作为自己最迫切的任务，加紧扩大民众武装，巩固后方与加强前线；各地民众团体，必须协助军队与政权，动员广大群众去参加反"扫荡"的战争，加紧破路、送信、侦敌、放哨，以及配合军队作战。

在政权建设方面，为着巩固抗日根据地与领导战争，各地人民已经迫切地要求建设起真正统一的，有威信的，有权力的，有战斗力量的抗日民主政权。这个政权，必须与广大群众有密切的联系，必须真正实行革命的三民主义，必须依法实行民主的改革，建立各级参议会与实行人民监政，必须作实施宪政的准备，必须执行正确的抗日民主政策，领导人民实行抗日与民主。

在群众运动方面，要求在五月战斗中切实深入下层，一切民众团体的领导机关，都必须面向群众，进行深入的教育工作，使每一个参加民众团体的人民，都能清楚了解目前的抗战情况与自己的责任，联系着这种教育工作，同时要健全各个民众团体的下层组织，并充实其组织生活。在民众团体的领导机关里面，要建立自己的工作，以自己的工作来协助军政机关进行一切抗战动员，必须发挥民众团体的独立性，依据自己的工作范围与工作性质来发扬民力与改善民生，以动员广大人民参加抗战建国的伟大事业。

这些要求正是华北军民共同的要求，应该作为今年五月战斗的内容与检阅的标准。要在五月战斗与检阅中，使敌后华北抗日根据地的抗战动员、政权建设与民众运动，都能合乎这些要求，把各方面的工作做一次有力的改造。

我们华北敌后的广大军民，曾经经历过许多次的战斗，在战斗中不断检阅自己与不断获得胜利。在今年五月，一定可以更加发扬这种精神，从实际行动中作缜密的检讨，做出正确的结论来开展新的工作；使我们在战斗的五月中，收集更多的经验，生长更多的力量；保证我们能够把敌寇的"扫荡"与政治进攻完全粉碎；保证我们能够克服当前投降妥协的严重危险；保证我们在环境更加艰苦、更加危急的时候，能够坚持抗战，能够渡过这个艰苦危急阶段而取得最后胜利。

（原载一九四〇年四月二十五日《新华日报》华北版第一版社论）

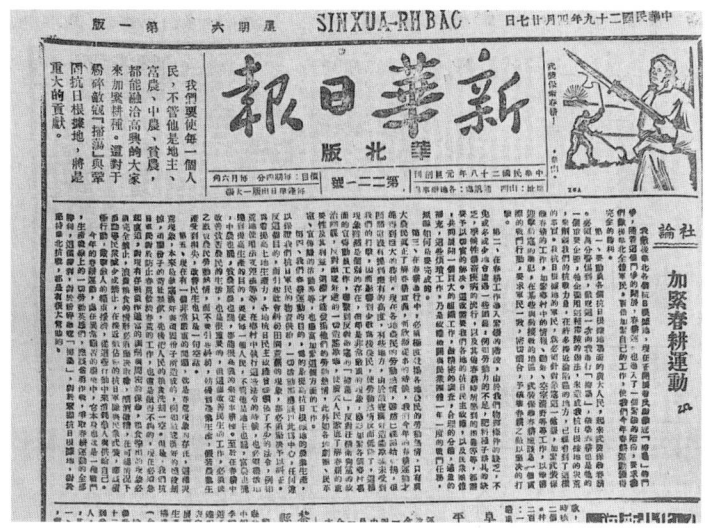

加紧春耕运动

我敌后华北各个抗日根据地，现在正开展着反对敌寇"扫荡"的斗争，随着这个斗争的开展，春耕运动也进入了一个紧张的阶段，要求我们敌后华北全体军民，百倍加紧自己的工作，使我们今年春耕运动获得完全的胜利。

第一，要动员各个抗日根据地里面的广大人民，起来武装保护春耕。必须万分警惕到，敌寇这一次向我进行"扫荡"，破坏春耕也是它的一个重要企图。它企图用这种毒辣的办法，来造成我抗日根据地的灾荒，来削弱我们的抗战力量，在许多接近沦陷区的地方，已经看到了这样的事实。我抗日根据地的军民，就必须针对敌寇这一阴谋，加紧武装保护春耕的工作，加紧乡村中的情报、锄奸、空室清野等等工作，以准备迎击敌寇的进犯。在某些与敌接战的地区，武装保护春耕应该是一个实际的战斗行动，要求军民一致，密切配合，予破坏春耕之敌以坚决的打击。

第二，在春耕工作进入紧张的阶段，由于我们物质条件的缺乏，不免或多或少地会遭遇一些困难，例如劳动力的不足，肥料、种子、耕具的缺乏，季候性耕畜疾病的流行，以及其他春耕时所感到的困难等等，都需要予以切实的解决。这就需要我们各地的抗日民主政权，以及民众团体，共同展开一个巨大的组织工作，做精密的调查，合理的分配，适量的补充。这些烦琐工作，乃是政权机关与民众团体一年一度的战斗任务，无论如何是要完成的。

第三，在春耕进行中，必须极度发扬各地农民的劳动热情，只有广大农民真正了解春耕意义，而欣然从事的时候，我们今年的春耕运动才能得到巨大的胜利。现在各地农民的劳动热情，虽然已经开始发扬，但显然还没有提到应有的高度。有些地方，由于敌寇汉奸造谣欺骗未受到我们的打击，因而影响到少数落后农民，使劳动热情反而低降了。这种现象虽然是个别的存在，但却是非常严重的现象，应该加紧各个乡村里面的宣传动员工作，联系到反对敌寇的"扫荡"，反对汪精卫狗党的政治阴谋，反对敌寇奸逆的一切造谣欺骗，使广大人民澈底了解春耕的重要性及其利益，这样才能发扬他们的劳动热情。此外如各地剧团、民革室、宣传队的活动等等，也应当加紧这个方面的工作。

第四，我们春耕运动的目的，为的是提高抗日根据地的农业生产，以保证我们抗日军民的物资供给。一切活动都应该以此为中心，任何违反这个目的，而引起社会纠纷田园荒芜的现象，都必须坚决予以纠正。为着提高土地生产力，各地抗日民主政权曾经颁布了不少的法令，例如《荒地使用法》《支差法》等等。在乡村中执行这些法令的时候，也必须灵活地达到提高生产的目的，要使每一个人民，不管他是地主也罢，富农也罢，中农也罢，贫农、雇农也罢，都能很高兴的来从事耕种。至于在春耕中改善贫苦农民的生活，也是很重要的，但这个改善民生的工作，必须使之激发农民劳动热情，而不要引起纠纷，妨碍农业生产。假若农业生产受到损失，改善民生也只是一句空话。

第五，现在有一个非常严重的问题，就是春荒现象的存在。这种灾荒现象，本来是敌寇汉奸与顽固份子所造成的，例如敌寇汉奸的烧杀劫掠，顽固份子的苛征暴敛，先后把人民的粮食洗劫一空。但是，我们抗日军民对于防止春荒、救济春荒的工作，也还是做得不够的。现在必须急起直追，对现有存粮须作适当的调剂与周密的保护，粮食输出的现象必须完全禁止，浪费粮食的情形必须坚决取缔，酿酒做糟，在可能情况下须劝导民众减少或禁止。在接近敌占区的抗日军队与民众武装，应该积极行动，截击敌人的辎重接济，从这些行动中来消耗敌人与供给自己。

今年的春耕运动，处在异常艰苦的环境中，它本身也就是一种战斗，生产战线上的一切劳动英雄们，应该英勇作战，争取春耕运动的全部胜利。这个胜利，对于粉碎敌寇"扫荡"，对于巩固抗日根据地，对于坚持华北抗战，都是有很大帮助的。

（原载一九四〇年四月二十七日《新华日报》华北版第一版社论）

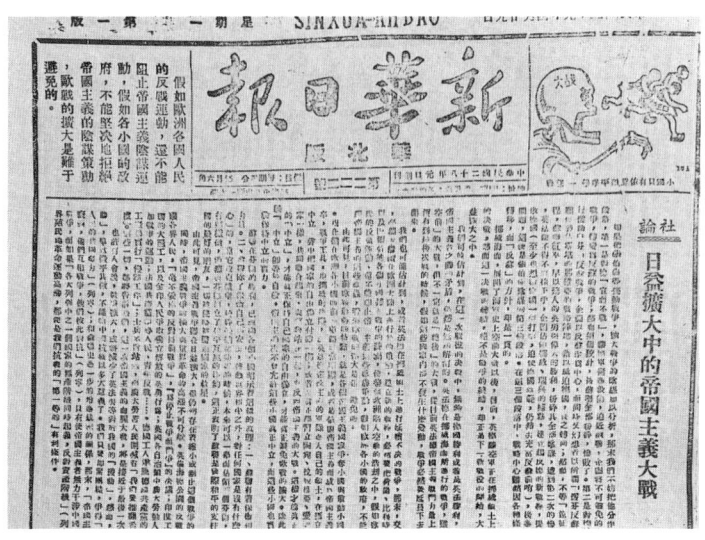

日益扩大中的帝国主义大战

  如果把张伯伦等挑动战争，扩大战争的阴谋加以分析，那末我们不妨把他分作三个小小段落。第一是对德"宣而不战"，让德军挺进波兰，迫近苏联，企图将不可避免的帝国主义战争，转变为反苏的战争；然而这个狡计，被苏联全部粉碎，惨败了。第二是对德封锁，进行援助白芬的反苏战争，企图以反苏作为中心，而同时又幻想着以所谓"援芬反苏军团"，顺便□占斯堪的那维亚的战略阵地，借以威迫德国，使之转向；然而，不等"远征军团"起程，苏联红军早以惊人的英勇与伟大的胜利，粉碎其全部阴谋，遭到第二次的惨败。于是，英法便不得不直接下手，企图占领挪威、瑞典的据点，建立起反德的新战线，提出了先击败德国（至少也想给德国一个打击，迫使德国就范，仍然去充当反苏前哨），后进攻苏联的问题，这便是张伯伦阴谋的第三个段落。在这三个段落中，战略中心虽然因各种条件而偶有转移，而"反苏"的方针，却是一贯的。

挪威海面，展开了海军史上空前大战以后，目前，英德陆空军正在挪威领土上进行战役的决战。然而这一决战的总结，绝不是战争的终结，却正是下一新战役的开始，大战正在日益扩大之中。

我们可能估计到，在这一次战役的决战中，无论是德国胜利或者是英法胜利，对英法德帝国主义者之间的矛盾，仍然是无法解消的。英法德在挪威海面所进行的战争，虽然号称"空前"的大战，但不一定就是"绝后"的大战。从目前英法德帝国主义战斗力量上观察，还没有到最后决战的时候，假如这些国家内部不发生什么变动，战争必然要延长下去而且扩大开来。

我们也可能估计到，或者英法德在挪威领土上进行延续不决的战争，那末，交战的双方，必然□继续在欧洲大陆上进行新的策动，建立新的战线，必然要把荷兰、比利时、瑞典，以及巴尔干的各个小国卷入战争的漩涡，使整个欧洲陷入空前的浩劫之中。假如欧洲各国人民的反战运动，还不能阻止帝国主义这些阴谋策动，假如欧洲各小国的政府，不能坚决地拒绝帝国主义的这些阴谋，看来欧战的扩大是难以避免的。

由此可见，目前欧战形势的特点，就是各个帝国主义国家争夺小国与策动小国参加战争。现在摆在欧洲各小国面前的道路非常明显，或者是依附帝国主义而成的帝国主义的马前走卒，战争工具，步挪威的后尘，让英法德帝国主义的军队进入自己的领土，在孤立地空唱"中立"声中把国家的自由独立付诸一掷；或者是真正学习立陶宛、拉脱维亚、爱沙尼亚等国家一样，共同联合起来，与苏联站在一起，来反对帝国主义的大战。这样才能真正保持自己的"中立"，才能真正保持自己国家的自由独立，才能真正避免欧战的扩大。除此以外，空谈"中立"即等于自杀，帝国主义决不会允许这些小国真正中立，而这些小国也实在没有单独保持中立的实力。

苏联在芬兰的胜利，已经向各个小国昭示着这样的真理：一、苏联有着保卫和平的伟大力量。二、苏联除了保卫自己的安全，维护世界和平之外，对任何国家是没有什么"领土野心"的。当它攻克维堡，粉碎曼纳林防线的时候，本来可以一举而占领□个芬兰，但苏联没有这样做，仍然与芬兰建立了和平互惠的条约。这正表明了苏联是国际和平的支柱，各个小国的最好的朋友，一切被侵略被压迫国家的救星。

由此可见，帝国主义战争虽在日益扩大，但仍然存在着缩小或制止这个战争的因素。

同时，帝国主义战争的扩大与世界革命的高涨不可分离。英伦海德公园的反战大会，英国各界人民"毫不妥协的反对目前战争""为停止战争而斗争"的决议；印度工人反抗英国的大罢工，以及全印人民争取独立解放的英勇行为；英国各自治领中广大劳动人民决不参加战争的运动；法国共产党领导人民、青年反战……德国工人遵照德国共产党的口号：在工厂是实行"慢点工作"；士兵不肯站队，而广大劳苦人民则喊着"我们要推翻希特勒的制度"。这些一切，都将告诉我们，这一次帝国主义的血腥大战，将是接近于最后一次的战争。

也许有人会说，战争扩大，或将减少了英法美等对于我国的"援助"，然而这些"援助"，早就微乎其微，不能给中国抗战以多大意义了。我们只要加紧团结，争得"极大多数人民的共同努力"（列宁）；和苏联更进一步的增进亲密的关系，那末，"帝国主义各国的衰弱，他们互相战争，他们彼此对抗"（列宁），只有使帝国主义者无力干涉中国民族解放战争，而如果"各大列强中之一个国家的无产阶级同时起义，反对资产阶级"（列宁），世界殖民地革命运动高涨，那便是我们抗战的"第一等的"有利条件。

（原载一九四〇年四月二十九日《新华日报》华北版第一版社论）

纪念"五一"

国际"五一"劳动节,是全世界无产阶级举行总检阅的日子,第一,它要检阅一年来国际无产阶级的革命运动;第二,它要检阅自己的战斗力量。

一年来的事实证明了:国际无产阶级的革命运动正在日益展开,无产阶级的战斗力量,也在革命的锻炼中迅速生长。无论在世界范围内,在我们中国,乃至在敌后华北,都是可以清楚看出来的。

在世界范围内,无产阶级祖国——苏联的更加强大及其和平政策的胜利,也就是国际无产阶级的共同的胜利;在其他各国,反战运动的高涨也意味着无产阶级战斗力量的生长。无产阶级乃是反战运动的先锋队。

在我们中国，在香港、上海等地先后爆发的抗日反汪罢工，证明中国无产阶级是站在民族斗争的最前列，而这种英勇顽强的奋战不屈的精神，也同样表现在大后方工人阶级参加建设工作之中。中国无产阶级及其政党——中国共产党，一年来为民族解放事业建树了许多新功绩，在抗战每一个困难危险关头，都向全国人民指出这些困难与危险，而且以身作则的去克服这些困难与危险，付出了巨大牺牲，忍受了无穷苦难。同时，它自己也在与敌寇奋斗中壮大起来，为民族抗战增添不少战斗力量。

在敌后华北，各个抗日根据地里面的工人，继承着过去的光荣传统，一年来进行了艰巨的建设工作，建立了不少重要的工业□门，支持了敌后抗战；在一切动员工作上，工人阶级也充分发挥了革命积极性，踊跃参加抗日军队、抗日民主政权，以及政治、经济、文化等各个战线上的斗争，而且起了不少的模范作用。在敌寇占领的沦陷区□内，工人阶级进行了许多次英勇的反抗，例如井陉煤矿的爆炸，开滦附近游击战争的坚持，都给了敌人以重大的打击。这些事实说明华北的工人阶级，和自己的政党（共产党）与自己的军队（八路军），现在已经成为华北敌后坚持抗战的主力，成为团结全华北的人民反对日本帝国主义侵略的中心。

今年"五一"，我们华北敌后处在异常艰苦的环境之中，敌人进行新的政治阴谋来破坏我国的团结，而对我各个抗日根据地的"扫荡"却日益加紧。这种形势更加重了华北工人阶级的责任，特别要求各个抗日根据地里面的工人与工会，继续发扬过去的光荣传统，以新的努力展开新的工作，来响应全国工人的抗战动员，来响应全世界无产阶级的革命运动。

因此：

第一，必须动员更广大的工人，来参加巩固敌后抗日根据地与反对敌寇"扫荡"的斗争。要动员更多的工人到抗日军队、抗日民主政权机关里面去，使之成为坚强的骨干。必须依靠无产阶级的力量来推动一切抗日动员，使工人与农民、知识青年以及一切抗日民众，亲密团结地去进行工作。

第二，必须号召全华北工人与工会，努力促成华北职工运动的统一，并以华北职工运动的统一去推动全国职工运动的统一与保护一切抗日力量的团结。为了职工运动的统一，必须更进一步的发展工会工作，更进一步的深入工会工作，充实工会的下层基础；必须和汉奸、汪逆、托匪等破坏职工运动统一与破坏民族团结的阴谋作斗争。

第三，必须真正实行改善工人生活，消灭那种物价飞涨而工资低落的不平现象。真正实现劳动立法，以保障工人阶级的一切合法的利益。对于目前严重存在的失业现象，也需要予以圆满的解决。

第四，应该用一切可能的办法，去建立敌占城市的工人工作，去响应与援助敌占区内工人的英勇斗争，对于他们的斗争采取旁观的态度，就是违反了民族的利益与阶级的利益。

这就是今年"五一"向华北工人阶级所提出来的几个迫切的任务。

我们相信华北工人阶级一定能够完成这些任务。华北工人阶级，有着自己的政党——共产党的正确领导，有着光荣的革命传统，有着普遍存在的工会组织，有着觉悟的，而且经过实际革命斗争锻炼的工人群众，有着广大农民以及一切劳动者的赞助，它应该是战无不胜攻无不克的。

"五一"劳动节万岁！华北的中国的以及全世界的无产阶级万岁！

（原载一九四〇年五月一日《新华日报》华北版第一版社论）

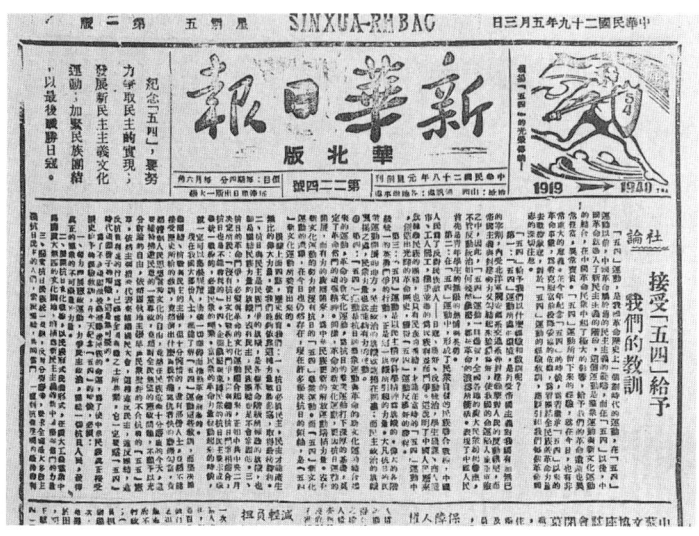

接受"五四"给予我们的教训

"五四"运动,是我国革命历史上一个划时代的运动,在"五四"运动以前,中国革命属于旧的民主主义的范畴,而在"五四"以后,中国革命就进入了新民主主义的阶段。这个运动是群众运动与新文化运动的结合,在中国革命民众中起了极大的影响,给予我们的革命遗产也异常丰富,异常宝贵。"五四"运动所留下来的经验,就在今日,也有非常重大的意义。在今年纪念"五四"的时候,为着继承"五四"以来的革命事业,为着克服当前投降妥协的危机,为着团结全民族的革命力量去战胜敌寇,对于"五四"运动的经验教训,应该引起我们每个革命同志的深切注意。

"五四"给予我们以什么经验和教训呢?

第一,"五四"运动所处的环境,是外受帝国主义对我国有加无已的宰割,内受北洋军阀安福系、交通系等封建余孽对人民的反动镇压,而帝国主义与封建势力又勾结起来狼狈为奸,使我国的命运陷入了重重危险之中。因此,"五四"运动一旦爆发,全国各地的广大民众纷起响应,不管反动统治如何残酷镇压,都被革命的浪涛所冲破。表现了中国人民,首先是青年学生的无限的热情与英勇。

第二,在"五四"运动中,形成了民众自发的民族联合战线,中国人民为了反对民族敌人——日寇、汉奸、反动统治,学生罢课、商人罢市、工人罢工、携手并进的为民族利益而斗争。这说明了中国人民历来就拥护民族的团结,也只有民族的团结,才能在当时的"五四"运动中,创造出光辉的革命历史,获得"五四"运动反汉奸的胜利。

第三,"五四"运动是以民主精神、科学精神为旗帜的。伟大的各阶级统一的英勇斗争的行动,正是这一旗帜所引起的力量。大凡抗日的民众运动开展的地方,民主政治的旗帜就飘扬在那里,而民主政治的旗帜飘扬之处,民众力量也就能够有力的发动。

第四,"五四"运动是抗日的群众运动与革命的新文化运动结合起来的运动,革命的新文化运动,为抗日的群众运动打下深厚的基础,奠定了革命奋斗的顽强精神。同样,革命的新文化运动,更因抗日运动的开展,而有力的广播开来,为中华民族更新的解放运动培植力量。没有新文化运动的努力就没有抗日的"五四"群众运动。而"五四"新文化运动的遗□,在今日也仍然存在,现在许多坚决抗日的领袖,是"五四"新文化运动所养育出来的。

根据上面四点,历史教育我们:一、抗日必须民主,民主才能产生无比的伟大力量,使我们能够依靠这种力量战胜敌寇,取得最后胜利。二、抗日与民主是民族斗争的旗帜,是各个革命阶级所拥护的旗帜,也即是团结民族力量的旗帜。没有民主,民族团结也是不会巩固的。三、抗日的革命斗争,必须与革命的文化运动配合起来,正如中共中央二月决定所说:"没有抗日文化战线上的斗争,以与总的抗日斗争相配合,抗日也是不能胜利的。"四、企图镇压与束缚民众的抗日民主要求或破坏统一战线的,必遭民众的唾弃。当民众的革命力量发动起来的时候,就一定可以荡涤腥膻,冲破一切阻碍而推动革命前进的。

现在我国大部份人士,都能了解"五四"运动这些教训,而坚决拥护团结、抗战与民主的主张。但十分惋惜的,还有部份人士,竟然不能接受历史所给的教训;竟然演出什么为亲者痛为仇者快的磨擦勾当;竟然钳制人民思想言论文化的自由;竟然在民族危险十分严重的今天,还要维持拂逆民意的一党专政;竟然对全民热望的宪政问题,不愿予以充分讨论的自由;依然固执地主张早□民众批评的不合抗战的《"五五"宪草》;依然主张指派代表来组织国民大会。这种违反民主,违反团结,违反抗战利益的行为,已经为全国有识之士所共弃,它一定要蹈"五四"时代顽固份子的覆辙,这是无可疑的。

为了不让顽固派投降派断送民族的命运,为了使中华民族真正接受历史给予的经验教训,在今天纪念"五四"的时候,必须:

一、努力开展宪政运动,力争民主政治,团结一切抗日人民,发挥真正的群众的不可限量的力量。

二、展开抗日文化战线,以民族形式、民间形式,在广大工农群众中开展广大无匹的文化园地,培植为新民主主义的新中国坚强奋斗的力量。

三、握紧抗日民族统一战线,反对分裂□□,要求全国最大多数主张抗日民主的人们,紧密团结,共同奋斗,一直到抗战建国的最后胜利。

(原载一九四〇年五月三日《新华日报》华北版第一版社论)

准备迎接敌寇对晋冀豫的大"扫荡"

敌寇对华北各地的第二周期大"扫荡",是从去年岁暮大举围攻晋察冀边区开始的。在遍历河北平原、苏鲁、平西、鲁南、晋西北等区以后,最后又转到了我敌后抗战中心堡垒的晋冀豫区。晋冀豫区自去夏大"扫荡"以来,本来无日不处于战斗之中,其间敌寇曾不时出扰,我军曾不断举行反击,诸如白晋路两侧之经常接触,祁太敌后之远征,上党地区之鏖战,以及邯长大道之收复,均曾予敌以重大打击,迫使敌人在半年多的长时期中不能采取大规模的动作。但最近敌寇在"扫荡"华北其他各区以后,又重复移其目标于晋冀豫区。上月对太岳的分区"扫荡",甫为我英勇八路军与决死队所粉碎,接着便由长治、壶关、翼城、沁水、博爱分路会犯晋南，打通白晋路南段，并由茅津渡出扰垣曲渡口，横断我与大后方的联络；一面则又加紧修筑白晋路。最近一时期来兵力调动至为频繁，并不时派遣飞机在晋冀豫区上空往返侦察。综合各种情势观察，敌寇在进击晋南地区以后，势有大举"扫荡"晋冀豫全区——特别是太北区的可能。晋冀豫区的"扫荡"与反"扫荡"的大规模战争，实已迫在眉睫，全区军民亟应一致奋起，准备迎接和粉碎敌寇对晋冀豫的大"扫荡"。

凭借最近各地反"扫荡"战之经验推断，敌寇此次对晋冀豫区的大"扫荡"，必将采取更毒辣，更残酷的手段。由于晋冀豫太北地区的地形特殊复杂，基干兵力较为雄厚，敌寇深知"扫荡"本区将较其他地区困难，因之除沿交通大道寻找主力作战外，还必然会更多采用所谓"新战法"，分遣小部队，抄袭小路山道，专门寻找小数游击队，零星武装，以及政府机关，群众团体等非武装单位，予我以冷不防的袭击。特别是经济生产机关，更为敌人的注意目标。而在其这种突袭扑空时，则又必然会大肆焚烧我房屋器具，掠夺我粮食资财。敌寇的此种袭击我后方机关，破坏我后方经济文化建设的暴行，本报早曾一再指出，其目的无非是企图陷我于百般困难的窘境，走向"自己灭亡"的道路。在去年度大"扫荡"中，此类穷凶极恶的办法，已见部份施行，而在现在则已成为其主要阴谋手段之一，如对晋察冀边区，冀中等区"扫荡"中之恣意焚杀，以及最近在太岳"扫荡"中之深入突袭后方机关，在在均已暴露其企图。因之，在迎接此次行将到来的"扫荡"战中，本报不能不首先特别提醒各方，引起对敌寇此类破坏阴谋的万分警惕。固然，我们不应该惊慌失措，手忙脚乱，以致自乱步调，予敌寇以可乘之隙；但同时我们必须立即打破太平观念与得过且过的态度。应该清楚估计到我们今日后方各种机关之庞大、笨重，及早疏散，而在敌人进攻时，则必须立时实行严格的空舍清野，善自保护资财，勿使一针一线落在敌人手里，被敌人利用或破坏。这是十二万分紧要的事。

再者，在此次"扫荡"中，敌寇必将更多的采用伪装办法，利用便衣队、敌探、汉奸，先头骚扰与捣乱我根据地的后方。不久以前邢台浆水曾发生武装奸徒聚众袭击抗日县府之事，显系日寇特务机关所组织与策动。他们在平时既然敢如此大胆妄为，战时必将分外蠢动。履行抗日戒严，清除汉奸，也是当前急要之图。但同时必须注意到要善于辨别汉奸，分清黑白，不使一个汉奸漏网，也绝不捕风捉影，反致影响群众情绪。

在此次"扫荡"时，敌人已占领有主要交通线与重要据点，且经营将及一年，较之以前，自有若干便利之处，但另一方面我们根据地中军政民运的建设工作，在一年中，也已有极大进展，这是我们极大的有利条件，足以保证我们可以胜利地粉碎敌寇的大"扫荡"。现在我们应该提请注意的，是如何使民众的反"扫荡"斗争与军队的反"扫荡"战配合的问题。在去年的反"扫荡"大战中，民众武装自卫队与游击小组，曾纷纷自动出扰敌人，打击敌人，增加敌人不少困难，但因未与正规军取得密切的联系与配合，往往减少了他的作用，是一个很大的损失。这次反"扫荡"战展开时，便必须克服这一弱点，而使群众的反"扫荡"斗争与军队行动有机的配合起来，发挥其更大的力量。如果能做到这一点，则敌人小股部队的活动，就会遭到许多困难，而我们正规军的作战则因耳目众多，助手得力，行将取得节节的胜利。

（原载一九四〇年五月五日《新华日报》华北版第一版社论）

广泛深入宪政运动

——对本区各界宪政促进会筹备会供献的几点意见

宪政运动的潮流已在全国各地汹涌澎湃，这浪潮中最有力的一支主流，便是今天风起云涌的华北宪运。从五台山到渤海滨，从长城口到黄河岸，到处响亮着人民大众的民主呼声，而筹备晋冀豫区各界宪政促进会之举，便是□民众呼声的具体反映之一。兹值该筹备会行将诞生之时，本报愿就□见所及，提供下列几点意见：

首先，我晋冀豫区宪政运动，目前已进入相当高涨时期，各种宪政促进之组织，固然已经成立了不少，但以全区人口比例衡量起来，我们决不应□满足于现有成绩。目前，本区宪政运动发展的缺点之一，就是它的不平衡状态，不光组织数量不平衡，工作效率不平衡，各地民众对于宪政的了解程度也不平衡。这当中存在着许许多多主观的与客观的原因（例如由于各地政权机构的健全程度不同，民运工作开展的深浅不同，以及干部能力的强弱不同等等），在在均足影响到宪运的开展。详细研讨各种主观客观原因，如何克服这些根源，帮助工作比较薄弱的地方，深入普遍的开展全区宪政运动，为五卅纪念日即将成立的各界促进会奠定下更加巩固有力的基础，这是筹备会诸君首先应该担当的任务。

第二，我们认为，宪政运动的基本问题，即是民主问题。谈到民主政治，正如毛泽东同志所说："民主政治是□动全民族一切生动力量的推动机，有了这种制度，全国人民抗□积极性将会不可计量的发动起来，成为取之不竭，用之不竭的深厚渊泉。"今天在民主政治已经初具规模的敌后华北，摆在我们面前的任务，乃是如何在现有基础上使民主运动开展得更深入、更普遍，普遍到山野僻地，深入到人人都懂得政治，人人都学会管理政治。倘以这样的尺度来衡量今天晋冀豫区的民主程序，还相差甚远。在这里，不用说县长、区长很少作到真正民选，甚至村长、闾长未经民选的也还很多很多的□□，一般在进行选举时，还未认真执行民主。比如：事先实行公民登记和普遍的动员，提出候选人名单，实行竞选宣传，然后举行投票，实行选举等办法，都未好好实施。各级参议会也还没有认真按民主原则去建立，以致还未能真正实行由人民来监督政府，澈底完成孙中山先生的遗教："还政于民，实现名符其实的真正民国。"

我们应该说，民主政治就是宪政开展的测量器，民主政治推行到了怎样的程度，也就是宪政运动开展到了怎样的程度。所以，我们以为，在即将举行的全区宪政促进会筹备会上，对于进一步的开展本区民主政治的问题，应该充分讨论，得出具体意见，提交正式大会讨论施行。

第三，□前华北各地奔腾澎湃的宪政运动，已为全华北□一的宪运组织，奠定了有力的下层基础，例如晋察冀边区，在三月中旬已正式成立全区的宪政促进会，其他如山东、冀南、冀中等地，不同职业性别的宪政促进组织，亦均当仁不让，纷纷宣告成立。所以如何统一全华北的宪运组织，以便集中领导，齐一步调，在实行民主开展宪政上，发挥它更加伟大的推动作用，这一问题，已经自动的列入了当前宪运的议事日程。

第四，我们时刻不应忘记，晋冀豫宪运是华北宪政的一部份，华北宪运是全国宪运的一个主要组成部份，它对于全国，实有着引领与推动的作用，也就是它所应起的模范作用。我们不光需要把华北民主政治的光辉成果经常介绍到全国各地，同时更应该对全国宪运积极表示我们的具体意见。除关于国民大会组织法代表选举法"五五宪草"等问题之外，现在还要特别注意一些实际行动问题，譬如及时选出本区代表，出席国民大会，即其一例。按国民大会代表选举法的规定，大会代表有一千四百四十名，姑无论此项选举法的不妥之处，退一步说，就按此数来算，我们晋冀豫区八百万人民，占全国人口比例数目大有可观，我们应该准备选举足够的代表，争取参加国民大会。

总之，实施宪政，实是一个艰苦的奋斗过程，决不是垂手可得的事，我们不只需要口头的呐喊，文字的宣传，同时尤其需要用实际行动来促进全国宪政的开展。本月三十日行将召开的全区宪政促进会成立会，它将在统一全区、统一华北的宪政运动上，在开展华北民主政治，推动全国宪政运动上，具有着丰富而实际的意义。本报全体同人，谨以无限热诚，预祝其□□□□。

（原载一九四〇年五月七日《新华日报》华北版第一版社论）

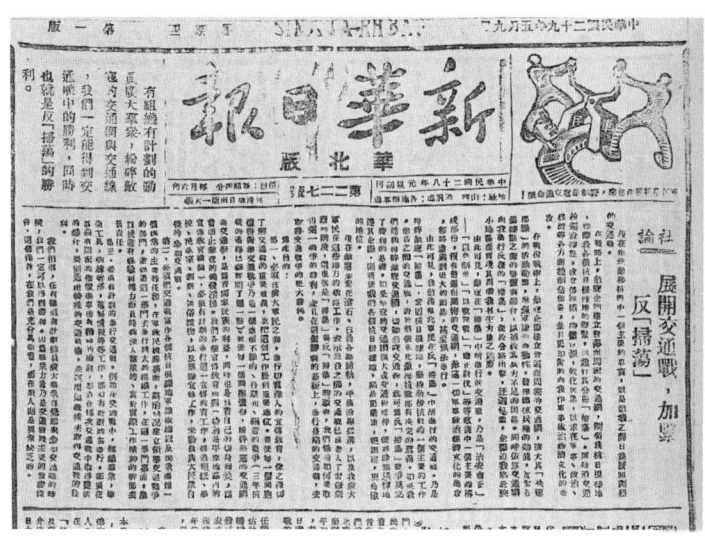

展开交通战,加紧反"扫荡"

现在华北敌后抗战中一个主要的事实,就是敌我之间日益展开剧烈的交通战。

在战略上,敌寇企图建立普遍而周密的交通网,割裂我抗日根据地,切断我各个抗日根据地的联系,以遂行其分区"扫荡"。同时沿交通线遍设据点,成立伪组织,搜括资源,奴化民众,以求在军事、政治、经济等各方面控制占领区,并且更加紧的向我作军事、政治、经济、文化的进攻。

在战役战术上,敌寇企图建立普遍而周密的交通网,扩大其"快速部队"的活动范围,增强军队的机动性,发挥机械兵种的效能,加紧各个据点之间的联系与配合,以补救其兵力不足的困难。同时依靠交通网向我进行反复的"扫荡",便于分路出击,迂回包围,企图迫我陷于狭小地区而实现其聚歼我有生力量之迷梦。

由此可见,敌寇在"扫荡"中所进行的交通战,乃是"治安肃正"——"以华制华""以战养战""肃正讨伐"等等阴谋中一个主要的构成部份。没有普遍而周密的交通网,敌寇一切军事、政治、经济、文化的进攻,都将遭遇到更大的困难,甚至无法进行。

由此可见,我敌后华北军民在反"扫荡"中所进行的交通战,乃是粉碎敌寇"扫荡",巩固抗日根据地,坚持敌后抗战的一个主要的工作。敌我之间的交通战,对于整个华北敌后抗战都有决定的意义。如果我们能够粉碎敌寇交通网,切断敌寇交通线,就可为反"扫荡"战争奠定了胜利的基础;如果敌寇的交通线扩大或交通线延伸,便将肆无忌惮地达其企图,则将使我们各个抗日根据地,陷于更严重、更困难、更危险的地位。

现在敌寇加紧在沧石、白晋各路铺轨,平汉沿线掘沟,以及我广大军民在这些地方的破路工作,表示敌我之间的交通战已经进入了紧张剧烈的阶段,这也就是"扫荡"与反"扫荡"的激战,我们无论如何要取得这一战争的胜利,并且在这个胜利的基础上,进行长期的交通战,去取得交通战争的更大胜利。

为此目的:

第一,必须在广大军民之间,进行切实深入的宣传教育,使之深切了解交通战的重要意义,并把这个工作提到重要地位。要使每一个同胞懂得对敌交通战争乃是一个连续不断的、长期的、艰苦的战争(三年抗战的过程已经证明了这一点)。要使每一个同胞懂得,粉碎敌寇的交通网与交通线,是为着国家民族的利益,同时也是为着自己的切身利益,为着阻止敌寇的烧杀淫掠。我们各个宣传教育机关(特别是平原地区内的宣传教育机关),必须有计划的进行这一宣传教育工作,经过报纸、学校、民革室、剧团、通俗读物，以及部队宣传工作，来动员广大民众自觉的参加交通战。

第二，必须把交通战当作各个抗日根据地军队政权以及民众团体一个经常的主要的任务，在军政民机关里面，斟酌情况建立领导交通战争的部门，并经过这一部门去进行巨大的组织工作。在这一部门里面，应该挑选有经验、有能力，而且能够深入群众的、富于实际工作精神的干部去负责任。

第三，必须有计划的进行交通战。例如在交通战中，组织群众，准备工具，训练干部，搜集情报等等工作，都须有计划的去进行，都须在事前有周密的布置与事后有精确的检讨，都须在每次交通战中取得灵活的配合。要创造出特殊的交通战术，并运用这战术去取得交通战的胜利。

我们相信，在有组织、有计划动员广大群众自觉起来参加交通战的时候，我们一定可以得到胜利。因为群众力量乃是交通战最主要的致胜条件，这个条件，在我们是充分具备着，而在敌人则是异常缺乏的。

（原载一九四〇年五月九日《新华日报》华北版第一版社论）

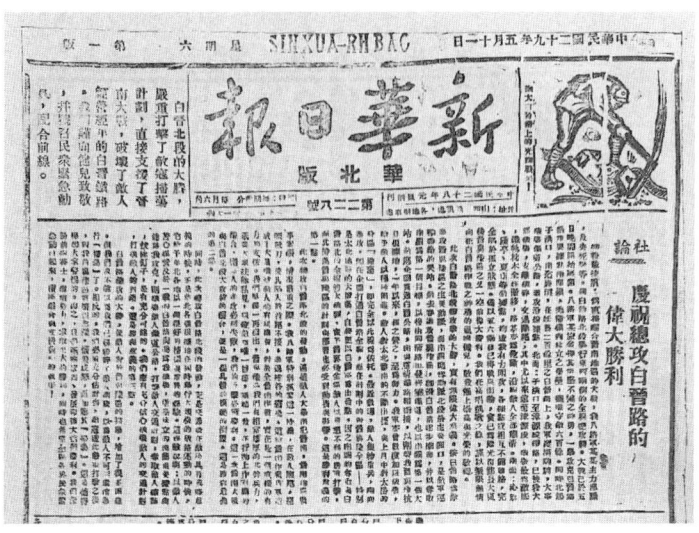

庆祝总攻白晋路的伟大胜利

据报载捷讯：为直接配合晋南地区的大战，我八路军某某主力部队及决死队等，向白晋路北段举行东西两侧的全线总攻袭。大战已于五日晚间开始展开。八路军某旅发挥其无坚不摧之神勇，一举攻克白晋路敌重要据点南关镇，悉摧镇内林立之堡垒，尽歼守敌六百余。同时北起子洪口，南迄襄垣，在延长二百余里之白晋路上，我军纵横驰骋，大事破坏铁道公路，围攻沿线据点。北面子洪口至漳源段铁路，已被我大部破坏，支离破碎，交通断绝。其中尤以来远至漳源段，破坏最为澈底，铁轨枕木全经搬移，路基亦为挖断，沿线敌人全部肃清。南面沁县、虒亭、夏店等敌据点，均遭我有力围攻，各据点寇相互不能联络，完全陷于孤立状态。仅以五六两日已得战果而论，实已为继光复邯长大道后晋冀豫区之又一空前伟大胜利。我们在高唱凯歌之余，谨以无限热情向在白晋路作战之神勇的祖国健儿，敬致无上崇高与光荣的敬礼。

此次白晋路北段总攻击的大胜，实有无限伟大意义。按白晋路为敌进攻晋冀豫区之主要动脉，而南关则为动脉北段最主要关口，是敌军运输联络的要站。敌去春进攻晋冀豫区，即沿白晋路逐步推进，并以夺取南关为第一个目标，以后由同蒲路出发修筑铁道，也以南关为第一个大站。敌寇企图贯通白晋公路，南与道清铁路相衔接，以割裂我晋冀豫抗日根据地，一年以来，经之营之，至为努力。我军亦曾数度加以破坏，给予敌人以种种困难。敌人对太北、晋南的不断出扰，与上月中对太岳的分区"扫荡"，即完全以此线为依托。最近数周，敌人集结重兵，南向进攻，即在企图打通白晋路全线，而在计划中的对晋冀豫全区——特别是太北地区的大"扫荡"，自将要以白晋路为出发点。因之南关的夺取与白晋路北段全线的大破袭，实予晋冀豫全区敌人以意想不到的严重打击，而其"扫荡"晋冀豫区的计划与部署也必受到动摇与影响。这是胜利意义的第一点。

此次总攻白晋路北段的发动，适值敌人大举南犯晋南，晋南地区战事紧张，情况严重之际。我八路军特别抓紧这一时机，在敌人腹尾，拦腰数刀，使其陷入于首尾不接，进退维谷的窘境。这给晋南作战我军造成了大量歼灭敌人的有利机会，对于全晋南作战，实在是一个直接的有力的支援。我们早经一再指出，晋冀豫区我们有相当雄厚的基干兵力，只要大家祛除私见，以杀敌为唯一目标，团结一致，在行动上作有机的配合，则敌人的进攻必然失败，我们的反击必获胜利。这一次晋南大战与白晋北段大攻袭的配合，便是一个具体的模范的例证。这是胜利意义的第二点。

同时，此次总攻白晋路北段的发动，正是交通战在敌后具有战略意义的时候，正是华北各个根据地在同时举行大规模的破路运动的时候，它给予华北各地以一个很好的榜样与重要的经验。这经验说明：以敌人苦心经营及于一载的白晋路尚能为我破坏，堡垒林立的南关重要据点尚能为我攻克，则破坏敌人铁道公路，打击敌人交通计划，夺取敌人据点，拔除钉子，是有充分可能的。我们应有充分信心破坏敌人的交通计划，打破敌人的封锁。这是胜利意义的第三点。

　　白晋路总攻的大胜，使敌人对于晋冀豫区的"扫荡"，增加了很多困难。但我们决不能以为我们已经粉碎了敌人围攻，以为敌人不可能继续进行"扫荡"了。相反的，我们必须充分估计到，敌寇遭此严重打击之后，对我晋冀豫区将怀恨愈深，恼羞成怒，而加速其"扫荡"。这是值得提起大家警惕的。因之，我们亟应巩固、发展和扩大这个胜利。我们深盼前线将士，继续努力，求取更大的胜利，同时也希望全区各界民众紧急动员起来，积极配合与支援前线的战争！

　　　　　　（原载一九四〇年五月十一日《新华日报》华北版第一版社论）

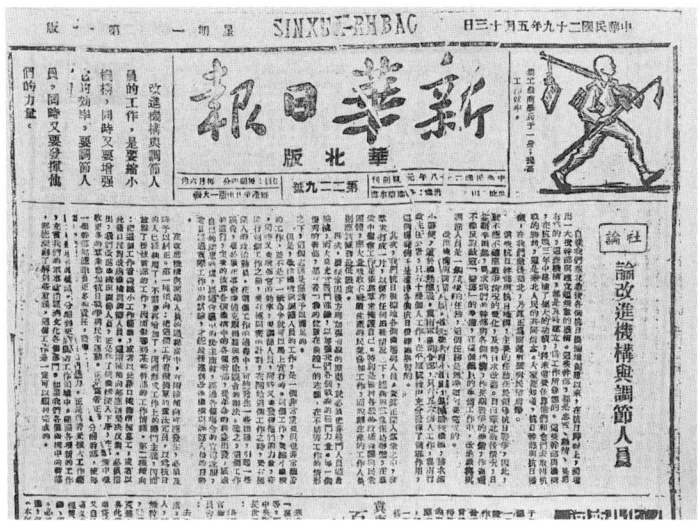

论改进机构与调节人员

　　自从我们华北敌后各个抗日根据地创建以来，在抗日阵线上，涌现出一大批干部与建立起无数的机构。这些干部，都是忠实、热情、英勇有为的；这些机构，都是及时建立，为工作所急需的。这些干部与机构，在抗战三年中建树了极大的功绩，将来还要依靠他们和它们去取得抗战的胜利，这是华北人民的共同信念。大家都知道，抗日干部与抗日机构，在我们敌后华北，乃真正为国运所系与民望所归。

　　这些抗日干部与抗日机构，主要的任务在于领导抗日战争，因此，就不能不适应战争情况的变化，及时自求改进。目前华北敌后情况，日益艰辛困难，要求我们的干部与各个机构作长期战争的准备，作连续不断反对敌寇"扫荡"

的准备。在这个艰巨的准备工作中,改进机构与调节人员是一个重要的任务,这个任务是无论如何要完成的。

改进机构与调节人员,首先要求缩小组织,裁减骈枝机关,务求细小灵便,适于机动应战。冀南军区司令部,只有五六个人工作,冀南行政主任公署,只有十几个人工作,在平原抗战中充分发挥了领导作用,这个模范例子是值得各个抗日根据地学习的。

其次,我们抗日根据地各个机构与人员,要真正深入群众之中,与群众打成一片,以便在任何困难情况之下,能够与群众保持联系,在群众中继续工作并依靠群众掩护自己。特别是区村各级的政权机关与民众团体,应大量吸收不脱离生产的民众参加工作,而脱离生产的工作人员则应该减到最低限度。

再次,根据巩固后方与加强前线的原则,就必须把非战斗人员尽量缩减,而大量充实战斗部队,以加强我们各个战线的战斗力量。每一个优秀的干部,都有着"我的位置在前线"的志愿,在不妨害工作的情形之下,这个志愿是应该予以满足的。

但是,改进机构与调节人员的工作,是一个非常重要但也非常艰苦的工作,并不是下一纸命令就可以马上实行的。这个工作,要缩小机构,同时又要增强它的效率;要调节人员,同时又要发挥他们的力量。在进行这个工作之前,要有极周密的计划;在开始这个工作之时,要有极深入的政治动员。在这个工作的过程中,可能发生一些困难,引起一些误会,也必须在事前准备克服困难与消除误会的办法。总之,这个工作的进行,主要的依靠各个机构中的各个干部,从革命的利益出发,经过自己的深思熟虑,经过会议中的民主商讨,经过各个场合的宣传说服,并且经过实际工作中的试验,才能最后达到改进机构与调节人员的目的。

在改进机构与调节人员的过程当中,有两种倾向可能发生,必须及时予以纠正。第一种倾向:把这个工作看做简单的裁汰冗员,以为抗日的人已经够用了，不需要再增加了，因而形成工作上的奋斗主义，因而放松了提拔干部的工作，因而影响到某些干部的工作情绪。第二种倾向：把这个工作看做缩小工作范围，或者以此借口掩饰消极怠工，或者以此借口反对改进机构与调节人员。这两种倾向都应该坚决反对。必须指出，我们改进机构与调节人员，正是为了使机构深入下层，在群众中吸收更多的群众参加抗日战争与民主运动；正是为着正确分配干部，使每一个干部都能担负更多的责任，发挥工作能力；正是为着要扩大工作范围，要把□□的干部，分配到更广阔的工作领域中，开辟各项新的工作，充实我们的军事、政治、经济、文化各个部门。如果我们各个机构中的干部，都能深刻了解这些意义，这个工作是一定可以顺利完成的。

（原载一九四〇年五月十三日《新华日报》华北版第一版社论）

空室清野

在我们华北敌后各个抗日根据地里面,经过第一周期的"扫荡"与反"扫荡"战争以后,大家都深切感到这个"扫荡"与反"扫荡"的战争,将是长期的、反复的、连续不断的残酷的战争。因此要求我们有艰苦的、深谋远虑的对策,要求我们在一切动员工作方面,做到深入,做到澈底,做到能够适应瞬息万变的情况。因此要求目前各地所进行的空室清野工作,也符合这些原则,以便在新的战争情况下,发挥它应有的效力。

过去我们曾经进行过许多次空室清野工作,得到许多成绩,而且在工作过程中积累起来的许多经验,对于今后的空室清野工作,有很大帮助,这一点是无可怀疑的。但是,我们的空室清野工作，也和抗战动员中的一切工作一样，不应该故步自封，它必须随着战争的发展而发展，它必须在每一个新的情况之下，求得及时改进。而最切实的改进办法，也就是在实际的反"扫荡"战争中，适合战争情况来转变工作。

自然这里所谓适合战争情况来转变工作，决不是要修改空室清野工作一些基本原则，例如：空室清野不是消极的退却逃难而是积极的阻挠敌人；空室清野应该阻挠敌人但又要求便利我军行动；空室清野不能孤立进行，而必须与反"扫荡"战争中一切动员工作配合等等原则，在目前都是重要的工作指针，这些原则都是需要更加发挥的。但除了这些基本原则以外，还须适应当前情况，对空室清野工作中某些特点，加以严重的注意。

在某些地区，由于粉碎"扫荡"后暂时的短促的"安定"局面，以致疏懈了空室清野工作，甚至在群众中发生一些侥幸心理，以为敌人"'扫荡'一下"之后，就可以获得一个时期的"安定"，因而空室清野工作也就不需要深入进行。这种情形是应该纠正的，应该在空室清野的工作过程中，进行广泛深入的宣传教育工作，向群众说明敌人这一次"扫荡"的特点，是加紧烧杀淫掠，企图破坏我抗日根据地，摧毁我抗战资源，而且将反复"扫荡"，连续"扫荡"，用尽一切残酷卑劣的办法来进行"扫荡"。我们应该加倍提高警惕性，了解敌人"扫荡"的这种残酷性，真正像作战一样的布置空室清野工作，务求这个工作做得深入与澈底。

在某些地区，空室清野工作表现成为一种"战时的突击的"工作，成为紧急情况下的"临时抱佛脚"，因而不免发生一些惊惶错愕的混乱现象，这就使得空室清野工作无从收到应有的效果，甚至会受到一些损失。这种情形是应该纠正的，应该在我们的工作人员与广大民众之间，进行深入的教育，使之了解敌后抗战的长期性与空室清野工作的长期性，我们应该把空室清野当做经常的工作来做，应该有计划有组织的来做，使我们的空室清野工作，永远站在有准备的主动地位，而不至在敌人突然进袭的时候惊惶失措。

几年来的经验证明，空室清野工作是一个异常艰巨的工作，要对群众进行耐心的宣传说服与组织动员，而且要不厌重复的向群众进行宣传说服与组织动员。只有在群众真正清楚了解空室清野工作的意义，了解这个工作对他自己的利益，因而自觉起来进行这个工作之后，才能把这个工作做好。我们应当相信群众的创造天才与战斗力量。

目前敌寇正在大规模向我各个抗日根据地进行"扫荡"，这就要求我华北全体军民加紧进行空室清野工作，及时检查这个工作，把这个工作和一切抗战动员工作配合起来，以求把敌寇新的"扫荡"完全粉碎。

（原载一九四〇年五月十五日《新华日报》华北版第一版社论）

论保障人权

在我国过去的历史上，历代的统治阶级都蔑视人权，他们把人民看做脚底下的尘土，因而引起人民连续不断的反抗。近几十年来中国人民的革命运动，也就是为着争取人权，为着推翻压迫人权的帝国主义与封建势力。目前我们全国上下所进行的抗日战争，是为着争取民族的生存与解放，同时也是为着争取人权。大家都知道，在敌寇占领的区域里面，中国人是没有人权的，敌寇对于中国人，可以肆无忌惮的烧杀淫掠，只有在我们的抗日民主政权之下，中国人民的生存权利才得到切实的保障。

由此可见，保障人权，乃是反对敌寇奸逆，反对封建奴役，争取民主政治，维护抗日民主政权的斗争。如果没有民主政治，没有抗日民主政权，保障人权的问题是谈也谈不到的。

过去我国人权没有保障，就是由于没有民主政治。几十年来，许多先烈曾经抛掷头颅，挥洒热血，为争取中国人的人权而斗争，为争取民主政治而斗争，直到今天，这一斗争还是我们的严重迫切任务。如一九三三年，宋庆龄、蔡元培、杨杏佛诸先生所发起的民权保障大同盟，即是在这种条件下产生的。保障人权问题，今天更直接关联着抗战建国问题，在华北敌后，乃是直接关联着团结抗日人民巩固根据地的问题。

由于中国现阶段社会经济性质的特点，决定了中国革命发展的历史特点，即必须经过抗日民族战争的澈底胜利，来建立真正三民主义的民主共和国。今天全中国都在为着这一艰巨任务而奋斗。因此，今天中国的最高法律原则，应该是从民族利益的观点出发。国民之忠奸贤愚，必须视其言论行动之为忠于民族，抑为背叛民族，作为判断之标准。不论何党、何派、何阶层，凡愿意抗日，能尽保卫民族生存之责者，皆应受到政府之保护；凡勾结敌人，甘心出卖民族利益者，皆应受到法律之制裁。如果忠奸可判，赏罚严明，则人权自能获得保障。

依此观点检查抗战过程中的人权保障问题，我们看到了两种现象。一方面，忠于国家民族的抗日份子，屡遭顽固派摧残屠杀，没有受到政府应有的保护；另一方面，由于政治反动所激起的不平，由于敌寇奸逆的挑拨离间，致使某些区域，某些阶级之间，发生一些纠纷，甚至引起违反政府法纪，侵害人权的现象。从保障人权上说，这都是不好的。特别是在敌后抗日根据地里面，四面皆为敌人包围，处在其中的各党派、各阶层，正如风雨同舟，生死与共。如果能够正确掌握抗日民族统一战线政策，就能够把所有的人都团结在抗日阵线。但是，如果忽视人权，儿戏人命，则亦容易造成根据地的严重危机，甚至对于全国团结问题，也将发生重大影响。

本报曾一再提起建立抗日民主政权的问题，而在保障人权方面，抗日民主政权的施政方针应该是：（一）反对日寇、汉奸的烧杀淫掠，反对反动派（破坏抗战团结进步的顽固份子）摧残人权；（二）保护一切抗日人民的合法权利；（三）调节各阶级的关系，制止任何侵害人权的行为。这是一种抗日民主的，保障人权的政策。

　　冀南行政主任杨秀峰先生，晋东南三区行政专员薄一波先生，不久以前均指出保障人权之重要。三区专署，且已发表布告保障人权，可见我敌后抗日民主政权机关，对保障人权已有正确的政策。我们深信依据这一正确的政策，一定可以反抗日寇，镇压汉奸，打击反动派；并且使抗日人民的权利，真正受到政权的保护。杨、薄二先生的贤明主张，也一定可以得到广大民众的拥护，使之全部实行。

（原载一九四〇年五月十七日《新华日报》华北版第一版社论）

论山岳地区的破路修路工作

最近数月，在华北各地展开了积极的破路运动，我们的军政机关以及广大民众，都能够把这个运动看做迫切的反"扫荡"斗争，都能够群策群力，热烈而且严肃的去进行工作，因而使我们在交通战上获得不少战绩。例如在冀察晋、冀中冀南、鲁南鲁西，与最近晋东南白晋公路上的大举破路，都给了敌寇以严重的打击，初步破坏了敌寇"扫荡"的部署，对本报数月来的破路号召，作了光荣的回答。

我们谨向交通战线上昼夜勤劳的抗日军民，表示热烈的敬意！他们不□困难，甘冒危险，在敌寇据点与据点之间，在敌寇骚扰部队威胁之下，进行了巨大的工作，建立了不少的功绩。这些功绩，与抗日战场上的冲锋陷阵，也是毫无二致的。无论交通战争中的胜利，或者军事战争中的胜利，同样是我抗日军民的最大的荣誉。

现在我们在交通战中已经得到不少胜利，但这些胜利，还不能完全阻止敌寇的进犯，敌寇对我各个抗日根据地的"扫荡"阴谋，正在日益加紧。敌后的交通战争是一个长期的、持久的战争，要求有长期的、持久的计划。因此，我们的破路工作，还必须更加有力的去开展，特别是在山岳地区，这个工作一般的落后于平原，当目前敌寇向我山岳地区"扫荡"的时候，应该引起万分严重的注意。

根据过去某几个山岳地区破路修路工作的情况，有些缺点是需要及时纠正的，而其中最主要的一点，就是建立统一的，适合整个区域作战要求的破路修路计划。在整个区域里面，那些路应该破，那些路应该修，依整个情况需要区别先后缓急，最好都由政权机关或军事机关来决定，然后分头动员各地民众进行。过去有些区域，缺乏整个的破路修路计划，以至□□□□，各自为谋，不能充分发挥破路修路工作的效用，甚至有时阻碍了自己军队的机动作战，这种现象必需改变。

有些地区，目前处在敌寇大举进攻之前，未能从容进行布置，为了阻滞敌人行动与便利我军的行动而临时进行破路修路工作，也是万分必要的。这种临时的破路修路工作，必须依照阻滞敌寇与便利自己的原则，把利于敌寇汽车坦克等行动作战的大路，澈底破坏，而把那些远离大路的山僻小径加以修理，使这些小路只能通过行人和牲口，有相当的隐蔽，便于我军行动。

但不论是临时的破路修路或经常的破路修路，这个工作都要依靠广大群众。领导这个工作的干部，要向群众进行耐心的宣传教育工作，使群众了解破路修路工作之必要，以及这个工作对于他们本身的利益；使群众了解破路修路的办法，以免他们在进行工作时发生错误；使群众了解破路修路工作是一个经常的长期的工作，养成群众中破路修路工作的计划性；使群众自觉自动的参加这个工作，而不要成为劳役与支差。在某些劳动力缺乏的地方，更要有精密的计划，力求避免浪费人力，妨害春耕的现象。每个抗日军人，每个公务人员，每个民众领袖，在破路修路工作中要以身作则，领导群众，要把这个工作作为教育群众的好机会，并在这个工作中对群众进行革命的教育。

山岳地区的破路修路工作，由于地形的复杂，由于敌寇据点较平原地为少，是有着许多便利的。只要我们能够很好的去组织这个工作，很好的去发动群众，就一定可以获得比平原地带更大的成绩，而在我们的山岳地区，建立起许多无法攻入的铜墙铁壁。

（原载一九四〇年五月十九日《新华日报》华北版第一版社论）

建立统一的民兵制度

　　武装民众，是抗日战争里面一个最要紧的工作。粉碎敌人"扫荡"，要靠武装的民众；巩固抗日根据地，要靠武装的民众；生长新的力量，准备反攻敌人，也要靠武装的民众。如果这个工作做得快一点，抗日胜利也快一点；如果这个工作做得慢一点，抗日胜利也慢一点；如果这个工作做不好，抗日也是得不到胜利的。

　　我们华北敌后的武装民众工作，本来是很有成绩的。许多地方，现在有了"土生土长"的抗日军、游击队、自卫队、抗敌先锋队……这些都是武装的民众，他们配合国军保国家、保家乡、打敌人、打汉奸，在抗日战争里面立下了不少"血汗功劳"，使敌人害怕，使全国人民高兴，使全世界人士惊奇。

这个成绩一定要大大的发扬，要使全国各地方来学习华北。

自然，华北敌后的武装民众工作也有一些缺点。有些地方，民众的武装组织太多，军费负担太重，而又太零散，名目不统一，指挥不统一，行动不统一，不能收到作战效果。有些地方，民众武装组织里面混进了奸细、破坏份子。有些地方，把武装民众工作看做"招兵买马"，没有政治动员。有些地方，民众的地方武装组织自成系统，不正确的强调"独立性"，在行动上不与正规军联络配合。有些地方，把武装的民众一齐拉到军队里面来，取消了地方的武装组织，结果军队行动作战的时候，没有地方武装来帮助，发生很多困难，受到很多阻碍。

这种情形，再继续下去，将来吃亏会更大，一定要切实改进才行。

改进的办法很多，而最要紧的一个办法，就是建立统一的民兵制度，要在每个抗日根据地里面，把地方武装的指挥系统、编制名称、行动作战、教育训练、动员补充等等工作都统一起来。这种统一的民兵制度，可以纠正与避免从前武装民众工作的缺点，而更加发扬从前武装民众工作的优点。这个工作，最好"马上"就做，越快越好。

这种民兵制度，不是旧式的雇佣兵制、招募雇佣的旧办法，在敌后抗日战争中，这种办法要不得也行不通。这种民兵制度，也不是新式的征兵制。征兵制自然是很好的，现在许多先进国家，都实行这种制度，但在我们中国，还不容易一下子就实行，还要经过一个短时期的过渡办法。民兵制度，就是从雇佣兵制到征兵制的过渡时期的办法，这个办法，全国都可以实行的，华北武装民众工作最发达，应该先做一个模范。

怎样实行统一的民兵制度呢？

第一，要建立一个统一的领导机关，这个机关，是抗日民主政权的构成部份，但有它自己独立的指挥系统。这个机关，负责执行民兵制度，政府里面的其他部门和各民众团体，应该帮助它的工作，但不能代替它的工作。这个机关，要使地方武装和正规军的行动作战配合起来，并且要有计划、有步骤的，把地方武装提高到正规军的地位。

第二，要统一地方武装的组织和名称，在那些不脱离生产的民众武装组织当中，要确定兵役年龄，分别编制。比较适合现在情形的办法，是把地方武装分成两大类，一类脱离生产，一类不脱离生产。脱离生产的分两种，一种是地方正规军，依军事区域来建立，经常配合国军作战，但也要能够单独作战；一种是地方游击队，以县□单位来建立，主要任务是配合正规军作战和游击敌人，应该在正规军驻□的周围活动。不脱离生产的分三种，二十三岁以下的青年编为一种，如冀察晋的青年抗敌先锋队；三十五岁以下的编为一种，如晋东南某些地方的基干自卫队，但二十岁以上的青年，愿意加入基干自卫队也可以加入，以自愿为原则，不一定要加入青抗先；三十五岁以上至四十岁编为一种，或者可以叫做警备自卫队。这些不同的组织，都应该系统明确，分清任务，明确分清教育训练的方法。

第三，要确定正规军和地方武装的关系。这里只要注意两点就够了：一、正规军要爱护地方武装与发展地方武装。二、地方武装要帮助正规军作战，并且自愿的去补充正规军，使正规军和地方武装，都在民兵制度之下求得一致。

（原载一九四〇年五月二十一日《新华日报》华北版第一版社论）

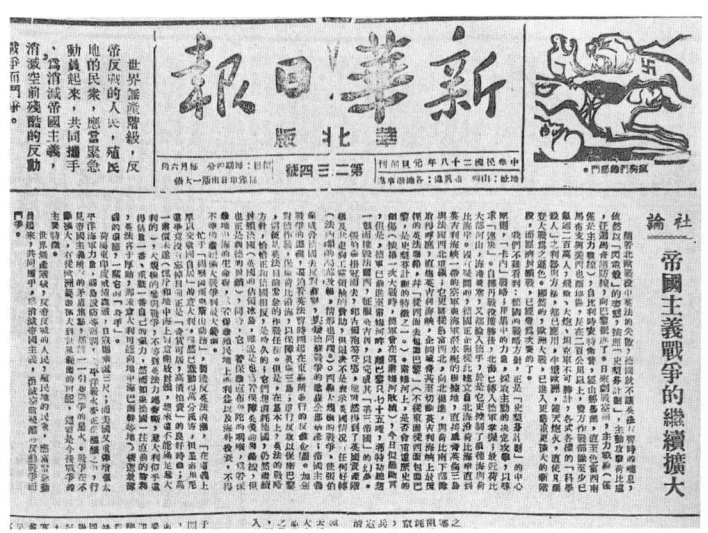

帝国主义战争的继续扩大

随着北欧战役中英法的失败,德国就不让英法有暂时的喘息,依然以"闪电般"的姿态,按照"史梨芬计划",主动攻击荷比卢,迂回马奇诺防线,向巴黎挺进了。日来剧战空前,主力战线(仅仅是主力战线),自比利时安特卫普,经由那慕尔,直至色当西南马布支与美西也尔地区。长在二百公里以上,双方作战部队至少已超过二百万人,飞机、大炮、坦克车不可胜计,各式各样的"科学杀人"之利器与方法,都已应用,半壁欧洲,连天炮火,直使凡尔登大战为之逊色。显然的,欧洲大战已进入更严重、更扩大的新阶段,而经济封锁战,已经变为次要的了。

我们不难看到:德国的战略方针,正是"史梨芬计划"

的中心原则，"卡内"战略，用集中的力量，采取主动的决定攻击，以寻求"速决"。自挪丹战役获胜后，北海已转入德军掌握。最近荷比大部河山，海港要塞，又都沦入德手，于是它更控制了须德海与荷比沿岸。没有疑问的，德国正企图从此建立自北海沿荷比海岸，直到英吉利海峡一带的空军与海军潜水艇的根据地，直接威胁英伦三岛与法国西北重镇。它更将从色当西北，向北挺进，与荷比南下部队取得呼应，直趋英吉利海峡，企图威胁甚至切断英吉利海峡上最捷径的英法联络，并"从西面去包围巴黎"（不从东面从西面包围巴黎，是史梨芬计划的特征之一）。索姆河上，是否会重遭历史的创伤（按第一次大战时，德军曾在这索姆河败绩），今日似难断言。但是，德军已前进至索姆河畔，离巴黎只七十五哩，希特勒总想一鼓而摧毁法兰西，征服英吉利，以完成其"第三帝国"的幻梦。

张伯伦挂冠而去，邱吉尔袍笏登场，他虽然得到了英国资产阶级及其走狗工党领袖的赞助，但这决不是表示英国情况有任何好转（法内阁的局部改组，情形也同样）。西线大规模的战争，使张伯伦威胁德国去反对苏联，挑拨德苏战争的阴谋全部破产。帝国主义战争的逻辑，逼迫着英法暂时搁起在东线所进行的反苏企图。加强对德作战，保卫荷比沿海，以保障英伦三岛；进行反攻以保卫巴黎，这便是英法目前紧急的作战任务。但是在基本上，英法的战略方针，恰恰正和德国相反，是持久的。它们想消耗德国，仍然继续封锁德国（英国的占领冰岛，虽说是也为着保障英美的联络线，但也正是对德的封锁），同时，它□着保护直布罗陀的咽喉，为着保护地中海的生命线，为着保护殖民地上的利益以及海外投资，不得不准备继续扩大战争到最大范围。

忙于"视察阿尔卑斯山防务"，制造反英法浪潮，"在道义上早以交战国自居"的意大利，虽然已蠢动得万分厉害，但墨索里尼还毕竟没有忘掉目前正是"奇货可居，高价拍卖"的良好时机；万一索价未遂（煤斤和地中海上对意开放封锁，想来还不能满足意大利的），大规模的参与战争，不等到英法力竭声嘶，意大利似乎还得估量一番，重整一番自己的气力。然而如果德国一往直前的胜利，英法吝于厚贿，那末意大利可能向地中海巴尔干等地区挑选最薄弱的环节，一显它的"身手"。

荷兰东印度戒备森严，日寇则垂涎三尺；而美国又重弹增强太平洋海军力量，关岛设防等旧调，太平洋战火亦正在酝酿之中。行见帝国主义所有的矛盾焦点，都将一一引起战争的星火。战争在不断扩大，有从欧洲范围扩大到世界范围的可能，这将是今后战争的主要特征。

世界无产阶级，反帝反战的人民，殖民地的民众，应当紧急动员起来，共同携手，为消灭帝国主义，消灭空前残酷的反动战争而斗争。

（原载一九四〇年五月二十三日《新华日报》华北版第一版社论）

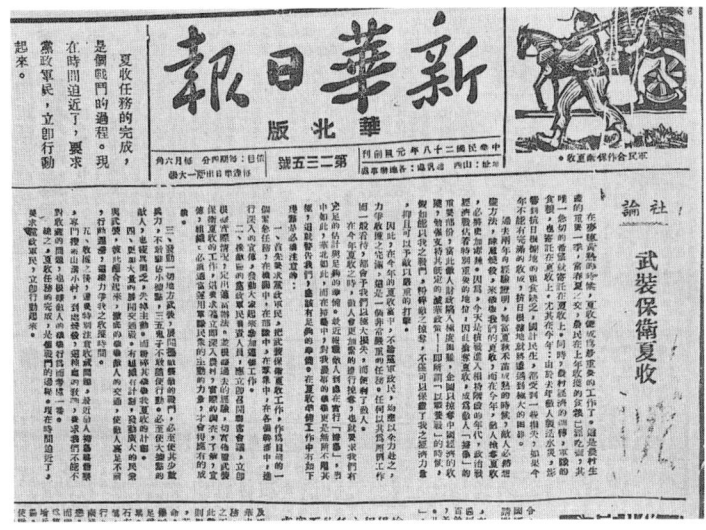

武装保卫夏收

　　在麦穗黄熟的时候，夏收便成为最重要的工作了。这是农村生产的重要一季，当春夏之交，农民在上年收获的食粮已经吃尽，其唯一急切的希望就寄托在夏收上。同时，农村经济的周转，军队的食粮，也寄托在夏收上。尤其在今年，由于去年敌人制造水灾，影响到抗日根据地的粮食缺乏，国计民生，都受到一些损失，如果今年不能有完满的收成，抗日根据地就将遭遇到极大的困难。

　　过去两年的经验证明，每当夏秋禾苗成熟的时候，敌人必然想尽办法，肆意烧杀，来破坏我们的夏收，而在今年，敌人抢夺夏收，必将更加毒辣。因为，今天是抗战进入相持阶段的年代，政治战、经济战占着特别重要的地位，因此抢夺夏收，成为敌人"扫荡"的重要部份。当此敌人财政陷入极度困难，企图以掠夺中国经济的收获，勉强支持其既定的灭华政策——即所谓"以战养战"的时候，假如能以我之战斗，粉碎敌之掠夺，不仅可以保证了我之经济力量，抑且可以予敌以严重的打击。

因此，在今年的夏收当中，不论党军政民，均应以全力赴之，力争收获之完满，这是一个非常严重的任务。任何以其为照例工作而一般看待，都会予我们以极大损失，而便利了敌人。

在今年夏收之时，敌人会更加紧的进行掠夺，也就要求我们有充足的估计与足够的准备。最近报载敌人到处在实行"扫荡"，华中如此，华北如此，而在"扫荡"中，对我农事的破坏更是无所不用其极，这就警告我们，应该有足够的准备。在夏收准备工作中有如下几点是必须注意的：

一、首先要求党政军民，把武装保卫夏收工作，作为目前的一个紧急任务，在机关中，在部队中，在群众中，在各个干部中，进行深入的宣传，发动大家起来参加这个工作。

二、接敌区的党政军民负责人员，应立即召开联席会议，立即根据实际情况，定出适当办法。并根据过去的经验，切实布置武装保卫夏收的工作。这要求着立即深入农村，实际的调查、了解、宣传、组织。必须适当运用军队民众的主动的力量，才会得应有的成绩。

三、发动一切地方武装，展开扰敌袭敌的战斗，必至使其少数兵力，不敢驻占小据点，三五鬼子不敢随便行动。必至使大据点的敌人，也疲累困乏，失掉主动，而粉碎其破坏我夏收的计划。

四、更加大量的展开交通战。有组织，有计划，发动广大的民众与武装，彼此配合起来，澈底的破坏敌人的交通，使敌人里足不前，行动迟滞，这样力争我之收获时间。

五、收获之后，还要特别注意收藏问题，最近敌人"扫荡"冀晋察，专门搜索山沟小村，到处烧杀。这种血的教训，要求我们不能不对收藏的问题，也根据敌人的破坏行为而考虑一番。

总之，夏收任务的完成，是个战斗的过程。现在时间迫近了，要求党政军民，立即行动起来。

（原载一九四〇年五月二十五日《新华日报》华北版第一版社论）

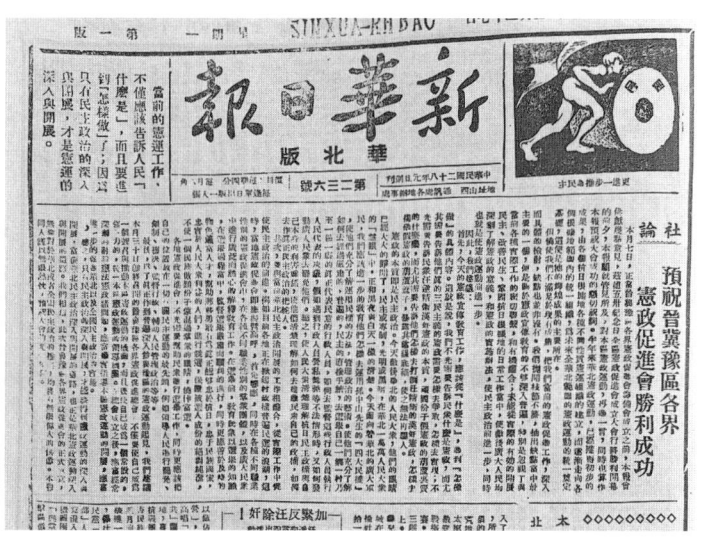

预祝晋冀豫区各界宪政促进会胜利成功

本月七日，正当晋冀豫区各界宪政促进会筹备会成立之前，本报曾供献几点意见，兹值五卅纪念日全区宪政促进会成立大会行将胜利开幕的前夕，本报愿就管见所及，对本区宪政运动再进一言，同时也算作本报预祝大会成功的恳切祝词。半年来华北宪政运动，已经获得初步的成果，由各个抗日根据地各种不同性质宪运组织的建立，而逐渐走向各个根据地范围内的统一组织，为未来全华北范围的宪政运动的统一奠定基础，这便是它的辉煌成果的主要所在。

但倘使我们不满足于现有成绩，把我们当前的宪政促进工作，深入而具体的检讨，缺点也并非没有。我们抛开枝节不谈，抽出缺点当中最主要的一个，便是关于宪政宣传教育的不够深入普遍，特别是忽视了与当前各种实际工作的密切联系和有机配合；未能从实际的有效的开展民主、改善民生、巩固抗日根据地的日常工作当中，使敌后广大人民均深刻了解宪政的意义和宪政的实施办法，使民主政治前进一步，同时也就是使宪政运动前进一步。

因此，我们建议：

首先，今天的宪政宣传教育工作，应该从"什么是"，进到"怎样做"的具体内容。这就是说，我们不光需要告诉民众什么是宪政，而尤其需要告诉他们真的三民主义的宪政需要怎样去争取，怎样去实现；不光需要告诉民众汪逆精卫汉奸宪政的本质，顽固份子假宪政的葫芦里卖的什么药，而尤其需要告诉他们怎样去打倒汪精卫的汉奸宪政，怎样去揭破假宪政的葫芦盖子，暴露其阴谋底细，使之无法再骗人。

宪政的本质即是民主政治。今天敌后华北的人民大众，他们的眼睛已经大大的睁开了，民主或专制，光明或黑暗，在华北一万万人民大众的"慧眼"中，正和黑夜与白天一样的清楚。今天面向着华北的广大军民，我们应该进一步的教育他们怎样去运用孙中山先生的"四大民权"，使他们充分了解运用民权的方法，管理政治的艺术。使他们充分了解如何去经过严肃的、普遍的、民主的直接手续，去选举自己一乡一村乃至一区一县的真正代表民意的行政人员；如何去监督这些行政人员执行人民代表的决议；假如遇到行政人员营私舞弊等不法情形时，又如何发动广大民众去罢免他们。总之，使人民大众清楚理解抗日民主政权与自己本身的利害关系，使他们清楚理解如何去维护民众自己的政权，如何去作真正民主政治的把舵人。

其次，要与当前华北民主政治开展的工作相配合，从实际工作中促使民主政治的前进。例如目前各地正在掀起村政权普遍民选的浪潮，这时，当地宪政促进会即应振臂高呼，首先响应。同时在各种不同职业性别的宪政促进会中，在各种不同职业性别的群众团体，以及广大民众中进行广泛而热心的解释教育工作。在选举前，教育民众以选举的知识；在选举过程当中，监督选举严肃而顺利的进行。同时更应善于及时的物色适当人才，帮助那些勇敢有为，真正能够忠于抗日，忠于民族国家，忠实于人民大众利益的人们进行竞选，保证被选人成份的绝对纯洁，不使一个民族败类份子蒙混过群众的眼睛，侥幸当选。

各地宪政促进会，不光需要帮助民众进行选举工作，同时更应该把自己的位置放在一切有关民主运动的最先头，例如领导人民进行罢免、创制、复决、监督行政，辅助人民管理政治等等。

最后，为了真正作到普遍深入晋冀豫区的宪政运动起见，我们建议本月三十日即将召开的晋冀豫区各界宪政促进总会，不仅要使自己成为一个号召与推动本区宪政运动的机关，而且要使自己成为一个常设的、强有力的、统一本区宪政运动的领导机关。在总会成立之后，应当经常深刻的讨论宪法宪政诸问题，应当确实指导本区宪政运动的开展，应当进一步的促进华北以及全国民主政治的实施。

总之，只有民主政治的深入与开展，才能谈得到宪政运动的深入与开展。当前华北民主政治深入与开展的道路，也正是华北宪政运动深入与开展的道路。我们相信，此次晋冀豫区各界宪政促进会的正式成立，无论对于华北或者全国民主政治的推□，均将有无限伟大的贡献。本报同人谨以无限热忱，预祝大会的光□□□。

（原载一九四〇年五月二十七日《新华日报》华北版第一版社论）

纪念"五卅"

在我们中国的革命历史上，有很多著名的运动，其悲壮热烈，说起来真是可以"动天地而泣鬼神"。一九二五年五月卅日上海工人学生市民反对日英帝国主义的斗争，就正是这样的运动之一。这个运动，掀起了当时的反帝高潮，成为一九二五——一九二七大革命的开端。在这个运动当中，有不少的英勇典型，经验教训，一直传到今天，还是我国非常宝贵的革命遗产。

第一，"五卅"运动的斗争阵营，一方面是全副武装的各个帝国主义，一方面是手无寸铁的中国人民，而当时的统治阶级北洋军阀，则勾结帝国主义与中国人民为敌，革命运动是处在非常困难的环境之中。但我们"五卅"运动中的革命先烈，深信群众力量的伟大，能够站在群众的前列，奋不顾身的领导群众去进行斗争。特别是中国无产阶级优秀子弟，上海日商纱厂工人顾正红同志的英勇牺牲，引起了广大群众的感泣与义愤，引起了普遍全国的反帝运动，为国民革命军誓师北伐，准备了群众的基础。这个历史的教训，在今日的抗日战争中有着极其重要的意义。今日我国正处在抗战日趋艰苦，投降妥协危机日益严重的紧急关头，只有依靠广大群众的力量，才能克服当前的危险。我们每一个英明的革命领导者，每一个进步青年，每一个革命同胞，在今日纪念"五卅"的时候，应该百倍加紧的发动更广大的群众力量，来拥护□□□□坚持抗战到底，反对敌寇诱降，反对汪精卫卖国贼的卖国阴谋，反对一切暗藏汪精卫的投降妥协、分裂倒退的活动。

第二，帝国主义的反革命阴谋，历来都以分裂我民族力量，破坏我民族团结为主。远在"五卅"运动的时候，帝国主义勾引上海的大资产阶级，使其背叛民族联合战线，以至"五卅"运动因大资产阶级的背叛而失败，使中国革命运动受到暂时的挫折。在今日的抗日战争中，我们自然不应再蹈过去的覆辙，而应该坚持民族团结的方针，对那些预备投降敌寇的不肖之徒，提起万分的警惕，严厉打击敌寇奸逆的挑拨离间，使我们全民族各个抗日阶级，团结得更加巩固，并依靠这个团结的力量去战胜敌寇。

我们华北敌后，目前正处在"扫荡"与反"扫荡"的激战之中，我们全体抗日军民，应该以实际的战斗来纪念"五卅"。也只有以实际的战斗来纪念"五卅"，而不是以官僚的仪式来纪念"五卅"，才表示我们真正继承了"五卅"运动的革命传统，才表示我们真正领悟了"五卅"运动的经验教训，因此——

纪念"五卅"，我们要动员更广大的群众去粉碎敌寇新的"扫荡"，扩大正规军与地方武装，发动广泛的游击战争，展开交通战，厉行空室清野，把敌人包围在各个据点之内，使其不能前进一步。

纪念"五卅"，我们要加紧巩固敌后抗日根据地，开展各方面的建设工作。

在政权建设方面，我们要建设一个真正有威信、有权力、有战斗力量的统一的抗日民主政权。在财政经济建设方面，我们要达到真正统一，真正自给自足，并促使抗日根据地的生产事业日益发展，以生长抗战力量与改善民众生活。在文化教育建设方面，我们要实现正规化的教育制度，为抗战建国做百年树人的打算……以各方面的建设工作，把我们抗日根据地建设成为不可攻克的抗战堡垒。

纪念"五卅"，我们要更加发展民众运动，特别是群众的宪政运动；不但要促进全国范围内实施宪政，而且要在我敌后抗日根据地，为实施宪政做各种实际的准备工作，如成立各级参议会，实行区村民选等；务使我们宪政运动，不至流于空谈，而真正能在华北敌后为将来的宪政国家奠定基础。

（原载一九四○年五月二十九日《新华日报》华北版第一版社论）

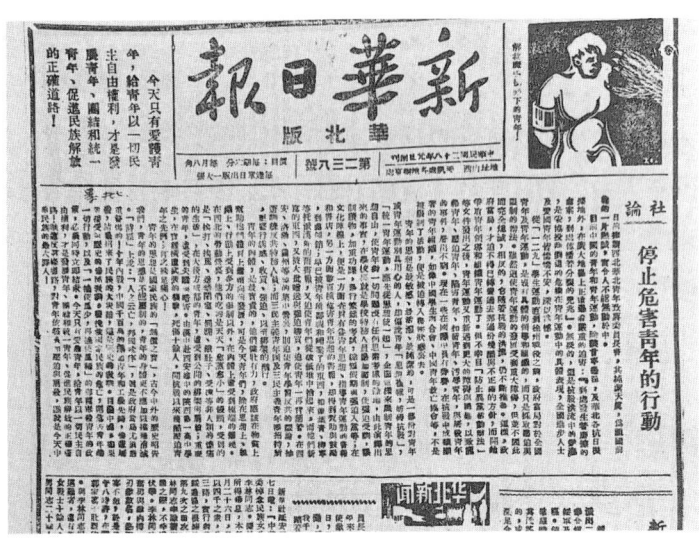

停止危害青年的行动

日前捧读《西北华北青年致蒋委员长书》，其纯洁天真，为祖国前程的一片热诚，实令人不能无动于中。

目前中国的青年和青年运动，除陕甘宁边区，及华北各抗日根据地外，在广大地区上正遭遇着严重的迫害，"到处发生着磨擦的血案，到处传播着分裂的凶兆"。无疑的，这是抗战洪流中的逆流，是妥协投降倒退的危机在青年运动中的具体表现，全国进步人士及爱国青年皆惴惴不安，深以为憾。

从"一二·九"学生运动直到徐州战役之前，政府当局对于全国青年及青年运动，是没有具体的领导和组织的，而只是采取压迫与限制的办法。虽然这使青年运动的发展受到重大障碍，但并不因此而完全熄灭，相反的，它随着抗战的洪流，仍不断推进。这样，政府当局才迫不得已转变过去那过分残酷与不正确的方针，而开始争取青年领导和组织青年运动了。但不幸自《防止异党活动办法》等文件发出之后，青年运动又重新遇到更大的障碍与困难，以致笼络青年、压迫青年、陷害青年、扣留青年、污辱青年，与屠杀青年的事件层出不穷。现在一些在国际中负有声誉，在抗战中成绩显著的青年组织，如像中国学生联合会、中国青年救亡协会等，不是被限制了活动，便是被迫转入秘密状态里去。

青年的思想是最敏感、最活泼、最纯洁的，可是一部份对青年或青年运动别具用心的人，却偏说青年"思想复杂，妨碍抗战""统一青年运动，应先从思想统一起"，企图这样来限制青年的思想自由，使青年对一切问题没有任何思索考虑的余地。由此演绎出来的事实，在学校里就是学校特务人员严加压制，使强迫受训、限制读物、加重功课、举行繁杂的考试、缩短假期与强迫入党等。在文化阵线上，便是一方面查封有益青年思想、指导青年运动的书报和书店；另一方面数百种危害青年思想的书报，却得到帮助与鼓励，到处倾销。早已被青年所鄙视和唾弃了的东西，如像《叶青》《柳宁》等托派汉奸的旧书报，又迫使青年们从破纸堆中拾起来；而他们新写的东西，又被大批赠送与强迫购买，迫使青年一再背诵着。在西安、洛阳、兰州等地的集中营里，则迫使青年学习反共的谬论，抽选训练反共特务人员；而三民主义青年团及三民主义青年团招待所，更盛行诱惑、收买、强迫、以至绑架的丑行。

青年的肉体，是最宝贵的，他们健壮有力，政府应该在物质上帮助他们，体育上继续向前发展。可是今天青年们，除在思想上、组织上、行动上受到多方的限制以外，在肉体上还受到极端的摧残。在西北的劳动营里，他们吃的是天天"愈蒸愈小"的馒头，受到的是"挨打、挨骂、送禁闭室、罚跪、饿肚子、受冻等非人类的惨痛的生活"。在大后方成都的青年，遭受到公开的绑架与屠杀；重庆的青年，遭受到失踪与暗害。由汉中赴西安途中的陕西第一高中学生，在宝鸡横遭武装的袭击，死伤十余人。开抗战以来残酷压迫青年之先例，言之殊足痛心！

  青年的思想是国家民族的"无价之宝"，古今中外的历史昭告我们，青年的思想是不能压制的，青年的身体更不应加以摧残消灭。《诗经》上说："人之云亡，邦国殄瘁。"这是政府当局尤须严重警惕的！十年内战，中国千百万的热血青年和工农先锋，惨遭屠杀，结果招来了民族的大灾难，这是历史的教训。目前，中国如果要接受这历史的惨酷教训，要挽救国家民族的危亡，则危害青年的一切行动，以及"一摘使瓜少，再摘使瓜稀"的那种毒杀青年的政策，必须同时立即结束。今天只有爱护青年，给青年以一切民主自由权利，才是发展青年、团结和统一青年、促进民族解放的正确道路。谁违反这条道路，对青年依然横加压迫与屠杀，谁就是今天中华民族的最大罪人。

（原载一九四〇年六月一日《新华日报》华北版第一版社论）

展开节省运动 反对贪污浪费

现在大家都赞成节省运动,而且有很多地方,真正实行了节省运动,节省出来了不少的人力物力,帮助了敌后抗战。在报纸上,过去登载了很多节省的消息,各地政权机关、抗日军队、民众团体,都能够以身作则,一方面号召别人节省,一方面自己励行节省。这种上下一致、军民一致、省吃俭用、刻苦奉公的精神,也表现了我们敌后抗日根据地一个特色。这不是一件小事情,不管是节省了几块钱、几斗米,也全靠大家爱国家、爱民族的热情,也全靠大家的政治觉悟,只有在抗日民主区域里面,才能够把这件事情切实做好。

但是,我们是应该时时刻刻求进步的。我们对于现在的节省运动，自然还不能够完全满意。老实说起来，我们的节省运动还有很多缺点，其中最大的缺点，就是还没有广泛开展反对贪污浪费的斗争。有少数贪污浪费的份子，钻进了我们某些机关，把这种恶劣的旧意识、旧习惯，带到我们抗日队伍里面来，影响我们抗日队伍里面一些不坚定的份子，有些地方，甚至带坏了我们不少老实忠厚的干部。因而在我们许多机关里面，贪污浪费的现象，还是非常严重。你今天节省一文，他明天就浪费十串；你们全机关工作人员节省一天菜金，抵不过贪污份子的□饱一顿；你们号召、动员，实行节省，而贪污浪费份子却站在旁边冷笑，把大家当作傻瓜。所以，如果不能肃清贪污浪费的现象，就不能真正展开节省运动。

我们每一个抗日干部，每一个爱国同胞，不要把贪污浪费看做无关重要的小问题，应该从政治上来看这个问题；要把反对贪污浪费的斗争，看做反对坏思想、坏意识、坏观点、坏习惯的斗争。廉洁与贪污，节省与浪费，是两条相反的路，有谁向贪污浪费的路上开步走，结果就会走向"政治上的堕落"。一面贪污，一面革命，这样的人是不会有的；一面浪费，一面抗日，这样的事也是很少见的。我们一定要有这样清楚明白的了解，才能提高警惕性，真正把贪污浪费的现象克服。

反对贪污浪费，励行节省，自然还要有一些具体的办法。在这里，我们提供一些参考的意见。

一、要建立周密的制度。有精确的概算，规定开支数目，概算以外的特别开支，要经过政治上负责的同志批准。

二、要有严格的审查。应该组织专门的检查委员会来检查一切开支，上级对下级开支的检查，也应当更加加紧，真正对这件事情负起责任来。要严格的实行□算制度，报销制度。

三、要选择忠实可靠的干部去担任经济机关的工作。不要看不起经济机关，不要把经济工作看做所谓"事务工作"。要挑选一批优秀的干部去学习管钱管账，因为这个工作实在关系重大。

四、要在广大群众当中开展反对贪污浪费的斗争，把这件事情当作一件教育工作来做。要使广大群众了解贪污浪费的坏处，能够经常监督经济工作人员。要使个别不自觉犯了贪污浪费毛病的干部，及时警惕猛省，坚决纠正自己的过失。要在广大群众当中造成这样的空气，大家都憎厌和敌视一切贪污浪费现状，提倡廉洁刻苦的作风，使贪污浪费现象在我们的抗日根据地里面完全绝迹。

（原载一九四〇年六月三日《新华日报》华北版第一版社论）

抗议敌机轰炸重庆

从上月二十七日起,敌机数百架,连日分批空袭我们的抗战首都——重庆。炸毁了我们很多学校、医院和民房,伤亡了我们二百八十几个同胞,其中有复旦大学的教务长孙寒冰先生。重庆许多机关团体,已经通电全世界,控诉敌寇这种惨无人道的暴行。并且还有美国朋友梁福林、费迪生诸位先生,打电报给美国政府,要它改变那种"助桀为虐"的政策,不再卖飞机汽油和军火原料给日本。

这件事情,使我们华北军民感到万分的悲愤。我们华北军民,关心抗战首都,爱护抗战首都,和重庆同胞是一样的。重庆同胞受到敌寇的轰炸,也是我们华北军民的"切肤之痛"。我们谨向在轰炸中殉难的同胞表示无限的哀悼;

我们谨向重庆全市同胞敬致慰问之忱；我们感谢国际朋友的帮助与同情；我们更要坚决抗议日本帝国主义这一暴行。我们抗议的办法，就是实际的抗战工作，就是驱逐日本帝国主义出中国，打倒日本帝国主义，这样来替我们成千成万的被难同胞报仇雪恨。

敌寇的野蛮残酷，本来是全世界上都知道的，这一次大举轰炸我们的重庆，在它并不是什么新事情。但是，这里要特别指出来的，就是敌寇这次轰炸重庆，更加密切的配合了它的政治阴谋。它用最野蛮、最残酷的轰炸破坏，在我们后方制造恐怖颓丧的失败情绪，以便利投机派进行投降妥协的活动。所以它的轰炸是手段，而诱降却是目的。它一定要配合着这一轰炸，更加加紧实行诱降政策（美大使胡适的"否认与日和议"，法大使馆的"发表声明"，都是显明的蛛丝马迹）。更加加紧分裂中国民族的阴谋，这是无可怀疑的。

我们每一个中国人，应该看清楚敌寇这个阴谋，不要把敌机轰炸重庆当作"司空见惯"的事件。有些顽固份子、投降妥协份子，可能在敌寇的这种威胁利诱同时并进的阴谋前面，更进一步的向着汪精卫的死路上走，更进一步的响应敌寇在我们民族阵营内部做分裂民族团结的勾当，在我们民族阵营的内部乘机散布悲观失望、恐惧颓丧的失败情绪。这就会使我们民族内部所存在的投降妥协分裂倒退的危险，更加严重起来。我们应该更加巩固民族的团结，更加巩固抗战必胜、建国必成的信心，深刻了解到敌寇越野蛮、越残酷，就越发表示它越恐慌、越困难，就表示它在军事进攻政治阴谋上受到了我们的重大打击，越发没有办法来实现它的亡华毒计。我们要使得每一个同胞都了解这些道理，把失败情绪和投降妥协的危险及时克服。

同时，敌寇这一次轰炸重庆，也应该引起我们大后方许多同胞的警惕，了解敌人一定要灭亡我们全中国。我国的抗战如果不能得到最后的胜利，无论什么地方都不能够苟安一时。敌人今日轰炸了重庆，明日也可以来轰炸成都、康定与昆明，苟且偷安的办法只是一条死路。真正有效的自卫方法，乃是积极打击敌人，加紧准备反攻，并且为着这个目的，实施民主的宪政，以团结发动全民族的力量。如果我国全民族真正团结巩固，并且把一点一滴的力量都发动起来了，那怕敌寇动员它倾国之机飞到中国来大举轰炸，也决不能挽救它的失败与灭亡，也决不能阻止中国的胜利与解放。一个团结的中国是决不会为轰炸所屈服的。

（原载一九四〇年六月五日《新华日报》华北版第一版社论）

晋冀豫区宪政促进会的成就

晋冀豫全区宪政促进会成立大会的召开，正当着某些落后地区、黑暗的统治变本加厉，广大民众的嘴巴上依然贴着"训政"的封条，欲讲宪政而不得的时候；正是当着华北敌寇，加紧"扫荡"各个抗日根据地，残酷的"扫荡"战与反"扫荡"战即将大规模展开的时候；同时也正是汪逆精卫亡国灭种的假宪政大批廉价拍卖的时候。大会首先便以战斗的姿态成立了自己本身的强固组织，使晋冀豫全区的宪运领导得以集中，宪运组织得以统一，为本区宪运奠定下真正的坚固基础。

同时，一个鲜明的奋斗目标是确定了。这个鲜明的奋斗目标，便是反对旧的宪政，打倒汪逆精卫的汉奸假宪政，拥护新的民主宪政。这种新的民主宪政，乃是几个革命阶级联合起来，共同反对日寇汉奸汪派的真正的民主宪政，乃是真正的三民主义的宪政。第一，它坚持抗战到底，澈底反对汉奸汪派，是真正民族主义的。第二，它主张全国各个革命阶级党派在法律地位上一律平等，结束"一党专政"，实现民主政治；全国人民除汉奸外皆得享有四大民权，是真正民权主义的。第三，它注意调节各阶级利益，改善工农生活，逐渐做到"节制资本""耕者有其田"，是真正民生主义的。

其次，大会加强了各阶层、各阶级、各党派的亲密团结，进一步的巩固了本区的抗日民族统一战线。到会代表不仅包括各党、各派、各界、各军，并有本区素有威望的士绅名流三十余人。这些名流士绅，爬山越岭，远道跋涉而来，其坚苦卓绝的精神，实在值得钦佩，同时也充分表现了他们对于民主政治的热心与拥护。大会代表，包括冀西、豫北，代表了全国不同阶级、不同职业、不同团体的一千二百万人口来倾述他们对于民主宪政的意见，这些意见基本上是一致的。同时，对于财政经济建设、文化教育、改善民生等具体问题，亦有详细而热烈的讨论。显然的，经过这一次民主的会议，党政军民之间的团结，是益发融洽了，也就是益发增进了全区统一战线的巩固。

这种统一战线的益发巩固，乃是依靠着新式的民主政治的基本原则——合理的调节各阶级利益的原则。只有依靠这种原则，我们的抗日民族统一战线有它光明远大的前途。今天晋冀豫区宪政促进会上所表现的伟大团结，用事实再一次的粉碎了顽固份子对于统一战线的挑拨破坏，对于晋冀豫抗日根据地的造谣侮蔑。

从大会开幕那天起，各地民众纷纷献旗献花献匾。大会第二天，男女老幼结队前往祝贺，这充分说明了民主之为广大民众所迫切需要。同时，大会本身也始终贯澈着伟大的民主精神。特别是那些年老的士绅，得到应有的尊敬，开明的士绅们同样的对于后一辈青年提出了他们恳切的意见。

黎城的一位士绅先辈说："老年人的力量，过去没有很好的发动起来，这是一个损失。"这样诚恳坦白、公忠谋国的态度，实在令人感动。

敌后华北，过去以及现在的许许多多抗日民主工作当中，可以随便找到最出色的模范例子，来证明民众有本领管理国家大事。这次大会上全体代表对于民主精神的发扬，工农青妇等民众团体代表对民主问题所表现的真知灼见，以及从工作当中所锻炼出来的实际本领，对于那些"民众无用论"者，实在不啻当头一棒。

总之，这次晋冀豫区宪政促进会是胜利成功了。在这里，我们愿再提出几点希望，作为代表诸君及理事会诸君今后工作的参考。

（一）今后的问题，是如何实现大会决议的问题。我们希望各地代表，继续大会战斗精神，努力实际工作，把大会精神从实践当中再现出来。

（二）宪政即是民主政治。因之各地宪政促进会代表，应该毅然决然地担负起推动各地的村选工作，保证严肃的完成各地真正的村选。

（三）与其他各根据地宪政促进会取得密切联系，筹备组织全华北宪政促进总会，统一开展华北宪政运动以促进全国宪政的施行。

一面努力开展华北宪政运动，一面为华北的模范的民主政治来推动全国宪政的实施，这便是今天华北宪政运动的基本任务。

（原载一九四〇年六月七日《新华日报》华北版第一版社论）

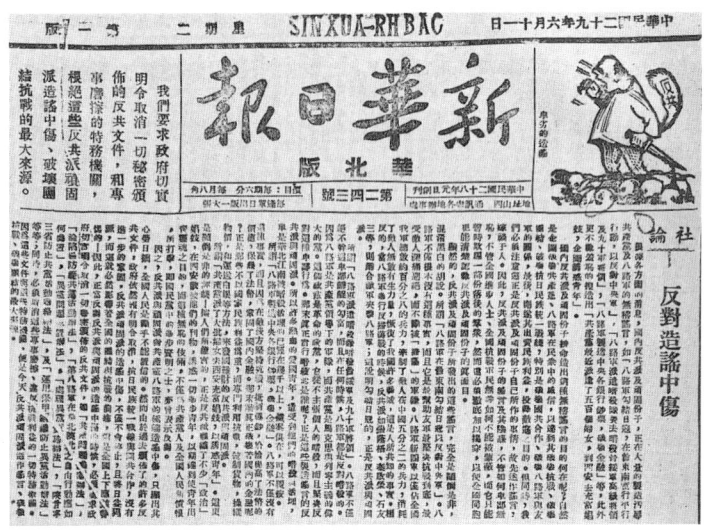

反对造谣中伤

根据各方面的消息，国内反共派及顽固份子，正在大量的制造污辱共产党及八路军的无稽谣言，如"八路军勾结日寇，在晋东南实行平行行动，以反对中央军""八路军派遣暗杀队要去暗杀晋绥军高级将领及九十军将领""八路军制造中央各银行钞票，破坏金融"等，此外更不识羞耻的捏造出"共产党最近派遣了五百个妇女，到西安去充当娼妓，企图诱惑青年"。

国内反共派及顽固份子拼命造出这种无稽谣言的目的何在呢？自然是企图破坏共产党、八路军在民众中的威信，以达到其破坏抗战、破坏团结、破坏抗日民族统一战线，特别是破坏国共合作、破坏八路军与友军的关系，最后，则遂其出卖民族利益，投降敌寇之目的。但同时，我们必须注意这正是反共派及顽固份子自己所作的事情，故先造作谣言，嫁祸于人。因此，反共派及顽固份子的谣言及其阴谋，不管如何卑鄙无耻，不管全国进步人士、全国抗战军民无论如何不能被蒙蔽，而它只能暂时欺骗一部份落后的群众。然而这必须澈底加以揭穿，以便全国同胞更能清楚认识反共派及顽固份子的真面目。

显然的，反共派及顽固份子所发出的这些谣言，完全是颠倒是非，混淆黑白的胡说。所谓"八路军在晋东南勾结日寇以反对中央军"，八路军不仅根本没有这种事实，而且它是最帮助友军，最坚决抗战到底，最受敌人深痛恶绝，而不断被"扫荡"的军队。八路军、新四军以仅占全国我军总数约百分之八的兵力，牵制了敌人在中国五分之二的兵力，消耗了敌人无数有生力量，恢复了我国许多县城，这是人所共知的事实。相反的，当八路军进行反"扫荡"战的时候，反共派如张荫梧、秦启荣、石友三等，则配合敌军夹击八路军；这说明勾结日寇的，正是反共派与顽固派。

所谓"八路军派遣暗杀队暗杀晋绥军及九十军将领"，八路军不仅绝不干这卑鄙龌龊的勾当，而且在任何时候，八路军都是反对暗杀的。因为八路军是共产党领导下的军队，而共产党是马克思列宁主义的伟大的党。这个政党是革命的政党，它从不主张个人的暗杀，而且坚决反对这种卑鄙行为。那末真正实行暗杀的是谁呢？正是这些制造谣言的反共派与顽固派。所以许多热血的爱国青年，遭受到他们的暗杀与活埋，单是华北江南被暗杀活埋的已经在几千以上，铁案俱在，可以覆按。

所谓"八路军制造中央各银行钞票，破坏金融"，八路军不仅没有这种事实，而且因为在敌后方坚持抗战，抵制伪钞，恰恰提高了法币的价值，保护了法币，巩固了国内金融。那末谁真正破坏着国内的金融呢？正是那些不以国家民族利益为重，而专门利用抗战、统制货物、操纵物价和运送白银等方法，来发国难财的反共派与顽固派。

所谓"共产党派了大批妇女去西安充当娼妓，以诱惑青年"，这更是颠倒是非的诬蔑！据人们所证实的，正是反共派组织了不少"政治"娼妓，在西安散发他们的刊物，诱惑一切进步青年，以期达到使青年出卖灵魂之目的。而这种无耻的伎俩，不仅为共产党人及全国人民所愤恨，所打击，即国民党中的进步贤明之士，亦曾表示反对。

因之，反共派与顽固派对共产党八路军的极端造谣中伤，只显出其心劳日拙，全国人民是断乎不能置信的。然而由于过去颁布了的许多反共文件，政府依然没有明令取消，抗日民族统一战线与国共合作没有进一步的巩固，反共派、顽固派的造谣中伤，不仅不会停止，且将日益猖獗，而这就必然影响着全国的团结与抗战的前途，这是全国上下应该警惕的。因此，正当反对反共派与顽固派的造谣中伤的时候，必须要求政府切实明令取消一切秘密颁布的反共文件，如《共产问题处置办法》《沦陷区防范共党活动办法》《第八路军在华北陕北之自由行动应如何处置》《异党问题处置办法》《处理异党实施办法》《陕甘宁三省防止共党活动联络办法》，及《运用保甲组织防止异党活动办法》等等。同时，必须取消这些专事磨擦、违反抗战利益的一切特务机关。因为这些文件与这些特务机关，便是今天反共派、顽固派造作谣言、破坏抗战、破坏团结的最大来源。

（原载一九四〇年六月十一日《新华日报》华北版第一版社论）

加紧动员，预防旱灾

近来华北许多地方没有下雨，尤其是在太行山区域，已经形成了亢旱的现象。夏季麦子的收获已经受到了很大的影响，在太北某些县□里面大约只能收到三成，其他各地同样也要打很大的折扣。特别严重的是，由于亢旱的原因，到现在秋粮还无法下种，这就可能使我们在今年下季发生粮食恐慌，可能使我抗日根据地陷入于灾荒与饥饿之中。

这种灾荒现象，并不是偶然发生的，并不是什么"老天爷降怒于世人"。这种灾荒现象，乃是日本帝国主义侵略我国，以及我国国内长期封建统治的结果。由于日本帝国主义在敌后的频繁"扫荡"，使我们的防灾工作受到很大的阻碍；而敌寇砍伐树木，破坏水□，以及在平原地区制造水灾等等暴行，也都是造成山岳地区亢旱的一些原因。至于我国国内长期的封建统治，使农村经济在循环不断的变乱当中日益衰落，地力耗竭，水利不修，以至灾荒现象，史不绝书（在山西省志与各地方的县志里面，都记载得很详细），甚至形成周期性的荒旱，一直遗留到今天抗日民主政权兴起的时代，成为我们抗日军民前面一个严重的困难。

如果不能及早防止这种灾荒现象，将来就会发生很大的危险。第一，如果秋粮不能下种，今年的粮食就要成大问题，不但抗日军队没有粮食吃，连老百姓的粮食也会不够吃。第二，在严重的灾荒与饥饿之中，我们抗日根据地内部的社会秩序一定要受到影响，一定会发生一些不可避免的骚扰与逃亡，这就使巩固抗日根据地的工作受到很大的损失。第三，敌寇奸逆一定会利用灾荒的机会，加紧"扫荡"，加紧阴谋活动来摧□我们的抗日根据地，以求达到它"肃正"的目的。第四，大灾之后，必有大疫，使我们人力物力受到灾荒疫□的交互侵蚀。这些情形，对于坚持敌后抗战，对于整个抗战，都是很危险的。因此，加紧动员起来，与灾荒作斗争，乃是我们华北敌后抗日军民一个最迫切的任务。

我们的抗日民主政权，首先应该把预防旱灾的工作提到自己的议事日程上来，赶快想出办法开始布置。例如建立防灾组织，提倡人力灌溉，实施种植旱粮，进行粮食调剂；与敌寇收买粮食、制造灾荒的阴谋作斗争，对敌寇奸细利用旱灾机会，造谣惑众、煽动人心的行动，加以严厉的镇压；等等，都要政府机关来领导，来号召。我们的各个民众团体，应该发动广大的民众，来拥护与执行政府的防灾工作。这个工作真正是民众切身的要求，也即是各个民众义不容辞的责任，农救会自然要在这个工作上拿出全部力量，工救会、青救会、妇救会以及其他民众团体，也要把这件事情当作自己一个迫切的工作来做。在抗日军队方面，也要协助政府与民众，像制止敌寇进攻一样来制止旱灾，以自己的积极行动，阻止敌寇对我抗日根据地农业生产的破坏，武装保护收获，武装保护灌溉，武装保护下种。使我们能够依靠军政民一致联合的力量去战胜当前的亢旱，预防将来的灾荒。

敌后的抗战，是长期的，是复杂的，是艰苦的。我们不但要对敌人作战，而且要对灾荒作战。大家拿出信心来，大家拿出力量来，我们一定要把灾荒现象克服，因为这也是坚持敌后抗战一个重要条件。

（原载一九四〇年六月十三日《新华日报》华北版第一版社论）

意大利参战

意大利法西斯蒂，终于不出吾人所料，终结它那"可怀疑的中立"，于本月十一日正式参加欧洲帝国主义的大战，将全意大利人民卷入□□之中。

如果说墨索里尼在这次大战中也有所谓一贯政策，那末这一政策的解读，"投机取巧，趁火打劫"就是他的战略方针。

佛兰德斯及法国西北部的大会战，数十万英法联军一部份被德歼灭，一部份则突围，那一区域英法最后军事根据地敦刻尔克被德军占领后，法国西北部、比利时沿海及英吉利海峡均被德军控制，英法最捷径的联络已被□□，希特勒对英法各个击破的第一步作战计划，似已达到。德国显然趋于优势地位，目前正大军猛攻，在塞纳河、瓦斯河、艾斯纳河岸，展开剧烈的战斗，至少有百万以上的德军正在强渡□河，有几处河道已被突破，巴黎正处于险恶的危境……墨索里尼瞧准了这点，以为趁此德国优势已定，英法危难紧迫的良机，显然是最能以较小的力量，较小的代价，去博得希特勒的欢心，去压迫英法而获取最大的便宜与利益的。这便是墨索里尼根据他那"方针"，恰恰挑选这一个时机，对英法宣战的理由。

采取这样的方针，不仅由于老牌法西斯墨索里尼的狡猾，而正是由于法西斯意大利的政治、经济、军事各方面的困难重重。直到现在，除了用飞机轰炸了地中海英国的马尔太岛以外，意大利还没有随着宣战书而向英法大举进攻。因而意大利到底将怎样的来展开战争，目前还难于肯定。然而，谁都能知道他们的主要战场舍地中海莫属。战争自己的法则，要求意大利首先必须去破坏那由法国本土的吐伦军港、科西嘉岛西部阿雅绰军港及突尼斯的比塞大所构成的三角形的战略形势，要求意大利去进攻英国的海军据点马尔太岛。

同时，另一条道路，便是去进攻法国南部的萨伏依、尼斯（这两个地方意大利已从前年叫唤到今天了），去侧袭法国名港土伦，以威胁法国南部尼罗河流域，以配合德军向巴黎的进攻。

然而，上述重要据点，都是英法在地中海上的枢纽和生命线，还有重兵把守，意大利向这些据点进兵，是否能轻易得手，尚难预料。因之，在地中海方面的战争，也必将表现出激烈与持续，使地中海的战祸，日益扩大下去。

帝国主义战争是更扩大了，然而从这新的扩大点上，将继续扩大到如何地步，实难想像。按照英法土三国协定，那末一旦地中海上有人对英法作战，土耳其便应帮助英法出动，可见英法帝国主义早就准备了策动土耳其去应付意大利的参战。美帝国主义也日益公开的站在英法方面，并且想利用一切可能的机会，去取得"渔人之利"，最近又曾"警告"过意国，说："倘使意国参战，美将被迫派舰往地中海。"日来美国"舆论"□□，一致"□□"罗斯福对意的"警告"。可见美帝国主义是不愿英法全部败北，使欧洲"失却均□"的。比第一次世界大战□□更大的、更残酷的侵略大战，行将展开，然而整个□战争形势却□以前完全不同了。

各列强的劳动人民，全世界反帝反战的群众，殖民地上的人民，决定帝国主义命运的时刻到了。

（原载一九四○年六月十五日《新华日报》华北版第一版社论）

纪念高尔基、瞿秋白同志

高尔基、瞿秋白,这两个名字,在革命历史上是永垂不朽的,在人类文化史上也是永垂不朽的。

在革命历史上,高尔基、瞿秋白同志,是两个模范的共产党员。他们一生信仰共产主义,信仰马克思列宁主义,拥护共产党,为了共产党的事业而奋斗,坚决无情的反对一切反革命,反对一切阶级敌人。他们在受挫折、受困难、受打击的时候,对革命丝毫不灰心,丝毫不动摇,表现了共产党员的伟大品质。反革命用了毒药来毒杀高尔基同志,用了屠刀来屠杀瞿秋白同志。但是,高尔基同志就在临危的一刻,仍然用他最后的遗言坚决拥护社会主义的祖国;瞿秋白同志在阶级敌人的屠刀之下,慷慨成仁,从容就义。

这种伟大的精神，引起了全世界革命者的感奋与反动派的惊惶。也正因为高尔基、瞿秋白同志是两个这样伟大的革命战士，所以在他们的毕生奋斗中，对于革命，对于全人类的解放事业，都有了很大的贡献。有成千成万的青年，有成千成万的文化人，在高尔基与瞿秋白同志的感召之下，走向了革命，走向了马克思列宁主义的道路。

在人类文化史上，高尔基、瞿秋白同志，乃是国际无产阶级革命文化运动最优秀的领导者。高尔基同志是俄国无产阶级文学的□驱，在苏联社会主义建设过程中，高尔基同志领导苏联的革命作家，建设了伟大的苏维埃文学。瞿秋白同志领导了中国的革命文化运动，并且在过去的苏维埃区域，实行了新的文化教育的改革，创造了中国革命文化运动的传统。高尔基、瞿秋白同志，给我们留下了许多不朽的著作。这些著作，每一篇每一句，都是人类文化宝库里面最珍贵的财产。高尔基、瞿秋白同志，给我们创造了许多革命文化运动的基本原则，建立了马克思列宁主义的文化理论，这些原则与理论，至今仍然是革命文化运动的指针。

我们纪念高尔基、瞿秋白同志，就必须学习他们的伟大精神，并以实际的斗争去完成他们所遗留下来的革命事业——特别是革命的文化运动。我们纪念高尔基、瞿秋白同志，在今天的华北敌后，首先应当进行以下三件工作：

第一，动员全华北文化界的力量，来粉碎敌寇奸逆的"文化"进攻，来粉碎敌寇奸逆文化上的诱降迫降政策。要依照高尔基这样的指示去做："敌人如果不屈服，就去消灭他。"我们要消灭一切"和平"谬论、奴化教育、色情"文化"、造谣欺骗，以及国内一切反进步、反民主、反团结、反抗战的反动思想，我们要以文化的武器，去消灭国内一切麻痹苟安或者悲观失望的情绪。

第二，加紧抗日根据地的文化教育建设工作，在这个工作中，发挥高尔基同志，特别是瞿秋白同志的遗教，在文化阵线上生长新的力量来配合各方面的工作者战胜敌寇。

　　第三，大量吸收文化人来参加抗战建国工作，像高尔基、瞿秋白同志一样把广大的文化人团结在革命队伍的周围，并且教育他们，改造他们使之成为优秀的革命者。要善于保护文化人的利益，像高尔基同志在十月革命以后设立"文学之家"一样，像瞿秋白同志在文化运动中提挈后进一样，使我们一切进步的文化机关和文化团体都成为"文化人之家"，使广大的文化人能够在自己的"家"里充分发挥自己的工作力量与革命热情。

（原载一九四〇年六月十七日《新华日报》华北版第一版社论）

澈底改造村政权

华北敌后各抗日根据地，三年以来，为了适于领导抗战，适于动员广大民众巩固抗日根据地，曾在改造政权方面，尽了相当大的努力，也得到了不少的效果。因此，在全华北敌后各抗日根据地中，一般说来，政权是进步的，是在向着抗日民主的方向发展，与战前有了显著的不同。假若没有这一点，则在敌后坚持抗战到将近三年之久，是不可能的。

但将近三年的经验又告诉了我们，上级政权机关曾颁布了很多有益于坚持抗战、改善民生等等的进步法令，这些进步法令，一到下边，不是搁而不行，便是根本变质（例如合理负担变成摊派，减租减息阳奉阴违，优待抗属漠不关心等等），以致迄今，改造政权没有收到应有的效果。很显然的，今天华北敌后政权改造的重心应当放在村级，现在各抗日根据地的当局，决心要用半年工夫，普遍澈底改造村政权，这应该认为是华北敌后政权改造过程中的一件大事情，是在华北敌后实现真正民主政治的一个重要关键。

自今以前，对于村政权的改造，并不是没有注意到。抗战以后，许多村子对于旧村长，曾广泛的进行过反贪污斗争，也曾经有过所谓民选村长。新提拔的村长中，也有不少比较好的，特别是在沦陷区域或邻近沦陷的区域，许多村长都表现了坚苦卓绝的奋斗精神，而且还有许多为国捐躯，至死不屈的。但仍有很多地方，虽然换了新村长，却等于换汤不换药，或者是由于选择不慎，新村长本身品质不好，是投机落后份子；或者是新村长任职未久，即与旧势力同流合污；或者是新村长没有政权工作经验，自己不知道如何作法，依赖村书记，而为村书记所操纵欺骗；或者是村中旧势力联合抵制，使新村长陷于孤立，无法工作。因此之故，一般说来，村政权之改造，收效甚微，或者甚至没有效果。

研究过去村政权之改造所以未能收到应有效果的原因：第一是由于农村封建势力仍然存在，民众力量还未能很好的组织起来，新的村政权没有真实的群众力量作基础，故不能克服封建势力对政权的操纵把持；第二，几千年来，人民在封建统治的重压之下，没有民主生活的习惯，故对于参加政权的办法，甚为生疏，不深刻了解民选一事的重要性，甚至有些人民尚把参加民选视为支差；第三，各处的县区村干部也缺少民主生活的习惯，没有领导民主政治的经验，在进行民选村长时，没有按照选举程序，认真去作，一般都是打锣召集，举手通过，半日之间就算实现了"民主"；第四，村中民意机关与行政机构不健全，没有成立村民大会或村民代表会，新村长"选"出之后，大家就不再管了，没有人去监督他，帮助他。村长事务过于繁重，全村之事集于一人之身，委实有些办不来。故当选而坚辞，就职而叫苦者，到处皆是，这样，村政权就不能发挥很大的作用。

目前华北敌后各抗日根据地，除晋察冀边区外，政权建设共同的特点是政权的改造是自上而下的，县级以上的政权是进步的。在这种形势下，区村政权也应该是进步的，但因上述种种原因，区村政权特别是村政权之改造，还是一个很严重的问题。从全部政权机构说来，呈现着一种头重脚轻或上动下不动的现象，自上而下，自下而上，还没有很好的配合。一言以蔽之，我们还未能把全部政治机构形成一套上下一致的灵活机器。

现在各抗日根据地，都把彻底改造村政权，提放在工作日程的第一位，且要用半年工夫来作这一工作，这是抓住了当前工作的决定环节。华北敌后新的民主政治之实现，与夫抗日根据地之巩固，端赖此举。愿我华北各抗日根据地全体同胞共勉之。

（原载一九四〇年六月十九日《新华日报》华北版第一版社论）

拥护抗日的货币政策

在经济战线上，货币是一件最重要的武器，它的作用，从两三年来的实际斗争中，看得更加显明。两三年来，敌后抗日根据地，曾发行了几种货币，比如冀察晋边区银行钞票、冀南银行钞票、北海银行钞票、上党银行钞票等，都得到了不少的成绩，避免了法币外流，防止了敌寇盗取外汇，活泼了抗日根据地金融，发展了抗日根据地的信用事业，充实了我们各种生产事业的资本。而尤其重要的是，由于我们正确的货币政策，给了敌寇的"鬼子票"以严重的打击，使这些"鬼子票"只能在敌人占领的区域里面流通，以至形成通货膨胀的状态，使这些"鬼子票"信用惨落，在许多地方简直一钱不值。现在我们可以确定地说，在抗日根据地里面,我们的货币政策基本上是胜利了的。

为什么我们的货币政策能够得到这些胜利呢?这就因为,我们抗日银行所发行的票子,声誉卓著,信用巩固。它主要的是用抗日根据地生产建设的收入做担保的,我们的生产建设事业一天天的发展,这些票子的信用也就一天天的提高。这又因为,我们抗日银行所发行的票子,得到军政民绅各界的拥护,它受到政府法令的保护,受到广大民众的爱戴。这些票子所代表的乃是抗日的经济力量,拥护抗日的人都要拥护抗日的票子,因此它可以毫无阻碍,深入敌占区,为敌占区同胞们所乐于使用。

敌人害怕我们抗日的票子,也像害怕抗日军一样,所以它用了很多阴谋诡计,来破坏我们抗日的票子。它在占领区里面,强迫民众不用抗日的票子,强迫民众减低我法币的价值,而在我抗日根据地里面,□经过汉奸间谍,用造谣惑众的办法,用制造假票的办法,来进行阴谋破坏。现在有些地方,发现许多不好的情形,或者是使用抗日的票子要打一个折扣;或者是故意把冀钞等掉换法币,而降低冀钞的价值;或者是大量行使假钞杂钞,以混乱根据地的金融;或者是在市场上把货物分成好几等价钱,用冀钞买东西就特别贵。这些情形,现在虽然还不算怎样普遍,但是一定要指出,这都是敌寇阴谋活动的结果,其目的就是要破坏我们的经济建设,破坏我们老百姓的经济生活,破坏我们的抗日根据地,破坏我们的抗战。

应该想出各种办法来反对敌寇的这些阴谋。

一、要在群众里面进行广大的宣传,使群众更加明白抗日票子的实际情形,使群众更加热烈的来拥护抗日票子,使我们抗日票子的信用,靠了群众更进一步的拥护而大大提高。

二、要严厉执行政府保护抗日票子的法令,每一个老百姓都要留心,如有破坏抗日票子的情形,要"重办不贷"。

三、要揭破敌人破坏我们经济建设的阴谋诡计。

四、要严格拒用伪钞,使之根本不能在我根据地内流通,对于地方杂票,政府应设法整理。

五、在我们抗日军队、政府机关、民众团体里面，要把拥护抗日票子当作一项工作来做，干部要以身作则，因为军队、机关、团体、干部的言行，乃是民众言行的标准，只要我们的干部都能坚决执行正确的货币政策，老百姓是一定会同样执行的。

（原载一九四〇年六月二十一日《新华日报》华北版第一版社论）

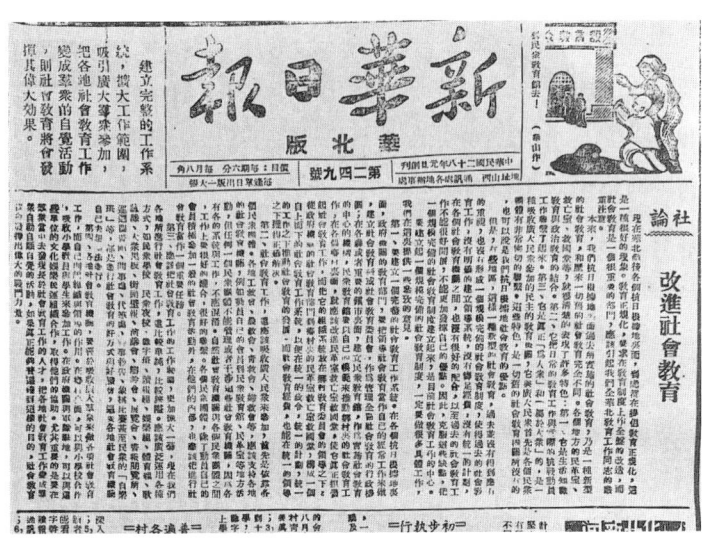

改进社会教育

现在华北敌后各个抗日根据地里面,到处都在提倡教育正规化,这是一种很好的现象。教育正规化,要求在教育制度上作全盘的改造,而社会教育是一个很重要的部门,应该引起我们全华北教育工作同志的严重注意。

本来,我们抗日根据地里面过去所实施的社会教育,乃是一种新型的社会教育,和历来一切旧的社会教育完全不同。各个地方的民革室、救亡室、救国堂等,就很清楚的表现了许多特色:第一,它是生活知识教育与政治教育的结合。第二,它把日常的教育工作与实际的抗战动员工作联系了起来。第三,它是真正"为大众"和"属于大众"的,是一种吸收广大民众参加的民主的教育机关,它与广大民众首先是各个民众团体有非常密切的联系。这些特色，是一切旧的社会教育机关所没有的，也可以说是我们抗日根据地社会教育的优点。

但是，有些地区，这样一种新型的社会教育，过去并没有得到应有的重视，也没有形成一个规模完备的社会教育制度，使得过去的社会教育工作，没有明确的建立领导系统，没有筹足经费，没有统一的计划，在各个社会教育机关之间，也没有很好的配合，以至过去的社会教育工作不能很好开展，不能更加发挥自己的优点。因此，克服这些缺点，把一个规模完备的社会教育制度建立起来，是目前社会教育工作的中心。

要建立起一个规模完备的社会教育制度，一定要做很多具体工作，我们在这里提供一些参考的意见。

第一，要建立一个完整的社会教育工作系统。在各个抗日根据地里面，政府机关的教育部门，要把领导社会教育当作自己的经常工作来做，建立社会教育科或社会教育委员会，作为管理全区社会教育的行政机关。在各县或者重要的镇市里面，建立民众教育馆，作为实施社会教育的中心的机构。民众教育馆要以自己的模范来推动乡村里的社会教育工作，在各个乡村里面，就应该改进民革室、救亡室、救国堂，使它真正担负起社会教育工作，而把它的组织系统放在乡村教育委员会的领导之下。从政府机关的社会教育部门到乡村里的民革室、救亡室、救国堂，构成一个自上而下的社会教育工作系统，以便在统一的政令，统一的计划，统一的工作之下推动社会教育的发展，而社会教育经费，也能在统一的领导之下获得正确解决。

第二，社会教育工作，还应该吸收广大民众来参加。首先是依靠各个民众团体。各地工救会、农救会、青救会、妇救会等，应该支持各地的社会教育机关，例如动员自己的会员到民众教育馆、民革室等地方活动。但任何一个民众团体不能管理或者干涉这些社会教育机关，因为各有各的系统与工作，不应混淆。自然社会教育机关与各个民众团体之间，工作上要很好的配合，很好的联系。各个民众团体，除了动员自己的会员积极参加一般的社会教育活动外，在他们的内部，也应该把进行社会教育当作一个重要任务。

第三，应该把社会教育工作的工作范围更加扩大一些。现在我们各地所进行社会教育工作，还比较单纯，比较狭隘。应该广泛运用各种方式，如民众学校、民众夜校、识字班、读报组、娱乐组、体育组、歌咏队、大众黑板、街头壁报、演讲会、辩论会、展览会、书报阅览所、巡回图书馆、问事处、代笔处、实事报告、象棋比赛甚至民众的"自乐班"等，都是进行社会教育的好方式与好机会，这要各地社会教育机关自己去想办法进行。

第四，各地社会教育机关，要善于吸收广大群众来做各项社会教育工作，而自己则起组织与领导的作用。在乡村里面，可以与小学校合作，吸收小学教员与学生来参加工作。在政府机关与军队驻地，可以与这些单位的文化娱乐民运组织合作，取得他们的协助。尤其重要的是要在群众当中去发现长于社会教育工作的人才，把各地社会教育工作变成群众自动、自愿、自觉的活动。如果真正能够普遍达到这样的目的，社会教育将会发挥出伟大的战斗力量。

（原载一九四〇年六月二十三日《新华日报》华北版第一版社论）

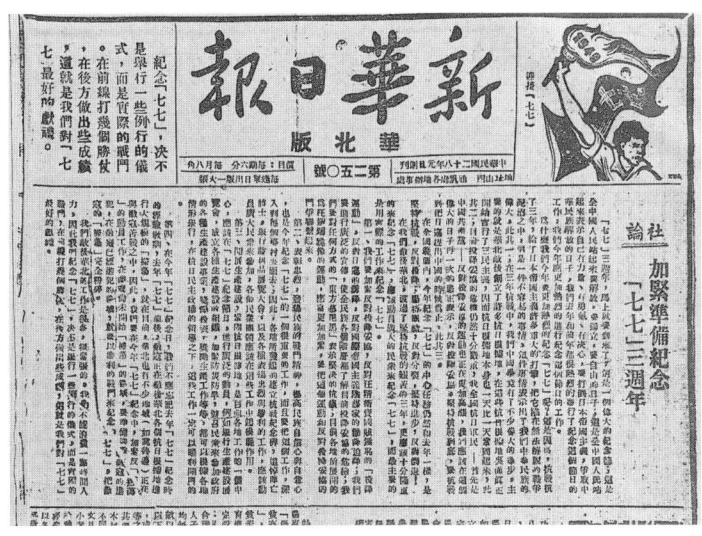

加紧准备纪念"七七"三周年

"七七"三周年,马上就要到来了,这是一个伟大的纪念节;这是全中国人民站起来要解放、要独立、要自由的日子;这是全中国人民站起来表示自己有力量、有勇气、有决心,要打倒日本帝国主义,争取中华民族解放的日子。我们去年和前年都很热烈的进行了纪念这个节日的工作,我们今年应更加热烈的进行纪念这个节日的工作。

为什么我们今年要更加热烈的纪念"七七"呢?这是因为,抗战抗了三年,给了日本帝国主义许多重大的打击,把它陷在无法解脱的战争泥沼之中,这是一件不容易的事情。这件事情表示出了我们中华民族的伟大,此其一。在三年抗战中,我们中国毕竟有了不少伟大的进步,主要的就是华北敌后创立了许多抗日根据地，在这些抗日根据地里面真正开始实行了三民主义，因而抗日根据地本身也一天比一天巩固起来，此其二。目前投降妥协的危机仍然十分严重，我全国抗日军民——首先是中国共产党——反对投降妥协的运动也正在更加高涨，我们应该在这个伟大的日子再一次的严正表示，反对投降妥协，坚持抗战到底，要抗战到把日寇赶出中国的时候为止，此其三。

在全国范围内，今年纪念"七七"的中心任务仍然和去年一样，是坚持抗战，反对投降；坚持团结，反对分裂；坚持进步，反对倒退。

在我们敌后华北，渡过了坚持抗战的艰苦的三年，更应该十分隆重的来纪念"七七"，应该动员广大的民众来纪念"七七"，而最主要的是用实际的工作来纪念"七七"。

第一，我们要加紧反对投降妥协，反对汪精卫卖国贼无耻的"投降运动"，反对日寇的诱降，反对国际帝国主义阴谋家的劝降迫降；我们要进行广泛的宣传，使全民族各个阶层都了解目前投降妥协的危险；我们要对任何方式的"东方慕尼黑"表示坚决的抗议。目前各地所展开的为汪逆铸跪像的运动，应当更加加紧，要把这个运动和反对投降妥协的斗争联系起来。

第二，表彰忠烈，发扬民族的战斗精神，提高民族自信心与自尊心，也是今年纪念"七七"的一个很重要的工作，而且要把这个工作，深入到每个乡村里面去。因此，各地所发起的建立抗战纪念碑，追悼阵亡将士，举行胜利品展览大会，以及各种表扬忠烈与胜利的工作，应该动员广大民众来参加，各个民众团体应该在这些工作中起模范作用。

第三，开展生产建设，巩固抗日根据地，是目前各地工作的一个中心，应该在"七七"纪念节日进行广泛的动员。例如举行生产建设展览会，成立各种生产建设的组织，加紧防灾防旱，号召民众来参加政府的各种生产建设事业，奖励投资，奖励生产工作等等，都可以根据各地情形举行。在抗日民主政权的领导之下，这些工作一定可以顺利开展的。

第四，在今年"七七"纪念日，我们不应忘记去年"七七"纪念时的经验教训。去年"七七"前后，敌寇正在敌后华北各个抗日根据地进行大规模的"扫荡"。就在目前，华北也有不少地域（如冀鲁边）正在与敌寇苦战之中。因此，我们要在今年"七七"纪念中，加紧反"扫荡"的动员工作，在敌寇尚未开始"扫荡"的区域，要准备迎击敌寇的进犯，在敌寇已经进犯的区域，就要以胜利的战斗来纪念"七七"，把敌寇的"扫荡"完全粉碎。

我们敌后华北的工作是很多，很紧张的。我们不能浪费一点时间人力。因此我们纪念"七七"，决不是举行一些例行的仪式，而是实际的战斗。在前线打几个胜仗，在后方做出些成绩，这就是我们对"七七"最好的献礼。

（原载一九四〇年六月二十五日《新华日报》华北版第一版社论）

认识困难与克服困难

日本帝国主义又正在加紧正面的军事行动，猛力向宜昌沙市等地进攻。电讯纷传，忽而谓宜昌沙市已经失守，忽而又谓失守后又已夺回，又传宜昌方面仍在猛烈激战中。总之，不管宜沙是否沦陷，宜昌沙市战局的吃紧，是不可否认的。

敌人最近进攻宜昌沙市之行动，是与其最近整个阴谋相配合的。当欧局剧变，英法困难，美国又忙于欧事之际，敌寇希图大举进攻我抗战之大后方，并希图进攻安南等地，以切断滇越铁路以及中国至缅甸的交通，以便围困我政府，以便诱逼其准备投降和积极策动投降运动。最近敌寇屡次疯狂的轰炸我行都重庆，也是这整个阴谋计划中之一部份行动。在国际形势紧张和敌寇乘机大举谋我的情况之下，无疑的，我国抗战将增加许多新的困难。因此，目前我国政府当局和全体同胞的最紧急的任务，就是要认识困难的实质，和有克服困难的决心和办法。

敌寇在这时候，向我猛烈进攻，虽然一方面是由于国际形势的变化，英法在远东的地位日益削弱，美国又正忙于东西兼顾，日本就想利用这时机驱逐英法在华之一切利益，并威胁美国在太平洋上的地位。同时，它又受到德国在挪、丹、荷、比、卢的胜利的鼓励，特别是受到德国战败法军的刺激，这就加强了日本军阀灭亡中国和独霸东亚的野心。最近日本国内法西斯运动的抬头，就是准备更大规模冒险的先兆。另一方面是由于日本国内政治、经济、外交各种困难的增加和现时敌军在我国内地遇着日益严重的困难，这就迫使日本企图从速结束中日战争。日本内阁议事日程上，经常提出"解决中日事件问题"，就是从这些方面产生的。

然而日本并不如德国，德国之所以能够攻陷巴黎，战败法军，是因为德国无论在人力、技术、军事、外交各方面，都比法国占了优势。日本在这些方面，也同样比不上德国。日本与中国来比，虽然军事技术方面占得优势，但是一个地小人少与一个地大人多的国家相比，这与德国对法国完全不同。中国也并不是法国，法国由于前总理达拉第背叛人民的利益，对外跟随张伯伦走，破坏了法苏协定，实行反苏政策；对内曾经叛变了和分裂了人民阵线，实行反共政策，以致造成在德国进攻以前，内无团结之人心，外无可靠之增援，终于不免失败。而中国自抗战以来，对内建立了抗日民族统一战线，对外曾得了苏联的同情援助。此外，法国是帝国主义国家，其所进行的战争，和法西斯德国所进行的战争，同样是帝国主义掠夺的战争，不能获得全世界的同情与本国人民的一致拥护。同时，法国与中国比起来，是地小人少的工业国家，可能被德国的闪电战术威胁，甚至于屈服；但中国是这样一个地大物博人多的农业国家，日本要施行闪电战术，也是不成功的。况且中国抗战已坚持了三年，各方面都有很大的经验，抗战主力依然存在，锻炼了不少人才，产生了许多民族英雄；全国人民的民族觉醒也提高了，现在还有很大的领土和资源。所有这一切，都是说明中国是能进行持久抗战和争取最后胜利的有力国家。这样，不管中国目前遇着很大的困难，然而克服困难的条件是很多的。因此，我们不应在日本人的疯狂进攻的时候，感到悲观失望，害怕困难，向困难低头，而应该认识困难，克服困难。

今天克服困难的道路，是要接受法国战败的教训，坚持自力更生的正确原则。这个原则，今天已更证明其正确，同时也特别重要。把克服困难和持久抗战的根基，信托在四万五千万广大人民身上，不受日寇的任何威胁利诱，不听信任何外国帝国主义谗言，不中汉奸汪派托匪挑拨离间。坚持全民族团结，巩固抗日民族统一战线，特别是巩固国共合作，给人民以一切真正的民主自由权利，使四万五千万人民都动员起来，组织起来；使军心士气振奋起来；使这有的广大领土和资源，都服务于持久抗战。同时，与伟大苏联人民和各国先进人民亲密携起手来，以便在持久抗战中，消耗削弱和最后战胜日本帝国主义侵略者。

（原载一九四〇年六月二十七日《新华日报》华北版第一版社论）

庆祝中国共产党十九周年

今年七月一日，是中国共产党成立十九周年纪念日。大家都知道，中国共产党是中国无产阶级的政党，十九年来，它站在中国无产阶级的立场上，参加了而且领导了中国的民主革命。它以无产阶级的政治远见，无产阶级的英勇精神，无产阶级的斗争力量，在每一次反对帝国主义的革命斗争中，都站在全民族的前列，而在三年来反对日本帝国主义侵略的斗争中，表现得更加显明。中国共产党，不但是中国无产阶级的先锋队，而且是中国民族解放革命运动的先锋队。

十九年来，中国共产党对于中国民族的贡献，对于中国民族与人民大众的功绩，是无可比拟的。当中国民族外受帝国主义的侵略，内受封建势力的束缚，广大人民彷徨歧路的时候，中国共产党出现了。它向全中国民族指出了一条反帝反封建的民主革命的光明大道，并且领导着中国人民向这条光明大道前进。当帝国主义侵略不已，反动势力暂时嚣张，中国革命遭受挫折，中国民族陷于危难的时候，中国共产党屡次大声疾呼，向全民族指出民族的危机和克服危机的办法，而且领导着广大人民屡次克服了民族危机，使我们民族"起死回生"。当中国革命运动高涨，展开群众革命斗争的时候，中国共产党就担负起了这个革命斗争的组织与领导责任，它动员了千百万群众进入革命阵地，屡次冲击了帝国主义与反动势力的堡垒。由于中国共产党的努力奋斗，团结了与保存了中国一大部份优秀的革命力量，建立起了中国革命的主力部队，在国际上提高了中国民族的地位。在三年来的神圣抗战中，在中国共产党的努力之下，组织了广大的抗战力量，创造了许多军队，建立了不少抗日根据地，收复了辽阔的国土，指出了抗战的三个阶段及抗战胜利的道路，为我们中国革命奠定了胜利的基础。

正是因为中国共产党对中国革命建立了这样伟大的功绩，所以它能够得到广大人民的拥护，所以它的政治主张，能够深入于广大人民当中而得到热烈的赞同，所以它本身能够战胜一切阻碍而获得迅速发展，成为坚强的、拥有战斗力量的布尔什维克党。十九年来的斗争过程已经证明了，一辈一辈的反共专家，一代一代的反共事业，都已经烟消云散了，只有中国共产党，有如春潮怒涨，有如旭日东升，一天天的生长壮大，一天天的发挥中国革命领导者的作用。

中国共产党的壮大与发展，乃是中国革命胜利的保证。每一个爱护祖国的人，每一个要求解放的人，都应当对于中国共产党的壮大与发展，表示庆祝，表示欢欣。在十九年来的斗争过程中，中国人民看得很清楚，共产党真正对国家民族负责任，真正对人民大众负责任，真正能够英勇牺牲去维护民族的利益与民众的利益。因此，在共产党遭到困难与挫折的时候，在反共、防共、限共份子嚣张的时候，也就是中国民族最危险、中国人民最苦闷、最痛心的时候，而在共产党得到胜利与发展的时候，中国民族才能够在国际上扬眉吐气，中国人民才能提高自己的信心，相信中国一定有出路。中国民族和中国共产党是"存亡与共""血肉相连"的，目前各地发生的一些反共、防共、限共的办法，正是日本帝国主义阴谋挑拨的结果，客观上只能招致民族的灭亡。

我们相信，在中国共产党中央的英明领导之下，在广大人民拥护之下，中国共产党一定可以粉碎一切反共阴谋，更加壮大更加发展，成为战无不胜，攻无不克的政党。

我们相信，有一个强大的中国共产党，中国革命一定可以得到胜利，中华民族一定可以得到解放。

我们相信，中国广大人民一定要与中国共产党一起，去完成中国的革命事业，不但要完成现阶段的民主革命，而且要完成将来的社会主义革命，创造出一个光明灿烂的，自由、快乐、幸福的新社会！

中国共产党万岁！

（原载一九四〇年七月一日《新华日报》华北版第一版社论）

提高自力更生的信念

近来由于国际形势的急剧变化，引起我抗战营垒内的一部份失掉自力更生的根本信念的人们，发生了两种于抗战不利的态度：

第一种态度是悲观失望的，抱这种态度的人们，是单把注意力放在害怕敌人的新进攻和害怕自己可能发生的新困难方面。最近日本帝国主义者向我施行新的军事进攻，猛烈攻取了宜昌沙市，并企图更向前进；同时又连日疯狂滥炸重庆，声言"欲建立东亚新秩序，必须首先消灭重庆政权，为此目的，必须杜绝外界对重庆政府之援助"。而关于切断安南援华之道路，传法政府已接受了日本的要求，即所有武器、飞机、卡车、汽油、铁路材料、工业品、棉花、农产品等，已一概禁止从安南运至我国。日本又正威胁着香港和缅甸，希图断绝它们和我联络。这样就使抗战营垒内的一部份畏难份子惶惶不安，发生悲观失望的情绪，不知道抗战有胜利的光明前途。

第二种态度，表面似乎乐观，但其实对抗战前途也是没有正确认识的。抱这种态度的人们，是把注意力完全寄托在欧战的演变上面，把中国抗战前途，完全寄托在外援上面，特别寄托在美国的援助中国和制裁日本上面。这些人，时常吹嘘，不管欧战如何变化，于我国抗战总是有利无害的，同时，并以为只要美国能对日禁运，能扩充军备，能给罗斯福总统以更大权力，便可以决定远东的整个前途，及决定我国的最后胜利。

这两种态度，都是完全不正确的，都是由于对我国坚持抗战，失掉了自力更生的根本信念而产生的。固然日本帝国主义一方面对我大后方猛烈地施行军事进攻，一方面又图切断我西南之外援，这必然增加着我抗战的许多新的困难。但不要忘掉日本的这个行动，也同时增加着它自己难以克服的困难，而我国克服困难的主要条件，还依然存在着。至于美帝国主义者在太平洋增防，以及通过了扩军案等等，对于日本"独霸东亚"的野心自然也有很大的妨碍，而"对日禁运"，尤其是禁运军火和军事原料赴日，如果认真开始实行，对日本将是一种打击，同时对我国抗战可以有相当帮助。然而无论如何，这还不是决定远东前途及我国抗战最后胜利的主要因素。同时，我们绝不要忘了像我们在前几次□文中所指出过的，这次法军失败的原因之一，就是它把自己国家民族存亡问题，寄托于英美的援助上面。因此中国要获得抗战的最后胜利，不能依赖于任何帝国主义的外援，而主要的是依靠自己，依靠四万万五千万同胞之伟大力量，坚持自力更生的最高和最基本的原则。这个原则，在各帝国主义东顾无暇的今天，更成为必要，更成为我国坚持抗战最后胜利的金科玉律。

我国要在自力更生的原则下，坚持抗战，最后战胜日本帝国主义，是完全有根据的，也正如我们在前月二十七日社论中所指明过的一样，就是：我国是个地大物博、人多兵多的国家，比之法国，完全不同，这是我国抗战的主要特征。同时，也是我国得天独厚的最优越条件。而在这些条件之中，尤其是中国的人多。我国具有超过敌国七倍以上的人力，只要我四万万五千万同胞都团结成为一个人、一条心，那末，这就是无攻不克，无坚不摧，最后战胜日本帝国主义的伟大力量。目前我国抗战之所以还未达到反攻和获得最后胜利，其原因并不是由于我国没有力量或缺少力量，而是还没有相信自己的力量，还不能用全力来发扬和团结自己的力量——伟大无比的四万万五千万人民的力量。

当然，这也并不是说不需要任何外援，我国抗战应该努力争取一切可能的外援的，但这只是说，我国抗战最后胜利的信念和方针，应该是放在自力更生的原则上面，因为这是最可靠、最有力的抗战胜利的保证。因之，今天的中国必须空前地提高民族的自信心和自尊心，必须加强自力更生的最高信念，实行全国的大团结。在政治上向前迈步，巩固抗日民族统一战线，巩固国共合作，同时联合苏联及一切同情我国抗战的人民，这才是停止敌人进攻和争取抗战胜利的有效保证。

（原载一九四〇年七月三日《新华日报》华北版第一版社论）

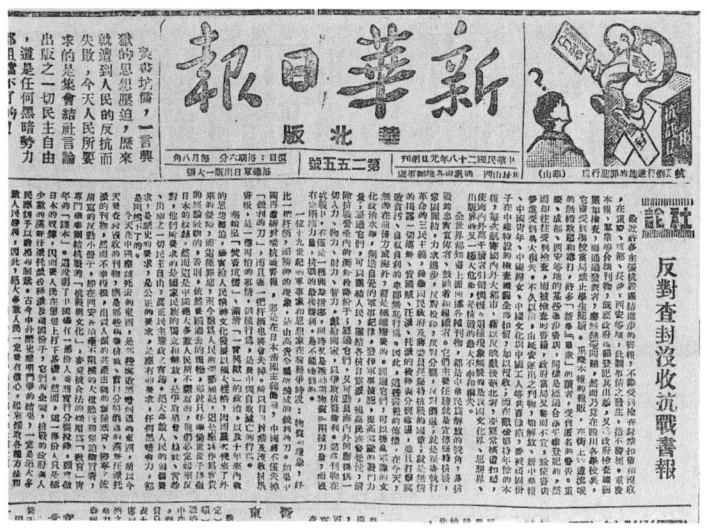

反对查封没收抗战书报

最近许多主张抗战团结进步的书报，不断受到检查、封禁、扣留和没收，在重庆、成都、长沙、西安等地，此类事情之发生，指不胜屈。《重庆本报》《群众》等合法刊物，既经政府机关登记其出版，又为政府检查机关严加检查，而通过发表者，应无丝毫问题，然而乃竟在四川各学校里，它还受到学校当局禁止学生阅读。《重庆本报》的报贩，在街上时遭流氓的无礼欺压和毒打，许多《新华》《群众》的读者，受到匿名的警告。重庆、成都、西安等地的某些进步书店，同样是经过合法手续登记的，然而却往往受到检查，而被检查的书籍，政府当局又秘而不宣，致使书店营业受到莫大损失。不久以前，由延安运出之刊物，如《解放》《新中华报》《中国青年》《中国妇女》《中国文化》与《中国工人》等共百余箱，亦被顽固份子在中途特设的检查机关全部扣留，加以没收；而在敌后坚持年余的本报，每次航寄国内外大都市，借以反映敌后华北者，亦经常横遭扣压，使国内外万千读者引领惆怅。这种现象无疑的是我国文化界、思想界、出版界的又一极大危机，是抗战的最大不幸和损失。

全世界都知道上面所述各种刊物，都是中华民族解放的号角，是抗战的忠实宣传者、鼓动者和组织者。它们主要任务就是宣传坚持抗战，巩固团结，力求进步，反对投降，反对分裂，反对倒退；就是坚决执行革命的三民主义，拥护国民政府□□□□□坚持抗战的国策；就是无情的揭露一切汉奸、卖国贼、汪派、托派的投降与分裂阴谋，并且打击腐败贪污、自私自利的卑鄙无耻行为。因此，这些书报的传播，在今天，无论在前后方或海外，都是极端需要的。经过它们，可以提高军队的文化政治水准，创造自觉的军事纪律，发挥军事技能，提高部队的战斗力量；经过它们，可以团结人民，团结各抗日党派，提高民族警觉性，清除抗战营垒内的汉奸投降份子；经过它们，又可动员海内外同胞提供一切人力、物力、财力、智力，献给国家，以争取抗战胜利。这些刊物在抗战中，不仅是一种理论指导，同时又是精神与物质这两种力量，而没有这两种力量，抗战的最后胜利，是不能达到的。

一位十九世纪的军事家和思想家在论战争时说：物质的现象，好比一把杆柄，而精神的现象，是由高贵金属所炼成的锐利的刀。如果中国再继续封禁抗战书报，那是在日本帝国主义面前，中国将不仅失掉"锐利的刀"，而且连一把杆柄也将会失掉。所以目前封禁及没收抗战书报，是一种可怕的事情，这种行为，是要中国自取灭亡的行为。

秦始皇"焚书坑儒"、满清"一言兴狱"的政治，以及十年来内战的思想压迫，确实给人民精神文化发展以极大桎梏，因而屡次带来了外来的侵略，而这种罪恶，至今犹为人民所深恶痛绝，这是应该作为宝贵的经验教训的，否则，依然要蹈过去的覆辙，那就只好准备世世子孙做日本的奴隶。然而这是中国绝大多数人民所不愿意的，他们必定起来反对，他们所要求的是国家民族的独立和解放，是争取集会、结社、言论、出版之一切民主自由，真正民主宪政之实施。绝大多数人民的这个要求，是历史的要求，是公正的要求，是应有的要求，任何黑暗势力，都是阻挡不了的。

今天在中国应该死去的东西，是那些腐败黑暗倒退的东西，所以今天要查封没收的刊物，应是那些破坏抗战、实行分裂倒退的汉奸、汪派、托派的刊物。然而不幸得很，出卖人头的共产主义的叛徒叶青、柳宁之流所写的反动小册子，却在西安各地毫不阻挡的大批赊送和强迫购买者，专门破坏团结抗战的《抗战与文化》，亦竟被合法的采用为"教育"青年的"课本"。这说明了中国确有一部份人要想实行分裂投降，愿意做日本的奴隶，因而要人民在思想上打下基础。然而，这一部份人只是极少数的汉奸、汪派、托派、投降派及顽固份子，它们的企图，抗战的政府与人民应该予以严格的制裁。古今中外历史证明斗争的结果，一定是绝大多数人民胜利。因此，绝大多数人民一定要有信心，起来采取各种方法和行动，反对这些汉奸败类的倒行逆施，而替民族打出一条光明大道。

（原载一九四〇年七月五日《新华日报》华北版第一版社论）

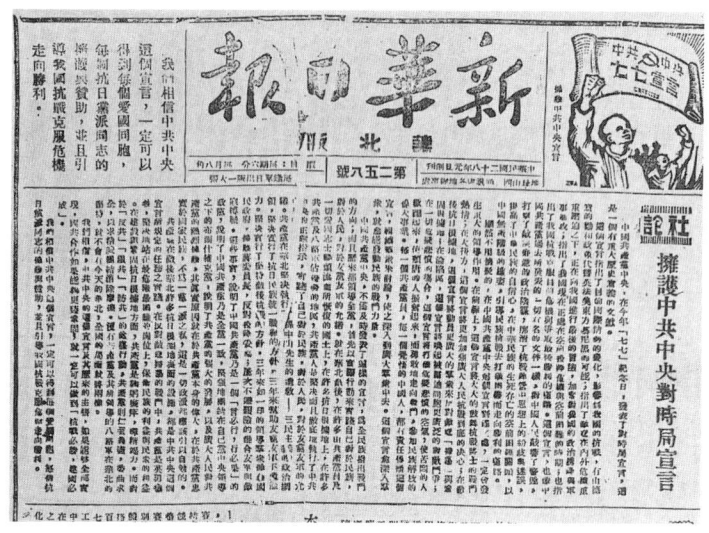

拥护中共中央对时局宣言

中国共产党中央，在今年"七七"纪念日，发表了对时局宣言，这是一个有重大历史意义的文献。

这个宣言指出了目前国际情势的变化，影响到我国的抗战，有由德意的劝和政策代替英法美东方慕尼黑的可能；指出了敌寇在内外危机重重压迫之下，正在向我国进行最后的冒险，加紧对我国的政治诱降与军事进攻；指出了我国现在正处在空前投降危机与空前困难的时期；也指出了我国抗战克服目前危机与争取最后胜利的道路。这个宣言，也像中国共产党过去所发表的一切有名的文件一样，对中国人民敲响了警钟，打击了敌寇奸逆的政治阴谋，廓清了抗战阵营中思想上的纷歧与迷误，提高了中华民族的自信心，在中华民族的生死存亡的空前困难关头，以中国无产阶级的雄姿，引导民族抗战去打破困难而走向胜利的道路。

显然不用怀疑的，在中国共产党中央这个宣言到达之处，一定会发生重大的领导作用。在前线上，这个宣言将大大的鼓舞抗战将士的战斗热情；在大后方，这个宣言将更加加强广大人民抗战到底的决心；在敌后抗日根据地，这个宣言将动员更广大的群众来反对敌寇"扫荡"与巩固根据地；在沦陷区，这个宣言将唤起被压迫同胞更广泛的对敌斗争；在一切危疑悲愤的场合，这个宣言将打破危疑悲愤的空气，使苦闷的人欢跃起来，使颓唐的人振奋起来，而勇敢地走向战斗，参加民族解放的伟大事业。每一个共产党员，每一个觉悟的中国人，都有责任传播这个宣言，组织群众来讨论，使之深入到广大群众中去。这个宣言愈深入群众，就愈能发动民族的战斗力量。

中国共产党中央，不仅及时发表了这样的宣言，为全民族指出战斗的方向；而且历来都领导全党，首先以实际行动来实践自己对于民族，对于人民，对于友党友军的允诺。就在华北敌后，在许多由共产党员及一切爱国志士断头流血所恢复的国土上，在许多抗日根据地上，在许多共产党及八路军占优势的地区，共产党人是坚决而且澈底地执行了中共中央的正确指示，实践了自己对于民族，对于人民，对于友党友军的允诺。共产党在华北坚决执行了孙中山先生的遗教——三民主义的政治纲领，坚决实行了抗日民族统一战线的方针，三年来帮助友党友军不遗余力。坚决实行了坚持敌后抗战的方针，三年来如一日的领导群众拥护国民政府，拥□□□□□，反对投降妥协；屡次不避艰险的配合友军与敌寇搏战。这些事实，说明了中国共产党乃是一个"言必行，行必果"的政党，说明了中国共产党乃是全党一致，坚强地团结在自己党中央领导之下的布尔什维克党，说明了共产党的强大的发展，以及广大人民对共产党的热烈拥护，其真实原因就在于共产党本身的伟大，在于共产党忠实于国家民族，不为一党一派之私，这是一切政派都应该引以自勉的。

共产党在敌后华北许多抗日根据地里面的设施，都是中共中央这个宣言所规定的任务之实践。在反对敌寇"扫荡"的战斗中，共产党是英勇牺牲，坚决地站在最危险、最困难的岗位上，保卫民族的利益与民众的利益。在建设与巩固抗日根据地方面，共产党是鞠躬尽瘁，殚精竭力。而对于"反共""限共""防共"的阴谋行动，共产党则仁至义尽，委曲求全，以求精诚团结，消除摩擦。没有共产党及其所领导的八路军在华北的坚持，就不会有今天的华北，全国的局面就将两样。

我们相信，中共中央的这个宣言及其历来的主张，如果能够全部实现，国共合作如果能够更臻巩固，就一定可以做到"抗战必胜，建国必成"。

我们相信中共中央这个宣言，一定可以得到每个爱国同胞，每个抗日党派同志的拥护与赞助，并且引导我国抗战克服危机走向胜利。

（原载一九四〇年七月十一日《新华日报》华北版第一版社论）

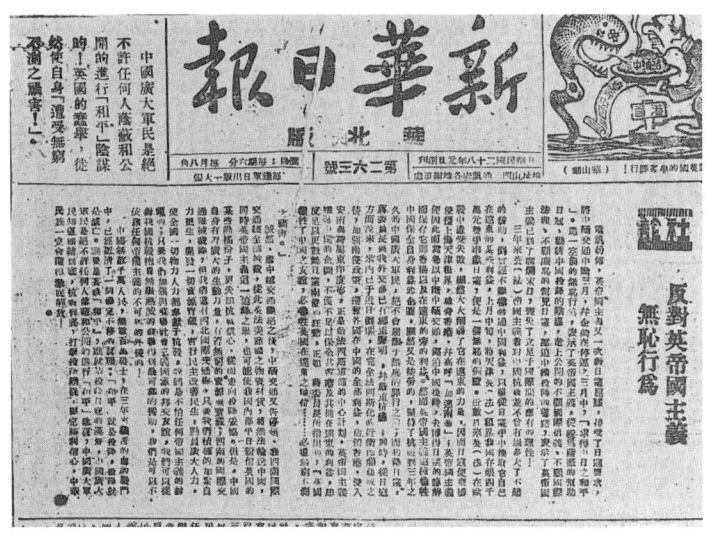

反对英帝国主义无耻行为

电讯纷传，英帝国主义又一次对日寇屈膝，接受了日寇要求，将中缅交通中断三月，并企图在停运之三月中，"求得中日之和平"。这一空前的无耻行为，表示了英帝国主义，从较为荫蔽的帮助日寇、劝诱中国投降的阴谋，走上公开的不顾国际信义、不顾国际法理、不顾廉耻的帮凶日寇，压迫中国投降的道路，表示了英帝国主义已到了腐烂末日，丧失了立足于国际间的应有的理性。

三年来英（法）帝国主义者对中国抗战并不曾有过多大了不起的援助，倒曾经不断牺牲过中国利益，以冀从日寇手中换取它自己在远东的某些利益。上月中旬，将天津英（法）租界我国存银四千万元只手奉献日寇，便是一个无耻的例证。近数月来英（法）在欧战中遭受失败，显然大大削弱了它在远东的力量，因而日寇便乘机侵扰上海、天津租界，威胁香港，并高呼"加速南进"。英帝国主义便因此而冀希以中断中缅交通，逼迫中国投降，去博得日寇的谅解而保存它那香港以及在远东的旁的利益。然而英帝国主义这种牺牲中国、保全自身利益的企图，显然又是徒劳的，坚持了抗战到三年之久的中国广大军民，绝不会屈服于无耻的罪行之中而投降日寇。蒋委员长与我外交部已有郑重声明，并严重抗议。同时，从日寇方面说来，米内已于近日倒阁，在完全法西斯化的近卫内阁组成之后，加强南侵政策，攫夺各国在中国的全部利益，占领香港，侵入安南与荷属东印度等，正是敌法西斯军部的中心计划。英帝国主义牺牲中国的企图，不仅不足以保全其香港及其他在远东的利益，却反足以更鼓舞日寇南侵的狂欲。正如蒋委员长所指出的，"英国牺牲了中国之友谊，必牺牲英国在远东之地位……必遭无穷不测之祸害。"

诚然，继中越交通断绝之后，中缅交通又告停顿，我西南国际交通线全部被截，从此英法美诸国之物资材货，将无法输送中国。同时英帝国主义这一迫降之举，也可能使我国内部平日亲信英国的某些动摇份子，更失却抗战信心，从而走向投降妥协。但是，中国自身有着广大的生动力量，有着无穷的资源与宝藏。西南的国际交通虽被截断，但我们还有西北国际交通线，只要我们积极的加紧自力更生，开发一切资源宝藏，实行民主，改善民生，动员广大人力，使全国一切物力人力都奉献于抗战，我们是不怕任何帝国主义的封锁的；只要我们加强与苏联社会主义国家的邦交友谊，我们可以从对我国抗战抱着无限热诚的苏联得到最可靠的援助，我们是可以不依靠任何帝国主义的不可靠的外援的。

中国无数千万人民，无数百万战士，在三年来艰苦的血的战斗中，已经认清了一个确定不移的真理："和平"就是投降，投降就是灭亡。谁要是妄谈"和平"，谁就是投降日寇的汉奸。中国广大军民是绝不许任何人荫蔽和公开的进行"和平"阴谋，中国广大军民知道团结到底，抗战到底，打击投降阴谋，坚定胜利信心，中华民族一定会获得澈底解放！

（原载一九四〇年七月二十一日《新华日报》华北版第一版社论）

敌内阁五度改组

在短短的三年中日战争中，日寇已更换过四个内阁（近卫、平沼、阿部、米内），内阁短命，成为日寇国内政治特征之一。于今，又在"组织统一政党""革新政治体制"的叫嚣声中，米内内阁宣告崩溃，而近卫则以完全法西斯的姿态，重行袍笏登场，组织其第五个内阁了。

当米内登台之初，曾以"处理中国事件"为其内政外交的基本政策，而同时以"努力稳定人民生活"，欺骗岛国人民，为政六个足月又一天。在"处理中国事件"上，除了牵着狗彘不食的贱货汪精卫，串演了一幕"进都南京"的丑剧以外，"速和速结"的阴谋并无丝毫成就。反之，在我全国军民坚持抗战，英勇苦斗中，日本强盗的泥足愈陷愈深,预算达百亿以上,租税一再加征,国债达二百三十万万元之巨,纸币泛滥(自四月起,每月发行额已较去年增加了八万万乃至十万万日元)。恶性的通货膨胀,使物价腾贵到不堪收拾,银行有挤兑之风潮,粮荒形成饥民之骚动,甚至纸张都恐慌万状,只好限制与摧残文化。"稳定生活"的诺言,徒然引起日本人民的不满与愤怒,反战情绪一天高似一天——这便是米内任内的日本风景之一。

在外交上,米内在平沼内阁中任海相之时,是曾经反对过军队与德意缔结军事同盟的。但是希特勒在短短的几个月中灭亡了六个国家,法西斯气势的嚣张,大使日本法西斯眼红,使米内仅仅从英法手里获得一点便宜,殊无以满足日本军阀狂妄的贪欲。

上述情形,也就是说日寇日益增加着的内外困难,使日寇内部矛盾更形激增,更益尖锐(从斋藤失言事件以后,敌国政民两党分化,社大党宣布解散,内大臣汤浅辞职,一直到近卫"新政治体制"运动,这一列政治风景,就是日寇内部矛盾尖锐的具体明证),而欧洲法西斯蒂的猖獗,更刺激日本法西斯运动的新的高涨。于是,米内便在基本政策毫无成就,国内人民不满,内部矛盾锐化,法西斯抬头的情形中,被畑俊六逼宫,狼狈下台。

同样的,近卫内阁也便在上述原因与情形中重行登台。这"最后一张牌"的第二次打出,向日本人民提出了一个什么"新政治体制";然而其实这并没丝毫"新的"意味,一句话,就是扫清残存的民主气息,组织一个法西斯政党,实行法西斯统治而已。从此必将"军事、立法、行政合而为一",对内则加强对反战人民的镇压,"强化经济统制",加紧榨取岛国民众最后一滴血;对外则复活柏林、罗马、东京轴心,加速南侵政策,夺取英法美在远东的全部利益。自然,主要的还是对中国加紧政治进攻,并联合以相当猛烈的正面的军事进攻,企图使中国投降而亡国灭种,这是毫无疑义的。

然而,实行全般的法西斯统治,决不是表示日本帝国主义的"新生",

而正是表示日寇最后的挣扎。在所谓"新政治体制"实现下,我们将见日本国内分化更烈,为反抗残酷的压迫与剥削,为反对侵略战争而引起的人民斗争将日益剧烈;我们将见因亚洲门罗主义与南侵政策而引起的日美矛盾将更益尖锐。而中国人民则将以团结到底,抗战到底的英勇斗争,来回答日寇的新的政治与军事的进攻。除了少数动摇份子,会怕惧日寇全般法西斯化的姿态以外,我们中国广大人民是知道只要团结到底,抗战到底,加紧反对投降妥协,不管日寇变多少脸相,都有足够的力量予以粉碎的。

(原载一九四〇年七月二十三日《新华日报》华北版第一版社论)

论目前粮食问题

目前华北各地，正当麦收之后，敌我之间展开了很剧烈的"粮食斗争"。在这个斗争当中，敌人进行了下列各种办法：第一，在他的据点周围的农村里面，到处抢劫新麦；第二，不断向我抗日根据地肆扰，破坏我们的夏收，烧毁我们的粮食；第三，经过奸商的活动，在我们抗日根据地里面收买粮食，运输出口；第四，用了各种卑劣无耻的造谣欺骗，来破坏我们的粮食动员。

很显然的，敌人所进行的这些办法，为的是要解除他自己的粮食困难而造成我们抗日根据地里面的粮食困难，这是敌人对我抗日根据地一种非常毒辣的进攻。敌人从三年战争的经验中，知道我们抗日根据地是"扫荡"不了的，因此它就从政治经济各方面来加紧进攻我们,"粮食斗争"正是敌人经济进攻的一个重要表现。敌人企图采取这种"饥饿政策"来饿困我们,梦想饿困乃至消灭我们的抗日军队、抗日人民,达到它整个"肃正华北""灭亡中国"的目的。另一方面,敌人在各地抢掠粮食的行为,也充分反映了它本身的粮食缺乏。"敌占城市,我占乡村",而城市里面是不会生产粮食的,所以近一年来在各个敌占城市里面,粮食飞涨,北平的小米曾卖到一百多块钱一石,太原的麦面曾卖到四十多块钱一袋,而且这还是汉奸报纸上公布的价目,实际上的粮价比这还要高得多。我各个抗日根据地过去对敌寇所进行的粮食封锁办法,是给了敌寇以重大的打击。

由此可见,敌我之间的粮食斗争,也是一个严重的政治斗争,我们如果能够在这个斗争中得到胜利,对于整个的华北敌后抗战有很大的帮助,粮食斗争的胜利可以成为军事斗争胜利的基础。

在许多区域里面,由于我们广大军民深刻了解粮食斗争的严重性,进行了斗争而且得到了成绩。但是,也有个别地区,对于这一斗争并未引起应有的警惕,因而给了敌人以可乘之隙,造成粮食问题上一些严重现象,或者因为保护不周而使部份粮食沦入敌手,或者因为粮食外流而形成抗日根据地内部的粮食恐慌等等。这种严重现象如果不加以克服,就将使我们在这些地区一年以来的辛苦耕种遭受失败,就将使这些地区的抗日军民受到饥饿死亡的威胁。

因此,目前必须在各个抗日根据地里面广泛开展对敌的粮食斗争,对敌占区域造成一条严密的粮食封锁阵线,不让敌人抢去一粒粮食,不让敌人买到一粒粮食,而保证我抗日军民有足够的粮食供给,澈底粉碎敌人对我抗日根据地的"饥饿政策"。

我们建议:

一、各接敌区域,党政军民一致动员起来,武装抢收新麦,武装保护下种。

二、防止粮食外流,取缔奸商私运粮食出口。

三、依照政府法令，正确处置粮食，妥为保护储藏。

四、依照政府法令，实行夏季临时囤积公粮的办法，以保证我抗日军队的供给。

五、励行节省粮食与爱护粮食。

这些工作，应该依靠广大民众力量来进行，各地党政军民的领导机关，首先必须进行深入的宣传鼓励，使每一个农民深刻了解，无论抢收新麦，无论囤积公粮，都是为了保卫自己的切身利益，都是为了防止将来抗日根据地的灾荒与饥饿，都是为了保障抗日力量，抵抗敌寇的进攻，以保护自己土地、财产、妻子与生命的安全。如果每一个农民都能深刻了解到这一点，积极起来拥护抗日政府与抗日军队，参加粮食斗争，这个斗争就一定可以得到伟大的胜利。

（原载一九四〇年七月二十五日《新华日报》华北版第一版社论）

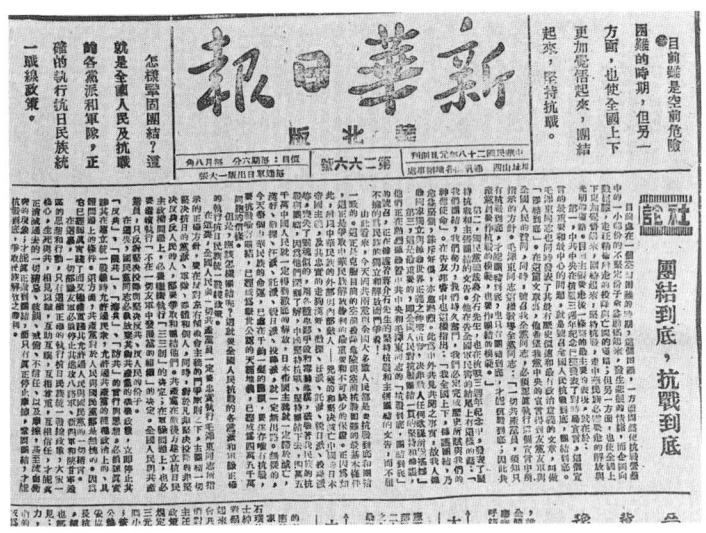

团结到底,抗战到底

目前处在一个空前困难的时期,这个困难,一方面固然使抗战营垒中的一小部份的不坚定份子愈益动摇起来,发生悲观的情绪,而企图向敌屈膝,走汪精卫所走的投降与亡国的道路;但另一方面,也使全国上下更加觉悟起来,团结起来,坚持抗战,走中华民族必需要走的解放与光明的道路。目前主张要走后一条路的最主要的表现,就在于:

第一,中共中央在抗战三周年纪念已经发表了对时局宣言,这个宣言的最重要和最中心的问题,就是号召全国人民抗战到底,团结到底。毛泽东同志也同时发表了其最有历史价值和最有政治意义的文章,叫做《团结到底》。在这篇文章里,他希望我党中央的宣言得到友党友军与全国人民的赞同，同时，号召我全党同志，必须认真执行这个宣言中所指示的方针。毛泽东同志这样教导全党同志："一切共产党员，须知只有抗战到底，才能团结到底，也只有团结到底，才能抗战到底；因此共产党员要作抗战的模范，也要作团结的模范。"

第二，国民党总裁蒋介石先生，也在抗战三周年纪念中，发表了坚持抗战和主张团结的文告。他在《告全国军民书》的结尾上有这样的话："我们团结，我们努力，我们持久奋斗，我们必定完成历史所赋与我们的神圣使命。"在《告友邦书》中也这样指出："我全国上下，拥护团结，乃愈益坚强，诛斥奸伪，亦愈热烈，此为中外共见共闻之事实。故我人拥护国家独立与拥护世界正义之神圣抗战，决非敌人任何阴谋所能摇撼。"

第三，这是最重要的，即全国人民对抗战团结一贯的坚持和拥护，他们正在热烈拥护着中共中央和毛泽东同志的"抗战到底，团结到底"的号召，正在拥护着蒋介石先生的坚持抗战和主张团结的文告，而不屈不挠的为民族的独立和解放而斗争着。

由此看来，今天国共两党与全国大多数人民都是要抗战到底和团结一致的。这正是克服目前的空前投降危险与空前抗战困难的最基本条件，这正是争取中华民族解放胜利的最重要和不可缺少的保证。正因为如此，所以中华民族的外部与内部敌人——凶残的和坚决灭亡中国的日本帝国主义，及其忠实的走狗汉奸、敌探、汪派、托派、亲日派、投降派等，丧失了灵魂似的，用各种卑鄙手段和毒辣阴谋，破坏着我民族的抗战与团结。因为他们深刻了解，中国坚持抗战、坚持团结下去，四万五千万中国人民就一定得到澈底的解放，日本帝国主义就一定归于灭亡，汉奸、敌探、汪派、托派、亲日派、投降派，就一定无出路。无疑的，今天整个中华民族的命运已处在千钧一发的关头，要生存唯有抗战，要抗战唯有团结，已经成为举世公认的天经地义，已经成为四万五千万同胞的信条。

但是，应该怎样团结呢？这就要全国人民抗战的各党派和军队正确的执行抗日民族统一战线政策。

在这里，全国人民与一切共产党员一定要忠实执行毛泽东同志所指示的正确方针，要在反对"左"右倾机会主义的斗争原则之下，去团结一切坚决抗日的党派、军队、团体和个人。同时，对于凡非坚决投降与非坚决反共反人民的人，都要争取和团结他们。共产党在敌后方建立抗日民主政权问题上，必要继续执行"三三制"的决定；在军队问题上，也必要继续执行"不在一切友军中发展党的组织"的决定。全国人民与共产党员，只反对坚决投降与坚决反共、反人民的份子。

在这里，国民党同志必须放弃其对共产党的破坏政策，立即停止其"反共""限共""□共""防共"的言行与思想，必须认真实践其在建立统一战线时允许过民众，允许过共产党的种种政治上的、具体问题上的条件。这方面，共产党对于人民与国民党都是无愧的。因为它已经认真实践了而又继续实践其允许过人民与国民党的一切诺言。

在这里，一切部队友军必须停止其进攻八路军、新四军和陕甘宁边区的思想和行动，只有这样正确的执行抗日民族统一战线政策，大家一条心，生死与共，相见以诚，互助互让，互相尊重，互相信任，才能真正消灭过去的一切猜忌、歧视、戒备、不信任以及摩擦，甚至流血冲突的现象，才能真正做到团结；而只有真正停止摩擦，巩固团结，才能抗战到底，争取民族解放之胜利。

（原载一九四〇年七月二十七日《新华日报》华北版第一版社论）

谁未执行诺言?

有某些报纸刊物论文内,刊有国民党一部份人士如程潜、蒋鼎文、郭筹峰先生等的文章,造谣说共产党违背了自己的诺言,企图把国民党一部份人破坏国共合作的责任,加在共产党身上。在抗战三年过程中,究竟谁履行了自己的诺言,谁未履行自己的诺言,事实自有公断,强词不能夺理。且看抗战三年来铁的事实吧。

民国二十六年九月二十二日,中央社公布了《中国共产党为公布国共合作宣言》;实际上这宣言早于民国二十六年七月四日由中共中央交付国民党,经蒋委员长及国民党中央的同意,由中央社发表的。这宣言就是国共两党合作的基础,它的每一条,都是两党努力的方针,应为国共两党所共同遵守。这宣言所述各项,不仅是中国共产党的意愿,而且也是国民党所同意的纲领。

在这宣言中,中国共产党向全国人民宣布:他为团结抗战利益,而愿执行的事有下列各项:"(一)孙中山先生的三民主义,为中国今日之必需,本党愿为其澈底的实现而奋斗。(二)取消一切推翻国民党政权的暴动政策及赤化宣传,停止以暴动没收地主土地政策。(三)取消现在的苏维埃政府,实行民权政治,以期全国政权的统一。(四)取消红军的名义及称号,改编为国民革命军,受国民政府军事委员会之统辖,并待命出动,担任抗日前线之重责。"中国共产党是否执行了这些诺言呢?全国同胞,凡是没有成见,尊重事实的人士,是一定不会怀疑的,中国共产党始终忠实地执行自己的诺言,从来没有违背过自己的诺言,"言必信,行必果",是中国共产党的一贯立场。

第一,中共目前所执行的政策,全部合于三民主义,未曾超出三民主义的范围。陕甘宁边区,及八路军、新四军所驻在的敌后各抗日根据地,均认真实行三民主义政策,在全国范围内,也只有共产党才是澈底实行三民主义与言行一致的模范,这也是人所共知的事实。

第二,中共坚决执行不以暴动政策与破坏政策来对付国民党与国民政府的诺言,始终为巩固团结,坚持抗战而奋斗。对于那些阴谋推翻国民政府的行动(如二届国参会汪精卫的活动),共产党且曾予以澈底的打击,已为众所周知之事。

第三,中共宣言发表后,苏维埃政府立即自行改为陕甘宁边区政府,并公开公布受国民政府的领导,宣布为国民政府统辖下的一个地方政府,以实现政权统一的诺言。

第四,一九三七年八月二十二日红军奉令改编为国民革命军。十五日,朱德、彭德怀通电全国,正式就任总副指挥之职。九月,八路军奉令开赴前线。大江南北的红军游击队,则于民国二十六年十一月奉令成立新四军,第二年即开赴前线作战。三年来，八路军、新四军位于国防的最前线，立下了光辉的战功。不管过去现在及将来，中共是坚决执行自己这些诺言的。这种光明磊落、大公无私、言行一致的态度，早已在自己的言论上、行动上向全国人民表示出来，并且取得了同胞的赞许，一切责备共产党违背诺言的，不是奸人的造谣污蔑，就是故意歪曲事实，企图混乱国人视听，以作反共的借口罢了。

在宣言中，我们代表全国人民向国民党提出而经国民党正式允许的要求是什么呢？这就是：（一）争取中华民族之独立自由与解放，首先须切实的迅速的准备与发动民族的革命抗战，以收复失地和恢复领土主权之完整。（二）实行民权政治，召开国民大会，以制定宪法与决定救国方针。（三）实现中国幸福与愉快的生活，首先须切实救济灾荒，安定民生，发展国防经济，解除人民痛苦与改善民生。换言之，这也就是实现三民主义初步纲领。抗战三年来，国民党对于自己这些诺言是否执行了呢？事实证明：只执行了一小部份，大部份并没有执行。

第一，国民党实行了抵抗日本帝国主义侵略的民族战争，这是执行诺言第一条的基本事实，这些是三年来国共合作的主要基础。这一点，当然值得称许。但由于许多原因，其中重要原因之一，就是国民党只实行单纯的军事抗战，不实行总理"唤醒民众"的遗嘱，所以到现在不仅未能作到收复失地和恢复领土主权完整的诺言，而且困难正日益严重。

第二，国民党并没有实现民权政治。政府没有予人民以言论、出版、集会、结社等自由权利；真正的民众救亡组织，横遭解散；优秀的爱国青年，横受压迫摧残；国民党一党专政，不仅未曾结束，而且特务作风变本加厉。虽然国民党接受了国民参政会关于定期召开国民大会的决议，但是国民党仍决定拿抗战前一党专政和国内战争时所贿选的国民大会来搪塞，因而国大代表的选举法、组织法及"五五宪草"，均不愿予以修改，甚至连人民宣传宪政的言论，也严格被取缔和限制。

第三，中国人民之幸福与愉快的生活，现在不仅谈不上，而且由于国民党在抗战期间所采取的所谓统制经济的办法，大开垄断居奇和包运等发国难财的方便□门，不仅不能改善民生，反而危害了民生，使民不聊生，民生成为严重的问题。

此外对于各抗日党派合法权利问题，蒋委员长在民国二十六年九月二十三日的谈话中所正式代表政府公布的："对于国内任何派别，只要其诚意救国，愿在国民革命、抗敌御侮之旗帜下共同奋斗者，政府无不开诚接纳。"但是这个诺言，国民党没有能够实行。共产党的组织在全国各地仍然遭到无理的摧残，共产党员仍不断地遭受逮捕，且不断地遭受杀害，而共产党出版的书报刊物，横遭检查与摧残。不仅如此，在国民党中央密令颁布之《共党问题处置办法》《沦陷区防范共党活动办法》《异党问题处置办法》《运用保甲组织防止异党活动办法》《防制共党活动方案》等反共文件指导下，造成了全国反共空气。于是平江惨案、确山惨案，围攻八路军、新四军，侵占边区等等反共行动，不一而足，弄得人心惶惶，军心动摇，这都是由于国民党并未实行自己的诺言所致。

对于承认陕甘宁边区问题，国共两党代表在庐山谈话时，边区的建立问题就提出来了，随着抗战军兴，两党在历次谈判中，均曾谈及陕甘宁边区问题，而且每次都得到蒋委员长的同意。一九三七年底，行政院并曾通过承认边区的决议，行政院孔院长又曾表示准备制定边区的边界，允许承认边区是行政院直辖下的一个行政区。但是，这一问题一直拖延到今天，还没有明令解决，以致给予反共和投降份子以进攻边区的借口，这就是国民党不执行诺言的结果。

上述事实，完全告诉了中国人民，究竟谁执行了自己的诺言，谁没有执行自己的诺言。正因为如此，中共中央才在抗战三周年对时局宣言中，又一次郑重宣称："中国共产党坚决执行自己的诺言，同时，要求国民党执行其对于共产党和人民允许过的一切政治上与具体问题上的条件。"只有坚决实行自己的诺言，才不失为一个大政党的风度，也只有坚决实行自己的诺言，才与团结抗战有利。因此，我们和全国同胞，正引领企待国民党实行自己对于共产党和全国人民的诺言。

（原载一九四〇年七月二十九日《新华日报》华北版第一版社论）

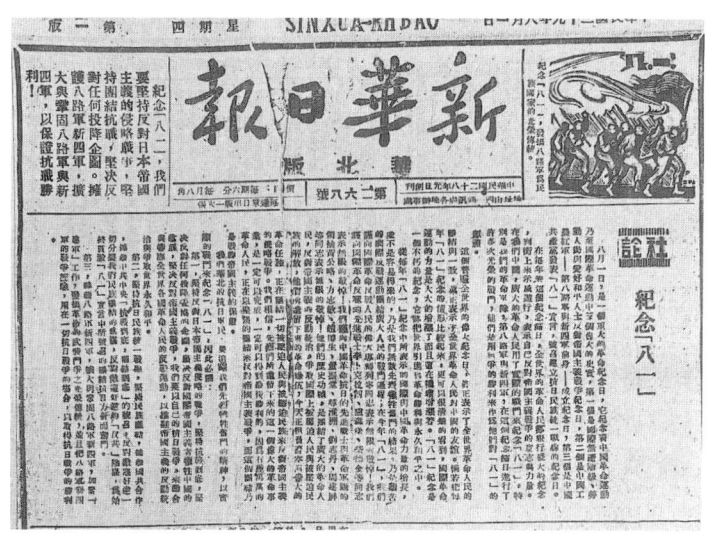

纪念"八一"

八月一日,是一个重大的革命纪念日,它纪念着中国革命运动乃至国际革命运动中三个伟大的史实:第一个是国际无产阶级、劳动人民与爱好和平人士反对帝国主义战争纪念日;第二个是中国工农红军——第八路军与新四军前身——成立纪念日;第三个是中国共产党发表"八一"宣言,号召建立抗日民族统一战线的纪念日。

在每年的这个纪念节日,全世界的革命人民都举行盛大的纪念,到街上来示威游行,表示自己反对帝国主义战争的意志与力量。在我们中国,广大的革命人民用了实际的战斗来纪念"八一",特别是我们的革命军队,第八路军与新四军,在这个纪念节日进行了许多次光荣的战斗,他们是用战争的胜利来作为他们对"八一"的献礼。

这个普遍全世界的伟大纪念日,真正表示了全世界革命人民的团结与一致,真正表示了全世界革命人民对中国的友谊。倘若把每年"八一"纪念的情形比较起来,更可以很清楚的看到,国际革命运动的力量是大大的增涨了而且还在继续增涨着。"八一"纪念是一个不朽的纪念,它将把世界引进到革命胜利与永久和平之中。

从每年"八一"纪念中所表示的国际与中国革命力量的增长,并不是容易得来的,乃是我们无数先烈牺牲奋斗的结果,乃是艰苦的国际反战运动团结广大人民的战斗过程。在今年"八一",我们谨向国际革命反战人民的伟大导师列宁同志表示无限的敬悼。我们谨向国际革命反战的先进战士李卜克拉四、卢森堡、柴德金等同志表示无限的敬悼。我们谨向中国革命抗日的先进战士与革命军队的领袖黄公略、方志敏、赵博生、董振堂、寻淮洲、刘志丹、周建屏等同志表示无限的敬悼。他们的历史功绩,是团结了广大的革命人民,反对帝国主义的反动统治,争取国际上被压迫人民与被压迫民族的解放。他们所遗留下来的革命队伍,今天正担负着空前伟大的革命任务,正在团结一切被压迫人民与被压迫民族来反对帝国主义的侵略战争。我们相信,先烈们所遗留下来的这一个伟大的革命事业,是一定可以完成,一定可以得到最后胜利的,因为有几万万的革命人民,正在以坚强的团结来反对帝国主义战争,而这个团结乃是战胜帝国主义的保证。

我们华北的抗日军民,要追踪我们先烈牺牲奋斗的精神,以实际的战斗来纪念"八一",因此必需:

第一,坚持反对日本帝国主义侵略的战争,坚持抗战到底,坚决反对任何投降妥协的企图,坚决反对国际帝国主义者牺牲中国的阴谋,坚决反对帝国主义战争。我们要以自己的抗日战争,来配合与响应全世界各国革命人民的反战运动,以推翻帝国主义的反动统治与争取世界永久和平。

第二,坚持抗日民族统一战线,坚持民族团结,拥护国共合作,拥护中共中央"抗战到底，团结到底"的号召。反对敌寇奸逆一切分裂我们民族团结的阴谋，反对敌寇奸逆的"反共"阴谋，为始终贯澈"八一"宣言中所号召的团结抗日方针而奋斗。

第三，拥护八路军、新四军，扩大与巩固八路军、新四军，加紧"建军"工作，发扬革命的武装斗争之光荣传统，并且把八路军、新四军的战争经验，用在一切抗日战争的场合，以取得抗日战争的胜利。

（原载一九四〇年八月一日《新华日报》华北版第一版社论）

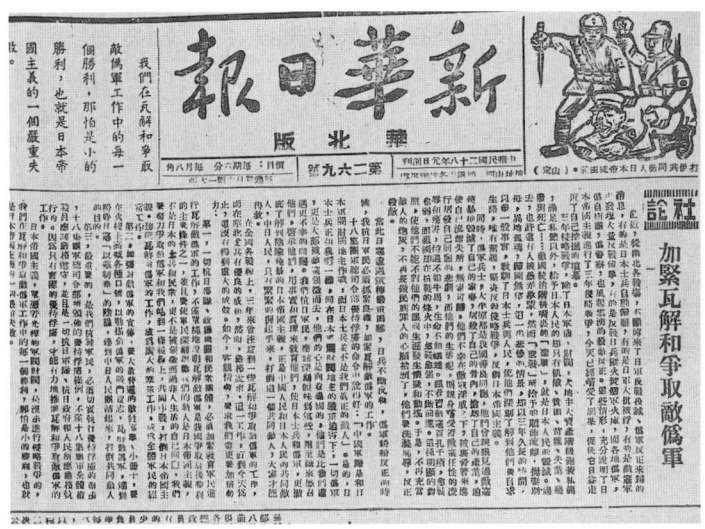

加紧瓦解和争取敌伪军

最近,从南北各战场,不断传来了日军反战投诚、伪军反正来归的消息,有的是日本士兵自动归顺,有的是日军大批被俘,有的是敌寇军中发现大量反战传单,有的是反战日兵纵火焚毁军火库,而各地伪军、伪自卫团、伪警察,也风起云涌的杀敌反正。这些情形,充分说明了日本帝国主义进行了三年侵略战争,今天已经尝受了恶果,促使它日益走近了自己挖掘的坟墓。

三年侵略战争,除了日本军阀、财阀、大地主、大资产阶级饱装私囊,满足私欲以外,给予日本人民的却只有饥饿、贫困、苛杂、失业、残废与死亡……敌国统治阶级嘴里的"圣战",就是日本人民的毁灭。过去,也许还有人被愚弄欺蒙，然而"圣战"所给予的颠沛流离、抛妻别母、异地孤魂、归国无望，这一串悲惨的情景，却以三年久长的时间，以铁一般事实，教训了日本士兵与人民，使他们深刻了解到他们要自求生路，唯有奋起，坚决反对侵略战争，反对日本帝国主义。

同时，伪军兵士，大半原都是我国善良同胞，他们曾亲眼见过敌寇残暴地毁灭了自己的家乡，屠杀了自己的骨肉，抢劫了自己的产业，迫使自己流离失所、无家可归。他们不幸在敌寇淫威之下，被裹胁着来进行屠杀自己同胞的悲剧，而他们的生活呢，则亲身尝受着敌寇任性的凌辱和残害，待遇不如牛马，生命不如蚁蝼。眼看着敌寇百孔千疮，愈战愈弱，而祖国却在抗战的烽火中，愈战愈强，不断前进。这种明显的对照，使他们不能不对他们的眼前生涯发生怀疑和动摇。于是，不再充当敌人的炮灰，不再长做民族罪人的心愿抬头了，他们要洗涤耻辱，反正杀敌。

当此日寇遭遇这种严重困难，日兵不断反战，伪军纷纷反正的时候，我抗日军民必须抓紧良机，加紧瓦解敌伪军的工作。

十八集团军总司令部优待俘虏的命令中说得好："中国军队是和日本军阀、财阀、地主作战，而日本士兵并不是我们真正的敌人。"是的，日本士兵正和我们一样，同在日本军阀、财阀、地主的严重迫害下。一切伪军，更是大部被敌寇强征而去，他们的心是向着祖国的，他们是比我们遭遇更不幸的同胞。我们抗日军民，应该深刻体味到这些，用至诚来感召他们、启示他们，用事实和真理来教育他们，使士兵和伪军，更澈底了解到阴险残暴的日本帝国主义，正是中国人民和日本人民的共同敌人。中日人民，只有紧紧的握起手来，打倒这一个共同敌人，大家才能得救。

在全国各战线上，三年来曾注意到一些瓦解和争取敌伪军的工作，而在华北尤其有优良的成效。然而，严格来说，这一工作直到今天为止，还没有得到重大的成效。如今，客观情势要求我们还更要加倍努力。

第一，一切抗日部队、政权机关和民众团体，必须加紧教育军民进行瓦解敌伪军的工作，不仅单纯地说明瓦解敌伪军是我国争取最后胜利的主要条件之一，并且要使军民深刻认识我们的敌人是日本帝国主义，不是日本的士兵和民众，更不是被强征而过非人生活的自己同胞。我们要努力争取敌伪军和我们站到一条战线上，共同作战，打倒日本帝国主义。务使瓦解敌伪军的工作，成为广大的群众工作，成为全体军民的经常工作。

第二，加强对敌伪军的宣传，要大量普遍的散发传单、小册子，要在火线上高喊各种口号，以动摇敌伪军战斗意志，瓦解敌伪军，达到粉碎日寇"以华制华"的阴谋，达到中日人民团结起来，打倒共同敌人的目的。

第三，最重要的，是我们抗战军民，必须切实执行优待俘虏的办法，十八集团军总司令部所颁布的《优待俘虏条例》，不仅十八集团军全体指战员应该严格遵守，并且是一切抗日军队、抗日政府和人民所应严格执行的。因为只有实际的优待俘虏，才能有力地推进瓦解和争取敌伪军的工作。

日本帝国主义，单凭着光杆的军阀财阀，是没法进行侵略战争的。我们在瓦解和争取敌伪军工作中的每一个胜利，那怕是小的胜利，也就是日本帝国主义的一个严重失败。

（原载一九四〇年八月三日《新华日报》华北版第一版社论）